郁达夫精选集

春风沉醉的晚上

郁达夫　著

中国妇女出版社

图书在版编目（CIP）数据

春风沉醉的晚上 / 郁达夫著. -- 北京：中国妇女出版社，2017.7（2024.3重印）

ISBN 978-7-5127-1450-2

Ⅰ.①春… Ⅱ.①郁… Ⅲ.①散文集—中国—现代 ②小说集—中国—现代 Ⅳ.①I216.2

中国版本图书馆CIP数据核字（2017）第114437号

春风沉醉的晚上

作　　者：郁达夫　著
责任编辑：魏　可
责任印制：李志国
出版发行：中国妇女出版社
地　　址：北京市东城区史家胡同甲24号　　邮政编码：100010
电　　话：（010）65133160（发行部）　　65133161（邮购）
网　　址：www.womenbooks.cn
经　　销：各地新华书店
印　　刷：天津旭丰源印刷有限公司
开　　本：150×215　1/16
印　　张：19.25
字　　数：220千字
版　　次：2017年7月第1版
印　　次：2024年3月第2次
书　　号：ISBN 978-7-5127-1450-2
定　　价：59.80元

编者的话

孔子说："不学诗，无以言。""诗，可以兴，可以观，可以群，可以怨，迩之事父，远之事君；多识于鸟兽草木之名。"意思是说，诗可以激发情志，可以观察社会，可以交往朋友，可以怨刺不平；近可以侍奉父母，远可以侍奉君王，还可以知道不少鸟兽草木的名称。这里的"学诗"其实也可以理解为"读书"。从某种意义上讲，这不正是2000多年前的先人对于读书之重要性的质朴理解吗？培根说："读书使人成为完善的人。"说的也是同样的道理。

对于每一个想要提升自己的人，读书是唯一捷径。而读书则要读经典。北京大学中文系教授钱理群先生说："'经典'是时代、民族文化的结晶。人类文明的成果，就是通过经典的阅读而代代相传的。"

我们编辑出版的这套"读·经典"系列，是一套送给广大年轻人的现代文学经典读本。本套书收录了胡适、朱自清、郁达夫、周作人等现代文学巨匠的经典作品。有的论人生，有的谈做人，有的说生命……或是幽默风趣，或是平实质朴，恬淡中见奢华，亲切中有真挚，每一篇，每一句，每一字，无不是先辈们灵动思绪和满腹才华的凝结。希望读者能从这套书中看到现代文坛精英们的生活，领略他们生活的那个时期的独特韵味。

《春风沉醉的晚上》一书收录的是郁达夫最为经典的名篇佳作。其中“第一辑　成长·我的梦，我的青春”收录的是郁达夫1934~1936年写的8篇自传性质的文章，基本记录了作者本人的成长历程；“第二辑　漂泊·一个人在途上”收录的是郁达夫的散文名篇；“第三辑　挚友·风雨故人”收录的是郁达夫回忆徐志摩、鲁迅、成仿吾等友人的文章；“第四辑　小说·春风沉醉的晚上”收录的是郁达夫最为著名的小说作品，例如《春风沉醉的晚上》《沉沦》等。

本书在编辑出版过程中尽可能保留了每篇文章的原貌。对于文章中一些不易理解之处，予以注释。虽经努力，但限于时间、精力、水平有限，难免有不足之处，敬请广大读者指正。

目录

第三辑　挚友·风雨故人

第四辑　小说·春风沉醉的晚上

第一辑

成长·我的梦，我的青春

悲剧的出生

——自传之一

“丙申年，庚子月，甲午日，甲子时”，这是因为近年来时运不佳，东奔西走，往往断炊，室人于绝望之余，替我去批来的命单上的八字。开口就说年庚，倘被精神异状的有些女作家看见，难免得又是一顿痛骂，说：“你这丑小子，你也想学起张君瑞来了么？下流，下流！”但我的目的呢，倒并不是在求爱，不过想大书特书地说一声，在光绪二十二年十一月初三的夜半，一出结构并不很好而尚未完成的悲剧出生了。

光绪的二十二年（西历一八九六）丙申，是中国正和日本战败后的第三年；朝廷日日在那里下罪己诏，办官书局，修铁路，讲财务，和各国缔订条约。东方的睡狮，受了这当头的一棒，似乎要醒转来了；可是在酣梦的中间，消化不良的内脏，早经发生了腐溃，任你是如何的国手，也有点儿不容易下药的征兆，却久已流布在上下各地的施设之中。败战后的国民——尤其是初出生的小国民，当然是畸形，是有恐怖狂，是神经质的。

儿时的回忆，谁也在说，是最完美的一章，但我的回忆，却尽是些空洞。第一，我所经验到的最初的感觉，便是饥饿，对于饥饿的恐怖，到现在还在紧逼着我。

生到了末子，大约母体总也已经是亏损到了不堪再育了，乳汁的稀薄，原是当然的事情。而一个小县城里的书香世家，在洪杨之后，不曾发迹过的一家破落乡绅的家里，雇乳母可真不是一件细事。

四十年前的中国国民经济，比到现在，虽然也并不见得凋敝，但当时的物质享乐，却大家都在压制，压制得比英国清教徒治世的革命时代还要严刻。所以在一家小县城里的中产之家，非但雇乳母是一件不可容许的罪恶，就是一切家事的操作，也要主妇上场，亲自去做的。像这样的一位奶水不足的母亲，而又喂乳不能按时，杂食不加限制，养出来的小孩，哪里能够强健？我还长不到十二个月，就因营养的不良患起肠胃病来了。一病年余，由衰弱而发热，由发热而痉挛；家中上下，竟被一条小生命而累得精疲力尽；到了我出生后第三年的春夏之交，父亲也因此以病以死；在这里总算是悲剧的序幕结束了，此后便只是孤儿寡妇的正剧的上场。

几日西北风一刮，天上的鳞云，都被吹扫到东海里去了。太阳虽则消失了几分热力，但一碧的长天，却开大了笑口。富春江两岸的乌桕树，槭树，枫树，振脱了许多病叶，显出了更疏匀更红艳的秋社后的浓妆；稻田割起了之后的那一种和平的气象，那一种洁净沉寂，欢欣干燥的农村气象，就是立在县城这面的江上，远远望去，也感觉得出来。那一条流绕在县城东南的大江哩，虽因无潮而杀了水势，比起春夏时候的水量来，要浅到丈把高的高度，但水色却澄清了，澄清得可以照见浮在水面上的鸭嘴的斑纹。从上江开下来的运货船只，这时候特别的多，风帆也格外的饱；狭长的白点，水面上一条，水底下一条，似飞云也似白象，以青红的山，深蓝的天和水做了背景，悠闲地无声地在江面上滑走。水边上在那里看船行，摸鱼虾，采被水冲洗得很光洁的白石，挖泥沙造城池的小孩们，都拖着了小小的影子，在这一个午饭之前的几刻钟里，鼓动他们的四肢，竭尽他们的气力。

离南门码头不远的一块水边大石条上，这时候也坐着一个五六岁的小孩，头上养着了一圈罗汉发，身上穿了青粗布的棉袍子，在太阳里张着眼望江中间来往的帆樯。就在他的前面，在贴近水际的一块青石上，有一位十五六岁像是人家的使婢模样的女子，跪在那里淘米洗菜。这相貌清瘦的孩子，既不下来和其他的同年辈的小孩们去同玩，也不愿意说话似的只沉默着在看远处。等那女子洗完菜后，站起来要走，她才笑着问了他一声说："你肚皮饿了没有？"他一边在石条上立起，预备着走，一边还在凝视着远处默默地摇了摇头。倒是这女子，看得他有点可怜起来了，就走近去握着了他的小手，弯腰轻轻地向他耳边说："你在惦记着你的娘么？她是明后天就快回来了！"这小孩才回转了头，仰起来向她露了一脸很悲凉很寂寞的苦笑。

这相差十岁左右，看去又像姊弟又像主仆的两个人，慢慢走上了码头，走进了城垛；沿城向西走了一段，便在一条南向大江的小衖里走进去了。他们的住宅，就在这条小衖中的一条支衖里头，是一间旧式三开间的楼房。大门内的大院子里，长着些杂色的花木，也有几只大金鱼缸沿墙摆在那里。时间将近正午了，太阳从院子里晒上了向南的阶檐。

这小孩一进大门，就跑步走到了正中的那间厅上，向坐在上面念经的一位五六十岁的老婆婆问说：

“奶奶，娘就快回来了么？翠花说，不是明天，后天总可以回来的，是真的么？”

老婆婆仍在继续着念经，并不开口说话，只把头点了两点。小孩子似乎是满足了，歪了头向他祖母的扁嘴看了一息，看看这一篇她在念着的经正还没有到一段落，祖母的开口说话，是还有几分钟好等的样子，他就又跑入厨下，去和翠花作伴去了。

午饭吃后，祖母仍在念她的经，翠花在厨下收拾食器；随时有几声洗锅子泼水碗相击的声音传过来外，这座三开间的大楼和大楼外的大院子里，静得同在坟墓里一样。太阳晒满了东面的半个院子，有几匹寒蜂和耐得起冷的蝇子，在花木里微鸣蠢动。靠阶檐的一间南房内，也照进了太阳光，那小孩只静悄悄地在一张铺着被的藤榻上坐着，翻看几本刘永福镇台湾，日本蛮子桦山总督被擒的石印小画本。

等翠花收拾完毕，一盆衣服洗好，想叫了他再一道的上江边去敲濯的时候，他却早在藤榻的被上，和衣睡着了。

这是我所记得的儿时生活。两位哥哥，因为年纪和我差得太远，早就上离家很远的书塾去念书了，所以没有一道玩的可能。守了数十年寡的祖母，也已将人生看穿了，自我有记忆以来，总只看见她在动着那张没有牙齿的扁嘴念佛念经。自父亲死后，母亲要身兼父职了，入秋以后，老是不在家里；上乡间去收租谷是她，将谷托人去砻成米也是她，雇了船，连柴带米，一道运回城里来也是她。

在我这孤独的童年里，日日和我在一处，有时候也讲些故事给我听，有时候也因我脾气的古怪而和我闹，可是结果终究是非常痛爱我的，却是那一位忠心的使婢翠花。她上我们家里来的时候，年纪正小得很，听母亲说，那时候连她的大小便，吃饭穿衣，都还要大人来侍候她的。父亲死后，两位哥哥要上学去，母亲要带了长工到乡下去料理一切，家中的大小操作，全赖着当时只有十几岁的她一双手。

只有孤儿寡妇的人家，受邻居亲戚们的一点欺凌，是免不了的；凡我们家里的田地盗卖了，堆在乡下的租谷等被窃去了，或祖坟山的坟树被砍了的时候，母亲去争夺不转来，最后的出气，就只是在父亲像前的一场痛哭。母亲哭了，我是当然也只有哭，而将我抱入怀里，时用柔和的话来慰抚我的翠花，总也要泪流得满面，恨死了那些无赖的亲戚邻居。

我记得有一次，也是将近吃中饭的时候了，母亲不在家，祖母在厅上念佛，我一个人从花坛边的石阶上，站了起来，在看大缸里的金鱼。太阳光漏过了院子里的树叶，一丝一丝的射进了水，照得缸里的水藻与游动的金鱼，和平时完全变了样子。我于惊叹之余，就伸手到了缸里，想将一丝一丝的日光捉起，看它一个痛快。上半身用力过猛，两只脚浮起来了，心里一慌，头部胸部就颠倒浸入到了缸里的水藻之中。我想叫，但叫不出声来，将身体挣扎了半天，以后就没有了知觉。等我从梦里醒转来的时候，已经是晚上了，一睁开眼，我只看见两眼哭得红肿的翠花的脸伏在我的脸上。我叫了一声“翠花！”她带着鼻音，轻轻的问我：“你看见我了么？你看得见我了么？要不要水喝？”我只觉得身上头上像有火在烧，叫她快点把盖在那里的棉被掀开。她又轻轻的止住我说："不，不，野猫要来的！"我举目向煤油灯下一看，眼睛里起了花，一个一个的物体黑影，都变了相，真以为是身入了野猫的世界，就哗的一声大哭了起来。祖母、母亲，听见了我的哭声，也赶到房里来了，我只听见母亲吩咐翠花说："你去吃夜饭去，阿官由我来陪他！"

翠花后来嫁给了一位我小学里的先生去做填房，生了儿女，做了主母。现在也已经有了白发，成了寡妇了。前几年，我回家去，看见她刚从乡下挑了一担老玉米之类的土产来我们家里探望我的老母。和她已经有二十几年不见了，她突然看见了我，先笑了一阵，后来就哭了起来。我问她的儿子，就是我的外甥有没有和她一起进城来玩，她一边擦着眼泪，一边还向布裙袋里摸出了一个烤白芋来给我吃。我笑着接过来了，边上的人也大家笑了起来，大约我在她的眼里，总还只是五六岁的一个孤独的孩子。

我的梦，我的青春！

——自传之二

不晓得是在哪一本俄国作家的作品里，曾经看到过一段写一个小村落的文字，他说："譬如有许多纸折起来的房子，摆在一段高的地方，被大风一吹，这些房子就歪歪斜斜地飞落到了谷里，紧挤在一道了。"前面有一条富春江绕着，东西北的三面尽是些小山包住的富阳县城，也的确可以借了这一段文字来形容。

虽则是一个行政中心的县城，可是人家不满三千，商店不过百数；一般居民，全不晓得做什么手工业，或其他新式的生产事业，所靠以度日的，有几家自然是祖遗的一点田产，有几家则专以小房子出租，在吃两元三元一月的租金；而大多数的百姓，却还是既无恒产，又无恒业，没有目的，没有计划，只同蟑螂似的在那里出生，死亡，繁殖下去。

这些蟑螂的密集之区，总不外乎两处地方；一处是三个铜子一碗的茶店，一处是六个铜子一碗的小酒馆。他们在那里从早晨坐起，一直可以坐到晚上上排门的时候；讨论柴米油盐的价格，传播东邻西舍的新闻，为了一点不相干的细事，譬如说吧，甲以为李德泰的煤油只卖三个铜子一提，乙以为是五个铜子两提的话，双方就会得争论起来；此外的人，也马上分成甲党或乙党提出证据，互相论辩；弄到后来，也许相打起来，打得头破血流，还不能够解决。

因此，在这么小的一个县城里，茶店酒馆，竟也有五六十家之多；于是大部分的蟑螂，就家里可以不备面盆手巾，桌椅板凳，饭锅碗筷等日常用具，而悠悠地生活过去了。离我们家里不远的大江边上，就有这样的两处蟑螂之窟。

在我们的左面，住有一家砍砍柴，卖卖菜，人家死人或娶亲，去帮帮忙跑跑腿的人家。他们的一族，男女老小的人数很多很多，而住的那一间屋，却只比牛栏马槽大了一点。他们家里的顶小的一位苗裔年纪比我大一岁，名字叫阿千，冬天穿的是同伞似的一堆破絮，夏天，大半身是光光地裸着的；因而皮肤黝黑，臂膀粗大，脸上也像是生落地之后，只洗了一次的样子。他虽只比我大了一岁，但是跟了他们屋里的大人，茶店酒馆日日去上，婚丧的人家，也老在进出；打起架吵起嘴来，尤其勇猛。我每天见他从我们的门口走过，心里老在羡慕，以为他又上茶店酒馆去了，我要到什么时候，才可以同他一样的和大人去夹在一道呢！而他的出去和回来，不管是在清早或深夜，我总没有一次不注意到的，因为他的喉音很大，有时候一边走着，一边在绝叫着和大人谈天，若只他一个人的时候哩，总在噜苏地唱戏。

当一天的工作完了，他跟了他们家里的大人，一道上酒店去的时候，看见我欣羡地立在门口，他原也曾邀约过我；但一则怕母亲要骂，二则胆子终于太小，经不起那些大人的盘问笑说，我总是微笑着摇摇头，就跑进屋里去躲开了，为的是上茶酒店去的诱惑性，实在强不过。

有一天春天的早晨，母亲上父亲的坟头去扫墓去了，祖母也一侵早上了一座远在三四里路外的庙里去念佛。翠花在灶下收拾早餐的碗筷，我只一个人立在门口，看有淡云浮着的青天。忽而阿千唱着戏，背着钩刀和小扁担绳索之类，从他的家里出来，看了我的那种没精打采的神气，他就立了下来和我谈天，并且说：

“鹳山后面的盘龙山上，映山红开得多着哩；并且还有乌米饭（是一种小黑果子），彤管子（也是一种刺果），刺莓等等，你跟了我来吧，我可以采一大堆给你。你们奶奶，不也在北面山脚下的真觉寺里念佛么？等我砍好了柴，我就可以送你上寺里去吃饭去。”

阿千本来是我所崇拜的英雄，而这一回又只有他一个人去砍柴，天气那么的好，今天侵早祖母出去念佛的时候，我本是嚷着要同去的，但她因为怕我走不动，就把我留下了。现在一听到了这一个提议，自然是心里急跳了起来，两只脚便也很轻松地跟他出发了，并且还只怕翠花要出来阻挠，跑路跑得比平时只有得快些。出了弄堂，向东沿着江，一口气跑出了县城之后，天地宽广起来了，我的对于这一次冒险的惊惧之心就马上被大自然的威力所压倒。这样问问，那样谈谈，阿千真像是一部小小的自然界的百科大辞典；而到盘龙山脚去的一段野路，便成了我最初学自然科学的模范小课本。

麦已经长得有好几尺高了，麦田里的桑树，也都发出了绒样的叶芽。晴天里舒叔叔的一声飞鸣过去的，是老鹰在觅食；树枝头吱吱喳喳，似在打架又像是在谈天的，大半是麻雀之类；远处的竹林丛里，既有抑扬，又带余韵，在那里歌唱的，才是深山的画眉。

上山的路旁，一拳一拳像小孩子的拳头似的小草，长得很多；拳的左右上下，满长着了些绛黄的绒毛，仿佛是野生的虫类，我起初看了，只在害怕，走路的时候，若遇到一丛，总要绕一个弯，让开它们，但阿千却笑起来了，他说：

“这是薇蕨，摘了去，把下面的粗干切了，炒起来吃，味道是很好的哩！”

渐走渐高了，山上的青红杂色，迷乱了我的眼目。日光直射在山坡上，从草木泥土里蒸发出来的一种气息，使我呼吸感到了困难；阿千也走得热起来了，把他的一件破夹袄一脱，丢向了地下，教我在一块大石上坐下息着，他一个人穿了一件小衫唱着戏去砍柴采野果去了；我回身立在石上，向大江一看，又深深地深深地得到了一种新的惊异。

这世界真大呀！那宽广的水面！那澄碧的天空！那些上下的船只，究竟是从哪里来，上哪里去的呢？

我一个人立在半山的大石上，近看看有一层阳炎在颤动着的绿野桑田，远看看天和水以及淡淡的青山，渐听得阿千的唱戏声音幽下去远下去了，心里就莫名其妙的起了一种渴望与愁思。我要到什么时候才能大起来呢？我要到什么时候才可以到这像在天边似的远处去呢？到了天边，那么我的家呢？我的家里的人呢？同时感到了对远处的遥念与对乡井的离愁，眼角里便自然而然地涌出了热泪。到后来，脑子也昏乱了，眼睛也模糊了，我只呆呆的立在那块大石上的太阳里做幻梦。我梦见有一只揩擦得很洁净的船，船上面张着了一面很大很饱满的白帆，我和祖母母亲翠花阿千等都在船上，吃着东西，唱着戏，顺流下去，到了一处不相识的地方。我又梦见城里的茶店酒馆，都搬上山来了，我和阿千便在这山上的酒馆里大喝大嚷，旁边的许多大人，都在那里惊奇仰视。

这一种接连不断的白日之梦，不知做了多少时候，阿千却背了一捆小小的草柴，和一包刺莓映山红乌米饭之类的野果，回到我立在那里的大石边来了；他脱下了小衫，光着了脊肋，那些野果就系包在他的小衫里面的。

他提议说，时候不早了，他还要砍一捆柴，且让我们吃着野果，先从山腰走向后山去罢，因为前山的草柴，已经被人砍完，第二捆不容易采刮拢来了。

慢慢地走到了山后，山下的那个真觉寺的钟鼓声音，早就从春空里传送到了我们的耳边，并且一条青烟，也刚从寺后的厨房里透出了屋顶。向寺里看了一眼，阿千就放下了那捆柴，对我说：

“他们在烧中饭了，大约离吃饭的时候也不很远，我还是先送你到寺里去吧！”

我们到了寺里，祖母和许多同伴者的念佛婆婆，都张大了眼睛，惊异了起来。阿千走后，她们就开始问我这一次冒险的经过，我也感到了一种得意，将如何出城，如何和阿千上山采集野果的情形，说得格外的详细。后来坐上桌去吃饭的时候，有一位老婆婆问我：“你大了，打算去做些什么？”我就毫不迟疑地回答她说：“我愿意去砍柴！”

故乡的茶店酒馆，到现在还在风行热闹，而这一位茶店酒馆里的小英雄，初次带我上山去冒险的阿千，却在一年涨大水的时候，喝醉了酒，淹死了。他们的家族，也一个个地死的死，散的散，现在没有生存者了；他们的那一座牛栏似的房屋，已经换过了两三个主人。时间是不饶人的，盛衰起灭也绝对地无常的：阿千之死，同时也带去了我的梦，我的青春！

书塾与学堂

——自传之三

从前我们学英文的时候，中国自己还没有教科书，用的是一册英国人编了预备给印度人读的同纳氏文法[1]是一路的读本。这读本里，有一篇说中国人读书的故事。插画中画着一位年老背曲拿烟管带眼镜拖辫子的老先生坐在那里听学生背书，立在这先生前面背书的，也是一位拖着长辫的小后生。不晓为什么原因，这一课的故事，对我印象特别的深，到现在我还约略谙诵得出来。里面曾说到中国人读书的奇习，说："他们无论读书背书时，总要把身体东摇西扫，摇动得像一个自鸣钟的摆。"这一种读书背书时摇摆身体的作用与快乐，大约是没有在从前的中国书塾里读过书的人所永不能了解的。

我的初上书塾去念书的年龄，却说不清楚了，大约总在七八岁的样子；只记得有一年冬天的深夜，在烧年纸的时候，我已经有点朦胧想

---

1 以英属印度英文教材为原本的早期英语读物。

睡了，尽在擦眼睛，打呵欠，忽而门外来了一位提着灯笼的老先生，说是来替我开笔的。我跟着他上了香，对孔子的神位行了三跪九叩之礼；立起来就在香案前面的一张桌上写了一张上大人的红字，念了四句“人之初，性本善”的《三字经》。第二年的春天，我就夹着绿布书包，拖着红丝小辫，摇摆着身体，成了那册英文读本里的小学生的样子了。

经过了三十余年的岁月，把当时的苦痛，一层层地摩擦干净，现在回想起来，这书塾里的生活，实在是快活得很。因为要早晨坐起一直坐到晚的缘故，可以助消化，健身体的运动，自然只有身体的死劲摇摆与放大喉咙的高叫了。大小便，是学生们监禁中暂时的解放，故而厕所就变作了乐园。我们同学中间的一位最淘气的，是学官陈老师的儿子，名叫陈方；书塾就系附设在学宫里面的。陈方每天早晨，总要大小便十二三次，后来弄得先生没法，就设下了一枝令签，凡须出塾上厕所的人，一定要持签而出；于是两人同去，在厕所里捣鬼的弊端革去了，但这令签的争夺，又成了一般学生们的唯一的娱乐。

陈方比我大四岁，是书塾里的头脑；像春香闹学似的把戏，总是由他发起，由许多虾兵蟹将来演出的，因而先生的挞伐，也以落在他一个人的头上者居多。不过同学中间的有几位狡猾的人，委过于他，使他冤枉被打的事情也着实不少；他明知道辩不清的，每次替人受过之后，总只张大了两眼，滴落几滴大泪点，摸摸头上的痛处就了事。我后来进了当时由书院改建的新式的学堂，而陈方也因他父亲的去职而他迁，一直到现在，还不曾和他有第二次见面的机会；这机会大约是永也不会再来了，因为国共分家的当日，在香港仿佛曾听见人说起过他，说他的那一种惨死的样子，简直和杜格纳夫[1]所描写的卢亭[2]，完全是一样。

由书塾而到学堂！这一个转变，在当时的我的心里，比从天上飞到地上，还要来得大而且奇。其中的最奇之处，是我一个人，在全校的学生当中，身体年龄，都属最小的一点。

当时的学堂，是一般人的崇拜和惊异的目标。将书院的旧考棚撤去了几排，一间像鸟笼似的中国式洋房造成功的时候，甚至离城有五六十里路远的乡下人，都成群结队，带了饭包雨伞，走进城来挤看新鲜。在校舍改造成功的半年之中，“洋学堂”的三个字，成了茶店酒馆，乡村城市里的谈话的中心；而穿着奇形怪状的黑斜纹布制服的学堂生，似乎都是万能的张天师，人家也在侧目而视，自家也在暗鸣得意。

一县里唯一的这县立高等小学堂的堂长，更是了不得的一位大人物，进进出出，用的是蓝呢小轿；知县请客，总少不了他。每月第四个礼拜六下午作文课的时候，县官若来监课，学生们特别有两个肉馒头好吃；有些住在离城十余里的乡下的学生，于作文课完后回家的包裹里，往往将这两个肉馒头包得好好，带回乡下去送给邻里尊长，并非想学颖考叔的纯孝，却因为这肉馒头是学堂里的东西，而又出于知县官之所赐，吃了是可以驱邪启智的。

实际上我的那一班学堂里的同学，确有几位是进过学的秀才，年龄都在三十左右；他们穿起制服来，因为背形微驼，样子有点不大雅观，但穿了袍子马褂，摇摇摆摆走回乡下去的态度，却另有着一种堂皇

1　现译“屠格涅夫”。

2　现译罗亭，长篇小说《罗亭》的主人公。

严肃的威仪。

初进县立高等小学堂的那一年年底，因为我的平均成绩，超出了八十分以上，突然受了堂长和知县的提拔，令我和四位其他的同学跳过了一班，升入了高两年的级里；这一件极平常的事情，在县城里居然也耸动了视听，而在我们的家庭里，却引起了一场很不小的风波。

是第二年春天开学的时候了，我们的那位寡母，辛辛苦苦，调集了几块大洋的学费书籍费缴进学堂去后，我向她又提出了一个无理的要求，硬要她去为我买一双皮鞋来穿。在当时的我的无邪的眼里，觉得在制服下穿上一双皮鞋，挺胸伸脚，得得得得地在石板路上走去，就是世界上最光荣的事情；跳过了一班，升进了一级的我，非要如此打扮，才能够压服许多比我大一半年龄的同学的心。为凑集学费之类，已经罗掘得精光的我那位母亲，自然是再也没有两块大洋的余钱替我去买皮鞋了，不得已就只好老了面皮，带着了我，上大街上的洋广货店里去赊去；当时的皮鞋，是由上海运来，在洋广货店里寄售的。

一家，两家，三家，我跟了母亲，从下街走起，一直走到了上街尽处的那一家隆兴字号。店里的人，看我们进去，先都非常客气，摸摸我的头，一双一双的皮鞋拿出来替我试脚；但一听到了要赊欠的时候，却同样地都白了眼，作一脸苦笑，说要去问账房先生的。而各个账房先生，又都一样地板起了脸，放大了喉咙，说是赊欠不来。到了最后那一家隆兴里，惨遭拒绝赊欠的一瞬间，母亲非但涨红了脸，我看见她的眼睛，也有点红起来了。不得已只好默默地旋转了身，走出了店；我也并无言语，跟在她的后面走回家来。到了家里，她先掀着鼻涕，上楼去了半天；后来终于带了一大包衣服，走下楼来了，我晓得她是将从后门走出，上当铺去以衣服抵押现钱的；这时候，我心酸极了，哭着喊着，赶上了后门边把她拖住，就绝命的叫说：

“娘，娘！您别去罢！我不要了，我不要皮鞋穿了！那些店家！那些可恶的店家！”

我拖住了她跪向了地下，她也呜呜地放声哭了起来。两人的对泣，惊动了四邻，大家都以为是我得罪了母亲，走拢来相劝。我愈听愈觉得悲哀，母亲也愈哭愈是厉害，结果还是我重赔了不是，由间壁的大伯伯带走，走上了他们的家里。

自从这一次的风波以后，我非但皮鞋不着，就是衣服用具，都不想用新的了。拼命的读书，拼命的和同学中的贫苦者相往来，对有钱的人，经商的人仇视等，也是从这时候而起的。当时虽还只有十一二岁的我，经了这一番波折，居然有起老成人的样子来了，直到现在，觉得这一种怪癖的性格，还是改不转来。

到了我十三岁的那一年冬天，是光绪三十四年，皇帝死了；小小的这富阳县里，也来了哀诏，发生了许多议论。熊成基的安徽起义，无知幼弱的溥仪的入嗣，帝室的荒淫，种族的歧异等等，都从几位看报的教员的口里，传入了我们的耳朵。而对于我印象最深的，是一位国文教员拿给我们看的报纸上的一张青年军官的半身肖像。他说，这一位革命义士，在哈尔滨被捕，在吉林被满清的大员及汉族的卖国奴等生生地杀掉了；我们要复仇，我们要努力用功。所谓种族，所谓革命，所谓国家等等的概念，到这时候，才隐约地在我脑里生了一点儿根。

水样的春愁

——自传之四

洋学堂里的特殊科目之一，自然是伊利哇拉的英文。现在回想起来，虽不免有点觉得好笑，但在当时，杂在各年长的同学当中，和他们一样地曲着背，耸着肩，摇摆着身体，用了读《古文辞类纂》的腔调，高声朗诵着皮衣啤，皮哀排的精神，却真是一点儿含糊苟且之处都没有的。初学会写字母之后，大家所急于想一试的，是自己的名字的外国写法；于是教英文的先生，在课余之暇就又多了一门专为学生拼英文名字的工作。有几位想走捷径的同学，并且还去问过先生，外国百家姓和外国三字经有没有得买的？先生笑着回答说，外国百家姓和三字经，就只有你们在读的那一本泼刺玛的时候，同学们于失望之余，反更是皮哀排，皮衣啤地叫得起劲。当然是不用说的，学英文还没有到一个礼拜，几本当教科书用的《十三经注疏》，《御批通鉴辑览》的黄封面上，大家都各自用墨水笔题上了英文拼的歪斜的名字。又进一步，便是用了异样的发音，操英文说着“你是一只狗”，“我是你的父亲”之类的话，大家互讨便宜的混战；而实际上，有几位乡下的同学，却已经真的是两三个小孩子的父亲了。

因为一班之中，我的年龄算最小，所以自修室里，当监课的先生走后，另外的同学们在密语着哄笑着的关于男女的问题，我简直一点儿也感不到兴趣。从性知识发育落后的一点上说，我确不得不承认自己是一个最低能的人。又因自小就习于孤独，困于家境的结果，怕羞的心，畏缩的性，更使我的胆量，变得异常的小。在课堂上，坐在我左边的一位同学，年纪只比我大了一岁，他家里有几位相貌长得和他一样美的姊妹，并且住得也和学堂很近很近。因此，在校里，他就是被同学们苦缠得最厉害的一个；而礼拜天或假日，他的家里，就成了同学们的聚集的地方。当课余之暇，或放假期里，他原也恳切地邀过我几次，邀我上他家里去玩去；但形秽之感，终于把我的向往之心压住，曾有好几次想决心跟了他上他家去，可是到了他们的门口，却又同罪犯似的逃了。他以他的美貌，以他的财富和姊妹，不但在学堂里博得了绝大的声势，就是在我们那小小的县城里，也赢得了一般的好誉。而尤其使我羡慕的，是他的那一种对同我们是同年辈的异性们的周旋才略，当时我们县城里的几位相貌比较艳丽一点的女性，个个是和他要好的，但他也实在真胆大，真会取巧。

当时同我们是同年辈的女性，装饰入时，态度豁达，为大家所称道的，有三个。一个是一位在上海开店，富甲一邑的商人赵某的侄女；她住得和我最近。还有两个，也是比较富有的中产人家的女儿，在交通不便的当时，已经各跟了她们家里的亲戚，到杭州上海等地方去跑跑了；她们俩，却都是我那位同学的邻居。这三个女性的门前，当傍晚的时候，或月明的中夜，老有一个一个的黑影在徘徊；这些黑影的当中，有不少是我们的同学。因为每到礼拜一的早晨，没有上课之先，我老听见有同学们在操场上笑说在一道，并且时时还高声地用着英文作了隐语，如“我看见她了！”“我听见她在读书”之类。而无论在什么地方于什么时候的凡关于这一类的谈话的中心人物，总是课堂上坐在我的右边，年龄只比我大一岁的那一位天之骄子。

赵家的那位少女，皮色实在细白不过，脸形是瓜子脸；更因为她家里有了几个钱，而又时常上上海她叔父那里去走动的缘故，衣服式样的新异，自然可以不必说，就是做衣服的材料之类，也都是当时未开通的我们所不曾见过的。她们家里，只有一位寡母和一个年轻的女仆，而住的房子却很大很大。门前是一排柳树，柳树下还杂种着些鲜花；对面的一带红墙，是学宫的泮水围墙，泮池上的大树，枝叶垂到了墙外，红绿便映成着一色。当浓春将过，首夏初来的春三四月，脚踏着日光下石砌路上的树影，手捉着扑面飞舞的杨花，到这一条路上去走走，就是没有什么另外的奢望，也很有点像梦里的游行，更何况楼头窗里，时常会有那一张少女的粉脸出来向你抛一眼两眼的低眉斜视呢！

此外的两个女性，相貌更是完整，衣饰也尽够美丽，并且因为她俩的住址接近，出来总在一道，平时在家，也老在一处，所以胆子也大，认识的人也多。她们在二十余年前的当时，已经是开放得很，有点像现代的自由女子了，因而上她们家里去鬼混，或到她们门前去守望的青年，数目特别的多，种类也自然要杂。

我虽则胆量很小，性知识完全没有，并且也有点过分的矜持，以为成日地和女孩子们混在一道，是读书人的大耻，是没出息的行为；但到底还是一个亚当的后裔，喉头的苹果，怎么也吐它不出咽它不下，同北方厚雪地下的细草萌芽一样，到得冬来，自然也难免得有些望春之意；老实说将出来，我偶尔在路上遇见她们中间的无论哪一个，或凑巧在她们门前走过一次的时候，心里也着实有点儿难受。

住在我那同学邻近的两位，因为距离的关系，更因为她们的处世知识比我长进，人生经验比我老成得多，和我那位同学当然是早已有过纠葛，就是和许多不是学生的青年男子，也各已有了种种的风说，对于我虽像是一种含有毒汁的妖艳的花，诱惑性或许格外的强烈，但明知我自己决不是她们的对手，平时不过于遇见的时候有点难以为情的样子，此外倒也没有什么了不得的思慕，可是那一位赵家的少女，却整整地恼乱了我两年的童心。

我和她的住处比较得近，故而三日两头，总有着见面的机会。见面的时候，她或许是无心，只同对于其他的同年辈的男孩子打招呼一样，对我微笑一下，点一点头，但在我却感得同犯了大罪被人发觉了的样子，和她见面一次，马上要变得头昏耳热，胸腔里的一颗心突突地总有半个钟头好跳。因此，我上学去或下课回来，以及平时在家或出外去的时候，总无时无刻不在留心，想避去和她的相见。但遇到了她，等她走过去后，或用功用得很疲乏把眼睛从书本子举起的一瞬间，心里又老在盼望，盼望着她再来一次，再上我的眼面前来立着对我微笑一脸。

有时候从家中进出的人的口里传来，听说“她和她母亲又上上海去了，不知要什么时候回来？”我心里会同时感到一种像释重负又像失去了什么似的忧虑，生怕她从此一去，将永久地不回来了。

同芭蕉叶似的重重包裹着的我这一颗无邪的心，不知在什么地方，透露了消息，终于被课堂上坐在我左边的那位同学看穿了。一个礼拜六的下午，落课之后，他轻轻地拉着了我的手对我说："今天下午，赵家的那个小丫头，要上倩儿家去，你愿不愿意和我同去一道玩儿？"这里所说的倩儿，就是那两位他邻居的女孩子之中的一个的名字。我听了他的这一句密语，立时就涨红了脸，喘急了气，嗫嚅着说不出一句话来回答他，尽在拼命的摇头，表示我不愿意去，同时眼睛里也水汪汪地想哭出来的样子；而他却似乎已经看破了我的隐衷，得着了我的同意似的用强力把我拖出了校门。

到了倩儿她们的门口，当然又是一番争执，但经他大声的一喊，门里的三个女孩，却同时笑着跑出来了；已经到了她们的面前，我也没有什么别的办法了，自然只好俯着首，红着脸，同被绑赴刑场的死刑囚似的跟她们到了室内。经我那位同学带了滑稽的声调将如何把我拖来的情节说了一遍之后，她们接着就是一阵大笑。我心里有点气起来了，以为她们和他在侮辱我，所以于羞愧之上，又加了一层怒意。但是奇怪得很，两只脚却软落来了，心里虽在想一溜跑走，而腿神经终于不听命令。跟她们再到客房里去坐下，看他们四人捏起了骨牌，我连想跑的心思也早已忘掉，坐将在我那位同学的背后，眼睛虽则时时在注视着牌，但间或得着机会，也着实向她们的脸部偷看了许多次数。等她们的输赢赌完，一餐东道的夜饭吃过，我也居然和她们伴熟，有说有笑了。临走的时候，倩儿的母亲还派了我一个差使，点上灯笼，要我把赵家的女孩送回家去。自从这一回后，我也居然入了我那同学的伙，不时上赵家和另外的两女孩家去进出了；可是生来胆小，又加以毕业考试的将次到来，我的和她们的来往，终没有像我那位同学似的繁密。

正当我十四岁的那一年春天（一九〇九，宣统元年己酉），是旧历正月十三的晚上，学堂里于白天给与了我以毕业文凭及增生执照之后，就在大厅上摆起了五桌送别毕业生的酒宴。这一晚的月亮好得很，天气也温暖得像二三月的样子。满城的爆竹，是在庆祝新年的上灯佳节，我于喝了几杯酒后，心里也感到了一种不能抑制的欢欣。出了校门，踏着月亮，我的双脚，便自然而然地走向了赵家。她们的女仆陪她母亲上街去买蜡烛水果等过元宵的物品去了，推门进去，我只见她一个人拖着了一条长长的辫子，坐在大厅上的桌子边上洋灯底下练习写字。听见了我的脚步声音，她头也不朝转来，只曼声地问了一声“是谁？”我故意屏着声，提着脚，轻轻地走上了她的背后，一使劲一口就把她面前的那盏洋灯吹灭了。月光如潮水似的浸满了这一座朝南的大厅，她于一声高叫之后，马上就把头朝了转来。我在月光里看见了她那张大理石似的嫩脸，和黑水晶似的眼睛，觉得怎么也熬忍不住了，顺势就伸出了两只手去，捏住了她的手臂。两人的中间，她也不发一语，我也并无一言，她是扭转了身坐着，我是向她立着的。她只微笑着看看我看看月亮，我也只微笑着看看她看看中庭的空处，虽然此处的动作，轻薄的邪念，明显的表示，一点儿也没有，但不晓怎样一股满足，深沉，陶醉的感觉，竟同四周的月光一样，包满了我的全身。

两人这样的在月光里沉默着相对，不知过了多久，终于她轻轻地开始说话了：“今晚上你在喝酒？”“是的，是在学堂里喝的。”到这里我才放开了两手，向她边上的一张椅子里坐了下去。“明天你就要上杭州去考中学去么？”停了一会，她又轻轻地问了一声。“嗳，是的，明朝坐快班船去。”两人又沉默着，不知坐了几多时候，忽听见门外头她母亲和女仆说话的声音渐渐儿的近了，她于是就忙着立起来擦洋火，点上了洋灯。

她母亲进到了厅上，放下了买来的物品，先向我说了些道贺的话，我也告诉了她，明天将离开故乡到杭州去；谈不上半点钟的闲话，我就匆匆告辞出来了。在柳树影里披了月光走回家来，我一边回味着刚才在月光里和她两人相对时的沉醉似的恍惚，一边在心的底里，忽儿又感到了一点极淡极淡，同水一样的春愁。

远一程，再远一程

——自传之五

自富阳到杭州，陆路驿程九十里，水道一百里；三十多年前头，非但汽车路没有，就是钱塘江里的小火轮，也是没有的。那时候到杭州去一趟，乡下人叫做充军，以为杭州是和新疆伊犁一样的远，非犯下流罪，是可以不去的极边。因而到杭州去之先，家里非得供一次祖宗，虔诚祷告一番不可，意思是要祖宗在天之灵，一路上去保护着他们的子孙。而邻里戚串，也总都来送行，吃过夜饭，大家手提着灯笼，排成一字，沿江送到夜航船停泊的埠头，齐叫着“顺风！顺风！”才各回去。摇夜航船的船夫，也必在开船之先，沿江绝叫一阵，说船要开了，然后再上舵梢去烧一堆纸帛，以敬神明，以赂恶鬼。当我去杭州的那一年，交通已经有一点进步了，于夜航船之外，又有了一次日班的快班船。

因为长兄已去日本留学，二兄入了杭州的陆军小学堂，年假是不放的，祖母母亲，又都是女流之故，所以陪我到杭州去考中学的人选，就落到了一位亲戚的老秀才的头上。这一位老秀才的迂腐迷信，实在要令人吃惊，同时也可以令人起敬。他于早餐吃了之后，带着我先上祖宗堂前头去点了香烛，行了跪拜，然后再向我祖母母亲，作了三个长揖；虽在白天，也点起了一盏“仁寿堂郁”的灯笼，临行之际，还回到祖宗堂前面去拔起了三株柄香和灯笼一道捏在手里。祖母为忧虑着我这一个最小的孙子，也将离乡别井，远去杭州之故，三日前就愁眉不展，不大吃饭不大说话了；母亲送我们到了门口，“一路要……顺风……顺风！……”地说了半句未完的话，就跑回到了屋里去躲藏，因为出远门是要吉利的，眼泪决不可以教远行的人看见。

船开了，故乡的城市山川，高低摇晃着渐渐儿退向了后面；本来是满怀着希望，兴高采烈在船舱里坐着的我，到了县城极东面的几家人家也看不见的时候，鼻子里忽而起了一阵酸溜。正在和那老秀才谈起的作诗的话，也只好突然中止了，为遮掩着自己的脆弱起见，我就从网篮里拿出了几册《古唐诗合解》来读。但事不凑巧，信手一翻，恰正翻到了“离家日趋远，衣带日趋缓，心思不能言，肠中车轮转”的几句古歌，书本上的字迹模糊起来了，双颊上自然止不住地流下了两条冷冰冰的眼泪。歪倒了头，靠住了舱板上的一卷铺盖，我只能装作想睡的样子。但是眼睛不闭倒还好些，等眼睛一闭拢来，脑子里反而更猛烈地起了狂飙。我想起了祖母、母亲，当我走后的那一种孤冷的情形；我又想起了在故乡城里当这一忽儿的大家的生活起居的样子，在一种每日习熟的周围环境之中，却少了一个“我”了，太阳总依旧在那里晒着，市街上总依旧是那么热闹的；最后，我还想起了赵家的那个女孩，想起了昨晚上和她在月光里相对的那一刻的春宵。

少年的悲哀，毕竟是易消的春雪；我躺下身体，闭上眼睛，流了许多暗泪之后，弄假成真，果然不久就呼呼地熟睡了过去。等那位老秀才摇我醒来，叫我吃饭的时候，船却早已过了渔山，就快入钱塘的境界了。几个钟头的安睡，一顿饱饭的快啖，和船篷外的山水景色的变换，把我满抱的离愁，洗涤得干干净净；在孕实的风帆下引领远望着杭州的高山，和老秀才谈谈将来的日子，我心里又鼓起了一腔勇进的热意，“杭州在望了，以后就是不可限量的远大的前程！”

当时的中学堂的入学考试，比到现在，着实还要容易；我考的杭府中学，还算是杭州三个中学——其他的两个，是宗文和安定——之中，最难考的一个，但一篇中文，两三句英文的翻译，以及四题数学，只教有两小时的工夫，就可以缴卷了事的。等待榜之前的几日闲暇，自然落得去游游山玩玩水，杭州自古是佳丽的名区，而西湖又是可以比得西子的消魂之窟。

三十年来，杭州的景物，也大变了；现在回想起来，觉得旧日的杭州，实在比现在，还要可爱得多。

那时候，自钱塘门里起，一直到涌金门内止，城西的一角，是另有一道雉墙围着的，为满人留守绿营兵驻防的地方，叫作旗营；平常是不大有人进去，大约门禁总也是很森严的无疑，因为将军以下，千总把总以上，参将，都司，游击，守备之类的将官，都住在里头。游湖的人，只有坐了轿子，出钱塘门，或到涌金门外乘船的两条路；所以涌金门外临湖的颐园三雅园的几家茶馆，生意兴隆，座客常常挤满。而三雅园的陈设，实在也精雅绝伦，四时有鲜花的摆设，墙上门上，各有咏西湖的诗词屏幅联语等贴的贴挂的挂在那里。并且还有小吃，像煮空的豆腐干，白莲藕粉等，又是价廉物美的消闲食品。其次为游人所必到的，是城隍山了。四景园的生意，有时候比三雅园还要热闹，“城隍山上去吃酥油饼”这一句俗话，当时是无人不晓得的一句隐语，是说乡下人上大菜馆要做洋盘的意思。而酥油饼的价钱的贵，味道的好，和吃不饱的几种特性，也是尽人皆知的事实。

我从乡下初到杭州，而又同大观园里的香菱似地刚在私私地学做诗词，一见了这一区假山盆景似的湖山，自然快活极了；日日和那位老秀才及第二位哥哥喝喝茶，爬爬山，等到榜之后，要缴学膳费进去的时候，带来的几个读书资本，却早已消费了许多，有点不足了。在人地生疏的杭州，借是当然借不到的；二哥哥的陆军小学里每月只有二元也不知三元钱的津贴，自己做零用，还很勉强，更哪里有余钱来为我弥补？

在旅馆里唉声叹气，自怨自艾，正想废学回家，另寻出路的时候，恰巧和我同班毕业的三位同学，也从富阳到杭州来了；他们是因为杭府中学难考，并且费用也贵，预备一道上学膳费比较便宜的嘉兴去进府中的。大家会聚拢来一谈一算，觉着我手头所有的钱，在杭州果然不够读半年书，但若上嘉兴去，则连来回的车费也算在内，足可以维持半年而有余。穷极计生，胆子也放大了，当日我就决定和他们一道上嘉兴去读书。

第二天早晨，别了哥哥，别了那位老秀才，和同学们一起四个，便上了火车，向东的上离家更远的嘉兴府去。在把杭州已经当作极边看了的当时，到了言语风习完全不同的嘉兴府后，怀乡之念，自然是更加得迫切。半年之中，当寝室的油灯灭了，或夜膳刚毕，操场上暗沉沉没有旁的同学在的地方，我一个人真不知流尽了多少的思家的热泪。

忧能伤人，但忧亦能启智，在孤独的悲哀里沉浸了半年，暑假中重回到故乡的时候，大家都说我长成得像一个大人了。事实上，因为在学堂里，被怀乡的愁思所苦扰，我没有别的办法好想，就一味的读书，一味的做诗。并且这一次自嘉兴回来，路过杭州，又住了一日；看看袋里的钱，也还有一点盈余，湖山的赏玩，当然不再去空费钱了，从梅花碑的旧书铺里，我竟买来了一大堆书。

这一大堆书里，对我的影响最大，使我那一年的暑假期，过得非常快活的，有三部书。一部是黎城勒氏的《吴诗集览》，因为吴梅村的夫人姓郁，我当时虽则还不十分懂得他的诗的好坏，但一想到他是和我们郁氏有姻戚关系的时候，就莫名其妙地感到了一种亲热。一部是无名氏编的《庚子拳匪始末记》，这一部书，从戊戌政变说起，说到六君子的被害，李莲英的受宠，联军的入京，圆明园的纵火等地方，使我满肚子激起了义愤。还有一部，是署名曲阜鲁阳生孔氏编定的《普天忠愤集》，甲午前后的章奏议论，诗词赋颂等慷慨激昂的文章，收集得很多；读了之后，觉得中国还有不少的人才在那里，亡国大约是不会亡的。而这三部书读后的一个总感想，是恨我出世得太迟了，前既不能见吴梅村那样的诗人，和他去做个朋友，后又不曾躬逢着甲午庚子的两次大难，去冲锋陷阵地尝一尝打仗的滋味。

这一年的暑假过后，嘉兴是不想再去了：所以秋期始业的时候，我就仍旧转入了杭府中学的一年级。

（原载一九三五年二月五日《人世间》第二十一期）

孤独者

——自传之六

里外湖的荷叶荷花，已经到了凋落的初期，堤边的杨柳，影子也淡起来了。几只残蝉，刚在告人以秋至的七月里的一个下午，我又带了行李，到了杭州。

因为是中途插班进去的学生，所以在宿舍里，在课堂上，都和同班的老学生们，仿佛是两个国家的国民。从嘉兴府中，转到了杭州府中，离家的路程，虽则是近了百余里，但精神上的孤独，反而更加深了！不得已，我只好把热情收敛，转向了内，固守着我自己的壁垒。

当时的学堂里的课程，英文虽也是重要的科目，但究竟还是旧习难除，中国文依旧是分别等第的最大标准。教国文的那一位桐城派的老将王老先生，于几次作文之后，对我有点注意起来了，所以进校后将近一个月光景的时候，同学们居然赠了我一个“怪物”的绰号；因为由他们眼里看来，这一个不善交际，衣装朴素，说话也不大会说的乡下蠢才，做起文章来，竟也会得压倒侪辈，当然是一件非怪物不能的天大的奇事。

杭州终于是一个省会，同学之中，大半是锦衣肉食的乡宦人家的子弟。因而同班中衣饰美好，肉色细白，举止娴雅，谈吐温存的同学，不知道有多少。而最使我惊异的，是每一个这样的同学，总有一个比他年长一点的同学，附随在一道的那一种现象。在小学里，在嘉兴府中里，这一种风气，并不是说没有，可是决没有像当时杭州府中那么的风行普遍。而有几个这样的同学，非但不以被视作女性为可耻，竟也有熏香傅粉，故意在装腔作怪，卖弄富有的。我对这一种情形看得真有点气，向那一批所谓face[1]的同学，当然是很明显地表示了恶感，就是向那些年长一点的同学，也时时露出了敌意；这么一来，我的“怪物”之名，就愈传愈广，我与他们之间的一条墙壁，自然也愈筑愈高了。

在学校里既然成了一个不入伙的孤独的游离分子，我的情感，我的时间与精力，当然只有钻向书本子去的一条出路。于是几个由零用钱里节省下来的仅少的金钱，就做了我的唯一娱乐积买旧书的源头活水。

那时候的杭州的旧书铺，都聚集在丰乐桥，梅花碑的两条直角形的街上。每当星期假日的早晨，我仰卧在床上，计算计算在这一礼拜里可以省下来的金钱，和能够买到的最经济最有用的册籍，就先可以得着一种快乐的预感。有时候在书店门前徘徊往复，稽延得久了，赶不上回宿舍来吃午饭，手里夹了书籍上大街羊汤饭店间壁的小面馆去吃一碗清面，心里可以同时感到十分的懊恨与无限的快慰。恨的是一碗清面的几个铜子的浪费，快慰的是一边吃面一边翻阅书本时的那一刹那的恍惚；

---

1 英文：厚脸皮的。

这恍惚之，大约是和哥伦布发现新大陆的时候所感到的一样。

真正指示我以做诗词的门径的，是《留青新集》里的《沧浪诗话》和《白香词谱》。《西湖佳话》中的每一篇短篇，起码我总读了两遍以上。以后是流行本的各种传奇杂剧了，我当时虽则还不能十分欣赏它们的好处，但不知怎么，读了之后的那一种朦胧的回味，仿佛是当三春天气，喝醉了几十年陈的醇酒。

既与这些书籍发生了暧昧的关系，自然不免要养出些不自然的私生儿子！在嘉兴也曾经试过的稚气满幅的五七言诗句，接二连三地在一册红格子的作文簿上写满了；有时候兴奋得厉害，晚上还妨碍了睡觉。

模仿原是人生的本能，发表欲，也是同吃饭穿衣一样地强的青年作者内心的要求。歌不像歌诗不像诗的东西积得多了，第二步自然是向各报馆的匿名的投稿。

一封信寄出之后，当晚就睡不安稳了，第二天一早起来，就溜到阅报室去看报有没有送来。早餐上课之类的事情，只能说是一种日常行动的反射作用；舌尖上哪里还感得出滋味？讲堂上更哪里还有心思去听讲？下课铃一摇，又只是逃命似地向阅报室的狂奔。

第一次的投稿被采用的，记得是一首模仿宋人的五古，报纸是当时的《全浙公报》。当看见了自己缀联起来的一串文字，被植字工人排印出来的时候，虽然是用的匿名，阅报室里也决没有人会知道作者是谁，但心头正在狂跳着的我的脸上，马上就变成了朱红。洪的一声，耳朵里也响了起来，头脑摇晃得像坐在船里。眼睛也没有主意了，看了又看，看了又看，虽则从头至尾，把那一串文字看了好几遍，但自己还在疑惑，怕这并不是由我投去的稿子。再狂奔出去，上操场去跳绕一圈，回来重新又拿起那张报纸，按住心头，复看一遍，这才放心，于是乎方始感到了快活，快活得想大叫起来。

当时我用的假名很多很多，直到两三年后，觉得投稿已经有七八成的把握了，才老老实实地用上了我的真名实姓。大约旧报纸的收藏家，翻起二十几年前的《全浙公报》、《之江日报》以及上海的《神州日报》来，总还可以看到我当时所做的许多狗屁不通的诗句。现在我非但旧稿无存，就是一联半句的字眼也想不起来了，与当时的废寝忘食的热心情形来一对比，进步当然可以说是进了步，但是老去的颓唐之感，也着实可以催落我几滴自伤的眼泪。

就在那一年（一九〇九年）的冬天，留学日本的长兄回到了北京，以小京官的名义被派上了法部去行走。入陆军小学的第二位哥哥，也在这前后毕了业，入了一处隶属于标统底下的旁系驻防军队，而任了排长。

一文一武的这两位芝麻绿豆官的哥哥，在我们那小小的县里，自然也耸动了视听；但因家里的经济，稍稍宽裕了一点的结果，在我的求学程序上，反而促生了一种意外的脱线。

在外面的学堂里住足了一年，又在各报上登载了几次诗歌之后，我自以为学问早就超出了和我同时代的同年辈者，觉得按步就班的和他们在一道读死书，是不上算也是不必要的事情。所以到了宣统二年（一九一〇）的春期始业的时候，我的书桌上竟收集起了一大堆大学中学招考新生的简章！比较着，研究着，我真想一口气就读完了当时学部所定的大学及中学的学程。

中文呢，自己以为总可以对付的了；科学呢，在前面也曾经说过，为大家所不重视的；算来算去，只有英文是顶重要而也是我所最欠缺的一门。“好！就专门去读英文吧！英文一通，万事就好办了！”这一个幼稚可笑的想头，就是使我离开了正规的中学，去走教会学堂那一条捷径的原动力。

清朝末年，杭州的有势力的教会学校，有英国圣公会和美国长老会浸礼会的几个系统。而长老会办的育英书院，刚在山水明秀的江干新建校舍，改称大学。头脑简单，只知道崇拜大学这一个名字的我这毛头小子，自然是以进大学为最上的光荣，另外更还有什么奢望哩？但是一进去之后，我的失望，却比在省立的中学里读死书更加大了。

每天早晨，一起床就是祷告，吃饭又是祷告；平时九点到十点是最重要的礼拜仪式，末了又是一篇祷告。《圣经》，是每年级都有的必修重要课目；礼拜天的上午，除出了重病，不能行动者外，谁也要去做半天礼拜。礼拜完后，自然又是祷告，又是查经。这一种信神的强迫，祷告的迭来，以及校内枝节细目的窒塞，想是在清朝末年曾进过教会学校的人，谁都晓得的事实，我在此地落得可以不说。

这种叩头虫似的学校生活，过上两月，一位解放的福音宣传者，竟从免费读书的候补牧师中间，揭起叛旗来了；原因是为了校长徧护厨子，竟被厨子殴打了学膳费全纳的不信教的学生。

学校风潮的发生，经过，和结局，大抵都是一样的；起始总是全体学生的罢课退校，中间是背盟者的出来复课，结果便是几个强硬者的开除。不知是幸呢还是不幸，在这一次的风潮里，我也算是强硬者的一个。

一九三五年二月十九日

大风圈外

——自传之七

人生的变化，往往是从不可测的地方开展开来的；中途从那一所教会学校退出来的我们，按理是应该额上都负着了该隐的烙印，无处再可以容身了啦，可是城里的一处浸礼会的中学，反把我们当作了义士，以极优待的条件欢迎了我们进去。这一所中学的那位美国校长，非但态度和蔼，中怀磊落，并且还有着外国宣教师中间所绝无仅见的一副很聪明的脑筋。若要找出一点他的坏处来，就在他的用人的不当；在他手下做教务长的一位绍兴人，简直是那种奴颜婢膝，谄事外人，趾高气扬，压迫同种的典型的洋狗。

校内的空气，自然也并不平静。在自修室，在寝室，议论纷纭，为一般学生所不满的，当然是那只洋狗。

“来它一下吧！”

“吃吃狗肉看！”

“顶好先敲他一顿！”

像这样的各种密议与策略，虽则很多，可是终于也没有一个敢首先发难的人。满腔的怨愤，既找不着一条出路，不得已就只好在作文的时候，发些纸上的牢骚。于是各班的文课，不管出的是什么题目，总是横一个呜呼，竖一个呜呼地悲啼满纸，有几位同学的卷子，从头至尾统共还不满五六百字，而呜呼却要写着一二百个。那位改国文的老先生，后来也没法想了，就出了一个禁令，禁止学生，以后不准再读再做那些呜呼派的文章。

那时候这一种“呜呼”的倾向，这一种不平，怨愤，与被压迫的悲啼，以及人心跃跃山雨欲来的空气，实在还不只是一个教会学校里的舆情；学校以外的各层社会，也像是在大浪里的楼船，从脚到顶，都在颠摇波动着的样子。

愚昧的朝廷，受了西宫毒妇的阴谋暗算，一面虽想变法自新，一面又不得不利用了符咒刀枪，把红毛碧眼的鬼子，尽行杀戮。英法各国屡次的进攻，广东津沽再三的失陷，自然要使受难者的百姓起来争夺政权。洪杨的起义[1]，两湖山东捻子的运动，回民苗族的独立等等，都在暗示着专制政府满清的命运，孤城落日，总崩溃是必不能避免的下场。

催促被压迫至二百余年之久的汉族结束奋起的，是徐锡麟，熊成基诸先烈的牺牲勇猛的行为；北京的几次对满清大员的暗杀事件，又是当时热血沸腾的一般青年们所受到的最大激刺。而当这前后，此绝彼起地在上海发行的几家报纸，像《民吁》、《民立》之类，更是直接灌输种族思想，提倡革命行动的有力的号吹。到了宣统二年的秋冬（一九一

1　指太平天国运动。

〇年庚戌），政府虽则在忙着召开资政院，组织内阁，赶制宪法，冀图挽回颓势，欺骗百姓，但四海汹汹，革命的气运，早就成了矢在弦上，不得不发的局面了。

是在这一年的年假放学之前，我对当时的学校教育，实在是真的感到了绝望，于是自己就定下了一个计划，打算回家去做从心所欲的自修工夫。第一，外界社会的声气，不可不通，我所以想去定一份上海发行的日报。第二，家里所藏的四部旧籍，虽则不多，但也尽够我的两三年的翻读，中学的根底，当然是不会退步的。第三，英文也已经把第三册文法读完了，若能刻苦用工，则比在这种教会学校里受奴隶教育，心里又气，进步又慢的半死状态，总要痛快一点。自己私私决定了这大胆的计划以后，在放年假的前几天，也着实去添买了些预备带回去作自修用的书籍。等年假考一考完，于一天冬晴的午后，向西跟着挑行李的脚夫，走出候潮门上江干去坐夜航船回故乡去的那一刻的心境，我到现在还不能忘记。

"牢狱变相的你这座教会学校啊！以后你对我还更能加以压迫么？"

"我们将比比试试，看将来还是你的成绩好，还是我的成绩好？"

"被解放了！以后便是凭我自己去努力，自己去奋斗的远大的前程！"

这一种喜悦，这一种充满着希望的喜悦，比我初次上杭州来考中学时所感到的，还要紧张，还要肯定。

在故乡索居独学的生活开始了，亲戚友属的非难讪笑，自然也时时使我的决心动摇，希望毁灭；但我也已经有十六岁的年纪了，受到了外界的不了解我的讥讪之后，当然也要起一种反拨的心理作用。人家若明显地问我“为什么不进学堂去读书？”不管他是好意还是恶意，我总以“家里再没有钱供给我去浪费了”的一句话回报他们。有几个满怀着十分的好意，劝告我“在家里闲住着终不是青年的出路”的时候，我总以“现在正在预备，打算下年就去考大学”的一句衷心话来作答。而实际上这将近两年的独居苦学，对我的一生，却是收获最多，影响最大的一个预备时代。

每日侵晨，起床之后，我总面也不洗，就先读一个钟头的外国文。早餐吃过，直到中午为止，是读中国书的时间，一部《资治通鉴》和两部《唐宋诗文醇》，就是我当时的课本。下午看一点科学书后，大抵总要出去散一回步。节季已渐渐地进入到了春天，是一九一一宣统辛亥年的春天了，富春江的两岸，和往年一样地绿遍了青青的芳草，长满了袅袅的垂杨。梅花落后，接着就是桃李的乱开；我若不沿着江边，走上城东鹳山上的春江第一楼去坐看江总或上北门外的野田间去闲步，或出西门向近郊的农村天地里去游行。

附廓的农民的贫穷与无智，经我几次和他们接谈及观察的结果，使我有好几晚不能够安睡。譬如一家有五六口人口，而又有着十亩田的己产，以及一间小小的茅屋的自作农罢，在近郊的农民中间，已经算是很富有的中上人家了。从四五月起，他们先要种秧田，这二分或三分的秧田大抵是要向人家去租来的，因为不是水旱无伤的上田，秧就不能种活。租秧田的费用，多则三五元，少到一二元，却不能再少了。五六月在烈日之下分秧种稻，即使全家出马，也还有赶不成同时插种的危险；因为水的关系，气候的关系，农民的时间，却也同交易所里的闲食者们一样，是一刻也差错不得的。即使不雇工人，和人家交换做工，而把全部田稻种下之后，三次的耘植与用肥的费用，起码也要合二三元钱一亩的盘算。倘使天时凑巧，最上的丰年，平均一亩，也只能收到四五石的净谷；而从这四五石谷里，除去完粮纳税的钱，除去用肥料租秧田及间或雇用忙工的钱后，省下来还够得一家五口的一年之食么？不得已自然只好另外想法，譬如把稻草拿来做草纸，利用田的闲时来种麦种菜种豆类等等，但除稻以外的副作物的报酬，终竟是有限得很的。

耕地报酬渐减的铁则，丰年谷贱伤农的事实，农民们自然哪里会有这样的知识；可怜的是他们不但不晓得去改良农种，开辟荒地，一年之中，岁时伏腊，还要把他们汗血钱的大部，去花在求神佞佛，与满足许多可笑的虚荣的上头。

所以在二十几年前头，即使大地主和军阀的掠夺，还没有像现在那么的厉害，中国农村是实在早已濒于破产的绝境了，更哪里还经得起廿年的内乱，廿年的外患，与廿年的剥削呢？

从这一种乡村视察的闲步回来，在书桌上躺着候我开拆的，就是每日由上海寄来的日报。忽而英国兵侵入云南占领片马了，忽而东三省疫病流行了，忽而广州的将军被刺了；凡见到的消息，又都是无能的政府，因专制昏庸，而酿成的惨剧。

黄花冈七十二烈士的义举失败，接着就是四川省铁路风潮的勃发，在我们那一个一向是沉静得同古井似的小县城里，也显然的起了动摇。市面上敲着铜锣，卖朝报的小贩，日日从省城里到来。脸上画着八字胡须，身上穿着披开的洋服，有点像外国人似的革命党员的画像，印在薄薄的有光洋纸之上，满贴在茶坊酒肆的壁间，几个日日在茶酒馆中过日子的老人，也降低了喉咙，皱紧了眉头，低低切切，很严重地谈论到了国事。

这一年的夏天，在我们的县里西北乡，并且还出了一次青红帮造反的事情。省里派了一位旗籍都统，带了兵马来杀了几个客籍农民之后，城里的街谈巷议，更是颠倒错乱了；不知从哪一处地方传来的消息，说是每夜四更左右，江上东南面的天空，还出现了一颗光芒拖得很长的扫帚星。我和祖母母亲，发着抖，赶着四更起来，披衣上江边去看了好几夜，可是扫帚星却终于没有看见。

到了阴历的七八月，四川的铁路风潮闹得更凶，那一种谣传，更来得神秘奇异了，我们的家里，当然也起了一个波澜，原因是因为祖母母亲想起了在外面供职的我那两位哥哥。

几封催他们回来的急信发后，还盼不到他们的复信的到来，八月十八（阳历十月九日）的晚上，汉口俄租界里炸弹就爆发了。从此急转直下，武昌革命军的义旗一举，不消旬日，这消息竟同晴天的霹雳一样，马上就震动了全国。

报纸上二号大字的某处独立，拥某人为都督等标题，一日总有几起；城里的谣言，更是青黄杂出，有的说“杭州在杀没有辫子的和尚”，有的说“抚台已经逃了”，弄得一般居民，乡下人逃上了城里，城里人逃往了乡间。

我也日日的紧张着，日日的渴等着报来；有几次在秋寒的夜半，一听见喇叭的声音，便发着抖穿起衣裳，上后门口去探听消息，看是不是革命党到了。而沿江一带的兵船，也每天看见驶过，洋货铺里的五色布匹，无形中销售出了大半。终于有一天阴寒的下午，从杭州有几只张着白旗的船到了，江边上岸来了几十个穿灰色制服，荷枪带弹的兵士。县城里的知县，已于先一日逃走了，报纸上也报着前两日，上海已为民军所占领。商会的巨头，绅士中的几个有声望的，以及残留着在城里的一位贰尹，联合起来出了一张告示，开了一次欢迎那几十位穿灰色制服的兵士的会，家家户户便挂上了五色的国旗，杭城光复，我们的这个直接附属在杭州府下的小县城，总算也不遭兵燹，而平平稳稳地脱离了满清的压制。

平时老喜欢读悲歌慷慨的文章，自己捏起笔来，也老是痛哭淋漓，呜呼满纸的我这一个热血青年，在书斋里只想去冲锋陷阵，参加战斗，为众舍身，为国效力的我这一个革命志士，际遇着了这样的机会，却也终于没有一点作为，只呆立在大风圈外，捏紧了空拳头，滴了几滴悲壮的旁观者的哑泪而已。

海　上
——自传之八

大暴风雨过后，小波涛的一起一伏，自然要继续些时。民国元年二月十二，满清的末代皇帝宣统下了退位之诏，中国的种族革命，总算告了一个段落。百姓剪去了辫发，皇帝改作了总统。天下骚然，政府惶惑，官制组织，尽行换上了招牌，新兴权贵，也都改穿了洋服。为改订司法制度之故，民国二年（一九一三）的秋天，我那位在北京供职的哥哥，就拜了被派赴日本考察之命，于是我的将来的修学行程，也自然而然的附带着决定了。

眼看着革命过后，余波到了小县城里所惹起的是是非非，一半也抱了希望，一半却拥着怀疑，在家里的小楼上闷过了两个夏天，到了这一年的秋季，实在再也忍耐不住了，即使没有我那位哥哥的带我出去，恐怕也得自己上道，到外边来寻找出路。

几阵秋雨一落，残暑退尽了，在一天晴空浩荡的九月下旬的早晨，我只带了几册线装的旧籍，穿了一身半新的夹服，跟着我那位哥哥离开了乡井。

上海街路树的洋梧桐叶，已略现了黄苍，在日暮的街头，那些租界上的熙攘的居民，似乎也森岑地感到了秋意，我一个人呆立在一品香朝西的露台栏里，才第一次受到了大都会之夜的威胁。

远近的灯火楼台，街下的马龙车水，上海原说是不夜之城，销金之窟，然而国家呢？社会呢？像这样的昏天黑地般过生活，难道是人生的目的么？金钱的争夺，犯罪的公行，精神的浪费，肉欲的横流，天虽则不会掉下来，地虽则也不会陷落去，可是像这样的过去，是可以的么？在仅仅阅世十七年多一点的当时我那幼稚的脑里，对于帝国主义的险毒，物质文明的糜烂，世界现状的危机，与夫国计民生的大略等明确的观念，原是什么也没有，不过无论如何，我想社会的归宿，做人的正道，总还不在这里。

正在对了这魔都的夜景，感到不安与疑惑的中间，背后房里的几位哥哥的朋友，却谈到了天蟾舞台的迷人的戏剧；晚餐吃后，有人做东道主请去看戏，我自然也做了花楼包厢里的观众的一人。

这时候梅博士[1]还没有出名，而社会人士的绝望胡行，色情倒错，也没有像现在那么的彻底，所以全国上下，只有上海的一角，在那里为男扮女装的旦角而颠倒；那一晚天蟾舞台的压台名剧，是贾璧云的全本《棒打薄情郎》，是这一位色艺双绝的小旦的拿手风头戏；我们于九点多钟，到戏院的时候，楼上楼下观众已经是满坑满谷，实实在在的到了更无立锥之地的样子了。四周的珠玑粉黛，鬓影衣香，几乎把我

1　梅兰芳。

这一个初到上海的乡下青年，窒塞到回不过气来；我感到了眩惑，感到了昏迷。

最后的一出贾璧云的名剧上台的时候，舞台灯光加了一层光亮，台下的观众也起了动摇。而从脚灯里照出来的这一位旦角的身材，容貌，举止与服装，也的确是美，的确足以挑动台下男女的柔情。在几个钟头之前，那样的对上海的颓废空气，感到不满的我这不自觉的精神主义者，到此也有点固持不住了。这一夜回到旅馆之后，精神兴奋，直到了早晨的三点，方才睡去，并且在熟睡的中间，也曾做了色情的迷梦。性的启发，灵肉的交哄，在这次上海的几日短短逗留之中，早已在我心里，起了发酵的作用。

为购买船票杂物等件，忙了几日；更为了应酬来往，也着实费去了许多精力与时间，终于在一天侵早，我们同去者三四人坐了马车向杨树浦的汇山码头出发了，这时候马路上还没有行人，太阳也只出来了一线。自从这一次的离去祖国以后，海外飘泊，前后约莫有十余年的光景，一直到现在为止，我在精神上，还觉得是一个无祖国无故乡的游民。

太阳升高了，船慢慢地驶出了黄浦，冲入了大海；故国的陆地，缩成了线，缩成了点，终于被地平的空虚吞没了下去；但是奇怪得很，我鹄立在船舱的后部，西望着祖国的天空，却一点儿离乡去国的悲感都没有。比到三四年前，初去杭州时的那种伤感的情怀，这一回仿佛是在回国的途中。大约因为生活沉闷，两年来的蛰伏，已经把我的恋乡之情，完全割断了。

海上的生活开始了，我终日立在船楼上，饱吸了几天天空海阔的自由的空气。傍晚的时候，曾看了伟大的海中的落日；夜半醒来，又上甲板去看了天幕上的秋星。船出黄海，驶入了明蓝到底的日本海的时候，我又深深地深深地感受到了海天一碧，与白鸥水鸟为伴时的被解放的情趣。我的喜欢大海，喜欢登高以望远，喜欢遗世而独处，怀恋大自然而嫌人的倾向，虽则一半也由于天性，但是正当青春的盛日，在四面是海的这日本孤岛上过去的几年生活，大约总也发生了不可磨灭的绝大的影响无疑。

船到了长崎港口，在小岛纵横，山青水碧的日本西部这通商海岸，我才初次见到了日本的文化，日本的习俗与民风。后来读到了法国罗底的记载这海港的美文，更令我对这位海洋作家，起了十二分的敬意。嗣后每次回国经过长崎心里总要跳跃半天，仿佛是遇见了初恋的情人，或重翻到了几十年前写过的情书。长崎现在虽则已经衰落了，但在我的回忆里，它却总保有着那种活泼天真，像处女似的清丽的印象。

半天停泊，船又起锚了，当天晚上，就走到了四周如画，明媚到了无以复加的濑户内海。日本艺术的清淡多趣，日本民族的刻苦耐劳，就是从这一路上的风景，以及四周海上的果园垦植地看来，也大致可以明白。蓬莱仙岛，所指的不知是否就在这一块地方，可是你若从中国东游，一过濑户内海，看看两岸的山光水色，与夫岸上的渔户农村，即使你不是秦朝的徐福，总也要生出神仙窟宅的幻想来，何况我在当时，正值多情多感，中国岁是十八岁的青春期哩！

由神户到大坂，去京都，去名古屋，一路上且玩且行，到东京小石川区一处高台上租屋住下，已经是十月将终，寒风有点儿可怕起来了。改变了环境，改变了生活起居的方式，言语不通，经济行动，又受了监督没有自由，我到东京住下的两三个月里，觉得是入了一所没有枷锁的牢狱，静静儿的回想起来，方才感到了离家去国之悲，发生了不可遏止的怀乡之病。

在这郁闷的当中，左思右想，惟一的出路，是在日本语的早日的谙熟，与自己独立的经济的来源。多谢我们国家文化的落后，日本与中国，曾有国立五校，开放收受中国留学生的约定。中国的日本留学生，只教能考上这五校的入学试验，以后一直到毕业为止，每月的衣食零用，就有官费可以领得；我于绝望之余，就于这一年的十一月，入了学日本文的夜校，与补习中学功课的正则预备班。

早晨五点钟起床，先到附近的一所神社的草地里去高声朗诵着“上野的樱花已经开了”，“我有着许多的朋友”等日文初步的课文，一到八点，就嚼着面包，步行三里多路，走到神田的正则学校去补课。以二角大洋的日用，在牛奶店里吃过午餐与夜饭，晚上就是三个钟头的日本文的夜课。

天气一日一日的冷起来了，这中间自然也少不了北风的雨雪。因为日日步行的结果，皮鞋前开了口，后穿了孔。一套在上海做的夹呢学生装，穿在身上，仍同裸着的一样；幸亏有了几年前一位在日本曾入过陆军士官学校的同乡，送给了我一件陆军的制服，总算在晴日当作了外套，雨日当作了雨衣，御了一个冬天的寒。这半年中的苦学，我在身体上，虽则种下了致命的呼吸器的病根，但在智识上，却比在中国所受的十余年的教育，还有一程的进境。

第二年的夏季招考期近了，我为决定要考入官费的五校去起见，更对我的功课与日语，加紧了速力。本来是每晚于十一点就寝的习惯，到了三月以后，也一天天的改过了；有时候与教科书本茕茕相对，竟会到了附近的炮兵工厂的汽笛，早晨放五点钟的夜工时，还没有入睡。

必死的努力，总算得到了相当的酬报，这一年的夏季，我居然在东京第一高等学校的入学考试里占取了一席。到了秋季始业的时候，哥哥因为一年的考察期将满，准备回国来复命，我也从他们的家里，迁到了学校附近的宿店。于八月底边，送他们上了归国的火车，领到了第一次的自己的官费，我就和家庭，和戚属，永久地断绝了连络。从此野马缰弛，风筝线断，一生中潦倒飘浮，变成了一只没有舵楫的孤舟，计算起时日来，大约与第一次世界大战的开始，差不多是在同一的时候。

以上八篇自传性质的文章是作者于一九三四年十月至一九三六年一月末日（其中一至七篇是在一九三四年冬至一九三五年春末）这段期间内陆续写成的。正是白色恐怖网罩上海的日子。

第二辑 漂泊·一个人在途上

故都的秋

秋天，无论在什么地方的秋天，总是好的；可是啊，北国的秋，却特别地来得清，来得静，来得悲凉。我的不远千里，要从杭州赶上青岛，更要从青岛赶上北平来的理由，也不过想饱尝一尝这“秋”，这故都的秋味。

江南，秋当然也是有的；但草木雕得慢，空气来得润，天的颜色显得淡，并且又时常多雨而少风；一个人夹在苏州上海杭州，或厦门香港广州的市民中间，浑浑沌沌地过去，只能感到一点点清凉，秋的味，秋的色，秋的意境与姿态，总看不饱，尝不透，赏玩不到十足。秋并不是名花，也并不是美酒，那一种半开半醉的状态，在领略秋的过程上，是不合适的。

不逢北国之秋，已将近十余年了。在南方每年到了秋天，总要想起陶然亭的芦花，钓鱼台的柳影，西山的虫唱，玉泉的夜月，潭柘寺的钟声。在北平即使不出门去吧，就是在皇城人海之中，租人家一椽破屋来住着，早晨起来，泡一碗浓茶，向院子一坐，你也能看得到很高很高的碧绿的天色，听得到青天下驯鸽的飞声。从槐树叶底，朝东细数着一丝一丝漏下来的日光，或在破壁腰中，静对着像喇叭似的牵牛花（朝荣）的蓝朵，自然而然地也能够感觉到十分的秋意。说到了牵牛花，我以为以蓝色或白色者为佳，紫黑色次之，淡红色最下。最好，还要在牵牛花底，教长着几根疏疏落落的尖细且长的秋草，使作陪衬。

北国的槐树，也是一种能使人联想起秋来的点缀。像花而又不是花的那一种落蕊，早晨起来，会铺得满地。脚踏上去，声音也没有，气味也没有，只能感出一点点极微细极柔软的触觉。扫街的在树影下一阵扫后，灰土上留下来的一条条扫帚的丝纹，看起来既觉得细腻，又觉得清闲，潜意识下并且还觉得有点儿落寞，古人所说的梧桐一叶而天下知秋的遥想，大约也就在这些深沉的地方。

秋蝉的衰弱的残声，更是北国的特产；因为北平处处全长着树，屋子又低，所以无论在什么地方，都听得见它们的啼唱。在南方是非要上郊外或山上去才听得到的。这秋蝉的嘶叫，在北平可和蟋蟀耗子一样，简直像是家家户户都养在家里的家虫。

还有秋雨哩，北方的秋雨，也似乎比南方的下得奇，下得有味，下得更像样。

在灰沉沉的天底下，忽而来一阵凉风，便息列索落地下起雨来了。一层雨过，云渐渐地卷向了西去，天又青了，太阳又露出脸来了；著着很厚的青布单衣或夹袄的都市闲人，咬着烟管，在雨后的斜桥影里，上桥头树底下去一立，遇见熟人，便会用了缓慢悠闲的声调，微叹着互答着的说：

“唉，天可真凉了——”（这了字念得很高，拖得很长。）

“可不是么？一层秋雨一层凉了！”

北方人念阵字，总老像是层字，平平仄仄起来，这念错的歧韵，倒来得正好。

北方的果树，到秋来，也是一种奇景。第一是枣子树，屋角，墙头，茅房边上，灶房门口，它都会一株株地长大起来。像橄榄又像鸽蛋似的这枣子颗儿，在小椭圆形的细叶中间，显出淡绿微黄的颜色的时候，正是秋的全盛时期；等枣树叶落，枣子红完，西北风就要起来了，北方便是尘沙灰土的世界，只有这枣子、柿子、葡萄，成熟到八九分的七八月之交，是北国的清秋的佳日，是一年之中最好也没有的Golden Days。

有些批评家说，中国的文人学士，尤其是诗人，都带着很浓厚的颓废色彩，所以中国的诗文里，颂赞秋的文字特别的多。但外国的诗人，又何尝不然？我虽则外国诗文念得不多，也不想开出账来，做一篇秋的诗歌散文钞，但你若去一翻英德法意等诗人的集子，或各国的诗文的Anthology来，总能够看到许多关于秋的歌颂与悲啼。各著名的大诗人的长篇田园诗或四季诗里，也总以关于秋的部分，写得最出色而最有味。足见有感觉的动物，有情趣的人类，对于秋，总是一样的能特别引起深沈，幽远，严厉，萧索的感触来的。不单是诗人，就是被关闭在牢狱里的囚犯，到了秋天，我想也一定会感到一种不能自已的深情；秋之于人，何尝有国别，更何尝有人种阶级的区别呢？不过在中国，文字里有一个“秋士”的成语，读本里又有着很普遍的欧阳子[1]的《秋声》与苏东坡的《赤壁赋》等，就觉得中国的文人，与秋的关系特别深了。可是这秋的深味，尤其是中国的秋的深味，非要在北方，才感受得到底。

南国之秋，当然是也有它的特异的地方的，比如廿四桥的明月，钱塘江的秋潮，普陀山的凉雾，荔枝湾的残荷等等，可是色彩不浓，回味不永。比起北国的秋来，正像是黄酒之与白干，稀饭之与馍馍，鲈鱼之与大蟹，黄犬之与骆驼。

秋天，这北国的秋天，若留得住的话，我愿把寿命的三分之二折去，换得一个三分之一的零头。

一九三四年八月

1 欧阳修。

还乡后记

风烟俱净，天山共色，从流飘荡，任意东西，自富阳至桐庐一百许里，奇山异水，天下独绝。水皆缥碧，千丈见底，游鱼细石，直视无碍，急湍甚箭，猛浪若奔，隔岸高山，皆生寒树，负势竞上，互相轩邈，争高直指，千百成群。泉水激石，泠泠作响，好鸟相鸣，嘤嘤成韵。蝉则千啭不穷，猿则百叫无绝，鸢飞戾天者，望峰息心，经纶世务者，窥谷忘反，横柯上蔽，在昼犹昏，疏条交映，有时见日。吴均。

一

“比在家庭的怀抱里觉得更好的地方，是什么地方？”像这样的地方，当然是没有的，法国的这一句古歌，实在是把人情世态道尽了。

当微雨潇潇之夜，你若身眠古驿，看看萧条的四壁，看看一点欲尽的寒灯，倘不想起家庭的人，这人便是没有心肠者，任它草堆也好，破窑也好，你儿时放摇篮的地方，便是你死后最好的葬身之所呀！我们在客中卧病的时候，每每要想及家乡，就是这事的明证。

我空拳只手的奔回家去。买了杭州，又把路费用尽，在赤日的底下，在车行的道上，我就不得不步行出城。缓步当车，说起来倒是好听，但是在二十世纪的堕落的文明里沉浸过的我，既贫贱而又多骄，最喜欢张张虚势，更何况平时是以享乐为主义的我，又哪里能够好好的安贫守分，和乡下人一样的蹀躞泥中呢！

这一天阴历的六月初三，天气倒好得很。但是炎炎的赤日，只能助长有钱有势的人的纳凉佳兴，与我这行路病者，却是丝毫无益的！我慢慢的出了凤山门，立在城河桥上，一边用了我那半旧的夏布长衫襟袖，揩拭汗水，一边回头来看看杭州的城市，与杭州城上盖着的青天和城墙界上的一排山岭，真有万千的感慨，横亘在胸中。预言者自古不为其故乡所容，我今朝却只能对了故里的丘山，来求最后的荫庇，五柳先生的心事，痛可知了。

啊啊！亲爱的诸君，请你们不要误会，我并非是以预言者自命的人，不过说我流离颠沛，却是与预言者的境遇相同，社会错把我作了天才待遇罢了。即使罗秀才能行破石飞鸡的奇迹，然而他的品格，岂不和飘泊在欧洲大陆，猖狂乞食的其泊西（gipsy）[1]一样么？

我勉强走到了江干，腹中饥饿得很了。回故乡去的早班轮船，当然已经开出，等下午的快船出发，还有三个钟头。我在杂乱窄狭的南星桥市上飘流了一会，在靠江的一条冷清的夹道里找出了一家坍败的

1　吉普赛人。

饭馆来。

饭店的房屋的骨格，同我的胸腔一样，肋骨已经一条一条的数得出来了。幸亏还有左侧的一根木椽，从邻家墙上，横着支住在那里，否则怕去秋的潮汛，早好把它拉入了江心，作伍子胥的烧饭柴火去了。店里的几张板凳桌子，都积满了灰尘油腻，好像是前世纪的遗物。账柜上坐着一个四十内外的女人，在那里做鞋子。灰色的店里，并没有什么生动的气象，只有在门口柱上贴着的一张“安寓客商”的尘蒙的红纸，还有些微现世的感觉。我因为脚下的钱已快完，不能更向热闹的街心去寻辉煌的菜馆，所以就慢慢的踱了进去。

啊啊，物以类聚！你这短翼差池的饭馆，你若是二足的走兽，那我正好和你分庭抗礼结为兄弟哩。

二

假使天公下一阵微雨，把钱塘江两岸的风景，罩得烟雨模糊，把江边的泥路，浸得污浊难行，那么这时候江干的旅客，必要减去一半，那么我乘船归去，至少可以少遇见几个晓得我的身世的同乡；即使旅客不因之而减少，只教天上有暗淡的愁云濛着，阶前屋外有几点雨滴的声音，那么围绕在我周围的空气和自然的景物，总要比现在更带有些阴惨的色彩，总要比现在和我的心境更加相符。若希望再奢一点，我此刻更想有一具黑漆棺木在我的旁边。最好是秋风凉冷的九十月之交，叶落的林中，阴森的江上，不断地筛着渺濛的秋雨。我在凋残的芦苇里，雇了一叶扁舟，当日暮的时候，在送灵柩归去。小船除舟子而外，不要有第二个人。棺里卧着的，若不是和我寝处追随的一个年少妇人，至少也须是一个我的至亲骨肉。我在灰暗微明的黄昏江上，雨声淅沥的芦苇丛中，赤了足，张了油纸雨伞，提了一张灯笼，摸上船头上去焚化纸帛。

我坐在靠江的一张破桌子上，等那柜上的妇人下来替我炒蛋炒饭的时候，看看西兴对岸的青山绿树，看看江上的浩荡波光，又看看在江边沙渚的晴天赤日下来往的帆樯肩舆和舟子牛车，心里忽起了一种怨恨天帝的心思。我怨恨了一阵，痴想了一阵，就把我的心愿，原原本本的排演了出来。我一边在那里焚化纸帛，一边却对棺里的人说：

“Jeanne！我们要回去了，我们要开船了！怕有野鬼来麻烦，你就拿这一点纸帛送给他们罢！你可要饭吃？你可安稳？你可是伤心？你不要怕，我在这里，我什么地方也不去了，我只在你的边上。……”

我幽幽的讲到最后的一句，咽喉就塞住了。我在座上拱了两手，把头伏了下去，两面颊上，只感着了一道热气。我重新把我所欲爱的女人，一个一个想了出来，见她们闭着口眼，冰冷的直卧在我的前头。我觉得隐忍不住了，竟任情的放了一声哭声。那个在炉灶上的妇人，以为我在催她的饭，她就同哄小孩子似的用了柔和的声气说：

“好了好了！就快好了，请再等一会儿！”

啊啊！我又想起来了，我又想起来了，年幼的时候，当我哭泣的时候，祖母母亲哄我的那一种声气！

“已故的老祖母，倚闾的老母亲！你们的不肖的儿孙，现在正落魄了在江干等回故里的船呀！”

我在自己制成的伤心的泪海里游泳了一会，那妇人捧了一碗汤，一碗炒饭，摆到了我的面前来。我仰起头来对她一看，她倒惊了一跳。

对我呆看了一眼，她就去绞了一块手巾来递给我，叫我擦一擦面。我对了这半老妇人的殷勤，心里说不出的只在感谢。几日来因为睡眠不足，营养不良的缘故，已经是非常感觉衰弱，动着就要流泪的我，对她的这一种感谢，也变成了两行清泪，噗嗒的滴下了腮来，她看了这种情形，就问我说：

“客人，你可是遇见了坏人？”

我摇了摇头，勉强的对她笑了一笑，什么话也不能回答。她呆呆的立了一回，看我不能讲话，也就留了一句：“饭不够吃，再好炒的。”安慰我的话，走向她的柜上去了。

三

我吃完了饭，付了她两角银角子，把找回来的八九个铜子，也送给了她，她却摇着头说：“客人，你是赶船的么？船上要用钱的地方多得很哩，这几个铜子你收着用罢！”

我以为她怪我吝啬，只给她几个铜子的小账，所以又摸了两角银角子出来给她。她却睁大了眼睛对我说：

“咿咿！这算什么？这算什么？”

她硬不肯收，我才知道了她的真意，所以说：

“但是无论如何，我总要给你几个小账的。”

她又推了一会，才收了三个铜子说：

“小账已经有了。”

啊啊，我自回中国以来，遇见的都是些卑污贪暴的野心狼子，我万万想不到在浇薄的杭州城外，有这样的一个真诚的妇人的。妇人呀妇人，你的坍败的屋椽，你的凋零的店铺，大约就是你的真诚的结果，社会对你的报酬！啊啊，我真恨我没有黄金十万，为你建造一家华丽的酒楼。

“再会再会！”

“顺风顺风！船上要小心一点。”

“谢谢！”

我受妇人的怜惜，这可算是平生的第一次。

我出了饭馆，从太阳晒着的冷静的这条夹道，走上轮船公司的那条大街上去。大约是将近午饭的时候了，街上的行人，比曩时少了许多。我走到轮船公司门口，向窗里一看，见账房内有五六个男子围了桌子，赤了膊在那里说笑吃饭。卖票的窗前的屋里，在角头椅上，只坐着两个乡下人，在那里等候，从他们的衣服、态度上看来，他们必是临浦萧山一带的农民，也不知他们有什么心事，他们的眉毛却蹙得紧紧的。

我走近了他们，在他们旁边坐下之后，两人中间的一个看了我一眼，问我说：

“鲜散（先生）！到临浦严办（烟篷）几个脸（钱）？”

“我也不知道，大约是一二角角子罢。”

“喏（你）到啥地方起（去）咯？”

“我上富阳去的。”

“哎（我们）是为得打官司到杭州来咯。”

我并不问他，他却把这一回因为一个学堂里出身的先生告了他的状，不得不到杭州来的事情对我详细地诉说了：

"哎真勿要打官司啦！格煞（现在）田里已（又）忙，宁（人）也走勿开，真真苦煞哉啦！汉（那）个学堂里个（的）鲜散，心也脱凶哉，哎请啦宁刚（讲）过好两遍，情愿拿出八十块洋钿不（给）其（他），其（他）要哎百念块。喏（你）看，格煞五荒六月，教哎啥地方去变出一百念块洋钿来呢！"

他说着似乎是很伤心的样子。

"唉唉！你这老实的农民，我若有钱，我就给你一百二十块钱救你出险了。但是

Thou's met me in an evil hour;

………………………………

To spare thee now is past my power,

………………………………"

我心里这样的一想，又重新起了一阵身世之悲。他看我默默的不语，便也住了口，仍复沉入悲愁的境里去了。

四

我坐在轮船公司的那只角上，默默地与那农民相对，耳里断断续续的听了些在账房里吃饭的人的笑语，只觉得一阵一阵的哀心隐痛，绝似临盆的孕妇，要产产不出来的样子。

杭州城外，自闸口至南星，统江干一带，本是我旧游之地，我记得没有去国之先，在岸边花艇里，金尊檀板，也曾眠醉过几场。江上的明月，月下的青山，与越郡的鸡酒，佐酒的歌姬，当然依旧在那里助长

人生的乐趣。但是我呢？我身上的变化呢？我的同干柴似的一双手里，只捏了三个两角的银角子，在这里等买船票！

过了一点多钟，轮船公司的那间屋里，挤满了旅人，我因为怕逢知我的同乡，只俯了首，默默的坐着不敢吐气。啊啊，窗外的被阳光晒着的长街，在街上手轻脚健快快活活来往的行人，请你们饶恕我的罪罢，这时候我心里真恨不得丢一个炸弹，与你们同归于尽呀。

跟了那两个农民，在窗口买了一张烟篷船票，我就走出公司，走上码头，走上跳板，走上驳船去。

原来钱塘江岸，浅滩颇多，码头下有一排很长的跳板，接在那里。我跟了众人，一步一步的从跳板上走到驳船里去的时候，却看见了一个我自家的影子，斜映在江水里，慢慢地在那里前进。等走到跳板尽处，将上驳船的时候，我心里忽而想起了一段我女人写给我的信上的话来：

我从来没有一个人单独出过门，那天晚上，我对你说的让我一个人回去的话，原是激于一时的意气而发，我实不知道抱着一个六个月的孩子的妇人的单独旅行，是如何的苦法的。那天午后，你送我上车，车开之后，我抱了龙儿，看看车里坐着的男女，觉得都比我快乐。我又探头出来，遥向你住着的上海一望，只见了几家工厂，和屋上排列在那里的一列烟囱。我对龙儿看了一眼，就不知不觉的涌出了两滴眼泪。龙儿看了我这样子，也好像有知识似的对我呆住了。他跳也不跳了，笑也不笑了，默默的尽对我呆看。我看了这种样子，更觉得伤心难耐，就把我的颜面俯上他的脸去，紧紧地吻了他一回。他呆了一会，就在我的怀里睡着了。

火车行行前进，我看看车窗外的野景，忽而想起去年你带我出来的时候的景象。啊啊！去岁的初秋，你我一路出来上A地去的快乐的旅行，和这一回惨败了回来的情状一比，当时的感慨如何，大约是你所能推想得出的罢！

在江干的旅馆里过了一夜，第二天的早晨，我差茶房送了一个信给住在江干的我的母舅，他就来了。把我的行李送上轮船之后，买了票子，他又来陪我上船去。龙儿硬不要他抱，所以我只能抱着龙儿，跟在他后面，一步一步的走上那骇人的跳板去，等跳板走尽的时候，我想把龙儿交给母舅，纵身一跳，跳入钱塘江里去的。但是仔细一想，在昏夜的扬子江边还淹不死的我，在白日的这浅渚里，又哪里能达到我的目的？弄得半死不活，走回家去，反而要被人家笑话，还不如忍着罢。

我到家以后，这几天里，简直还没有取过饮食，所以也没有气力写信给你，请你谅我。……

五

啊啊，贫贱夫妻百事哀！我的女人吓，我累你不少了。

我走上了驳船，在船篷下坐定之后，就把三个月前，在上海北站，送我女人回家的事情想了出来。忘记了我的周围坐着的同行者，忘记了在那里摇动的驳船，并且忘记了我自家的失意的情怀，我只见清瘦的我的女人抱了我们的营养不良的小孩在火车窗里，在对我流泪。火车随着蒸气机关在那里前进，她的眼泪洒满的苍白的脸儿，也和车轮合着了拍子，一隐一现的在那里窥探我。我对她点一点头，她也对我点一点头。我对她手招一招，教她等我一忽，她也对我手招一招。我想使尽我的死力，跳上火车去和她坐一块儿，但是心里又怕跳不上去，要跌下来。我迟疑了许久，看她在窗里的愁容，渐渐的远下去，淡下去了，才抱定了决心，站起来向前面伸出了一只手去。我攀着了一根铁干，听见了一声咚咚的冲击的声音，纵身向上一跳，觉得双脚踏在木板上了。忽有许多嘈杂的人声，逼上我的耳膜来，并且有几只强有力的手，突突的向我背后推打了几下。我回转头来一看，方知是驳船到了轮船身边，大家在争先的跳上轮船来，我刚才所攀着的铁干，并不是火车的回栏，我的两脚也并不是在火车中间，却踏在小轮船的舷上了。

我随了众人挤到后面的烟篷角上去占了一个位置，静坐了几分钟，把头脑休息了一下，方才从刚才的幻梦状态里醒了转来。

向窗外一望，我看见透明的淡蓝色的江水，在那里返射日光。更抬头起来，望到了对岸，我看见一条黄色的沙滩，一排苍翠的杂树，静静的躺在午后的阳光里吐气。

我弯了腰背孤伶仃的坐了一忽，轮船开了。在闸口停了一停，这一只同小孩子的玩具似的小轮船就仆独仆独的奔向西去。两岸的树林沙渚，旋转了好几次，江岸的草舍，农夫，和偶然出现的鸡犬小孩，都好像是和平的神话里的材料，在那里等赫西奥特（Hesiod）[1]的吟咏似的。

经过了闻家堰，不多一忽，船就到了东江嘴，上临浦义桥的船客，是从此地换入更小的轮船，溯支江而去的。买票前和我坐在一起的

1　赫西俄德，古希腊诗人。

那两个农民，被茶房拉来拉去的拉到了船边，将换入那只等在那里的小轮船去的时候，一个和我讲话过的人，忽而回转头来对我看了一眼，我也不知不觉的回了他一个目礼。啊啊！我真想跟了他们跳上那只小轮船去，因为一个钟头之后，我的轮船就要到富阳了，这回前去停船的第一个码头，就是富阳了，我有什么面目回家去见我的衰亲，见我的女人和小孩呢？

但是命运注定的最坏的事情，终究是避不掉的。轮船将近我故里的县城的时候，我的心脏的鼓动也和轮船的机器一样，仆独仆独的响了起来。等船一靠岸，我就杂在众人堆里，披了一身使人眩晕的斜阳，俯着首走上岸来。上岸之后，我却走向和回家的路径方向相反的一个冷街上的土地庙去坐了两点多钟。等太阳下山，人家都在吃晚饭的时候，我方才乘了夜阴，走上我们家里的后门边去。我侧耳一听，听见大家都在庭前吃晚饭，偶尔传过来的一声我女人和母亲的说话的声音，使我按不住的想奔上前去，和她们去说一句话，但我终究忍住了。乘后门边没有一个人在，我就放大了胆，轻轻推开了门，不声不响的摸上楼上我的女人的房里去睡了。

晚上我的女人到房里来睡的时候，如何的惊惶，我和她如何的对泣，我们如何的又想了许多谋自尽的方法，我在此地不记下来了，因为怕人家说我是为欲引起人家的同情的缘故，故意的在夸张我自家的苦处。

一九二三年八月十九日

海上通信

晚秋的太阳，只留上一道金光，浮映在烟雾空蒙的西方海角。本来是黄色的海面被这夕照一烘，更加红艳得可怜了。从船尾望去，远远只见一排陆地的平岸，参差隐约的在那里对我点头。这一条陆地岸线之上，排列着许多一二寸长的桅樯细影，绝似画中的远草，依依有惜别的余情。

海上起了微波，一层一层的细浪，受了残阳的返照，一时光辉起来。飒飒的凉意逼入人的心脾。清淡的天空，好像是离人的泪眼，周围边上，只带着一道红圈。是薄寒浅冷的时候，是泣别伤离的日暮。扬子江头，数声风笛，我又上了天涯漂泊的轮船。

以我的性情而论，在这样的时候，正好陶醉在惜别的悲哀里，满满的享受一场Sentimental sweetness[1]。否则也应该自家制造一种可怜的

1　感官的喜悦。

情调，使我自家感到自家的风尘仆仆，一事无成。若上举两事办不到的时候，至少也应该看看海上的落日，享受享受那伟大的自然的烟景。但是这三种情怀，我一种也酿造不成，呆呆的立在龌龊杂乱的海轮中层的舱口，我的心里，只充满了一种愤恨，觉得坐也不是，立也不是，硬是想拿一把快刀，杀死几个人，才肯甘休。这愤恨的原因是在什么地方呢？一是因为上船的时候，海关上的一个下流的外国人，定要把我的书箱打开来检查，检查之后，并且想把我所崇拜的列宁的一册著作拿去。二是因为新开河口的一家卖票房，收了我头等舱的船钱，骗我入了二等的舱位。

啊啊，掠夺欺骗，原是人的本性，若能达观，也不合有这一番气愤，但是我的度量却狭小得同耶稣教的上帝一样，若受着不平，总不能忍气吞声的过去。我的女人曾对我说过几次，说这是我的致命伤，但是无论如何，我总改不过这个恶习惯来。

轮船愈行愈远了，两岸的风景，一步一步的荒凉起来了，天色垂暮了，我的怨愤，才渐渐的平了下去。

沫若呀，仿吾[1]成均呀，我老实对你们说，自从你们下船之后，我一直到了现在，方想起你们三人的孤凄的影子来。啊啊，我们本来是反逆时代而生者，吃苦原是前生注定的。我此番北行，你们不要以为我是为寻快乐而去，我的前途风波正多得很呀！

天色暗下来了，我想起了家中在楼头凝望着我的女人，我想起了乳母怀中，在那里伊吾学语的孩子，我更想起了几位比我们还更苦的朋友，啊啊，大海的波涛，你若能这样的把我吞咽了下去，倒好省却我的

1　成仿吾（1897—1984），原名成灏，郁达夫挚友，与郭沫若、郁达夫等人1921年7月在日本东京建立了著名的革命文学团体创造社。

一番苦恼。我愿意化成一堆春雪，躺在五月的阳光里，我愿意代替了落花，陷入污泥深处，我愿意背负了天下青年男女的肺痨恶疾，就在此处消灭了我的残生。

这些感伤的（Sentimental）咏叹，只能博得恶魔的一脸微笑，几个在资本家跟前俯伏的文人，或者要拿了我这篇文字，去佐他们的淫乐的金樽，我不说了，我不再写了，我等那一点西方海上的红云消尽的时候，且上舱里去喝一杯白兰地罢，这是日本人所说的Yakezake！

十月五日七时书

昨天晚上，因为多喝了一杯白兰地，并且因为前夜在F.E.饭店里的一夜疲劳，还没有回复，所以一到床上就睡着了。我梦见了一个十五六的少女和我同舱，我硬要求她和我亲嘴的时候，她回复我说：

“你若要宝石，我可以给你Rajah’s diamond，

你若要王冠，我可以给你世上最大的国家，

但是这绯红的嘴唇，这未开的蔷薇花瓣，

我要保留着等世上最美的人来！”

我用了武力，捉住了她，结果竟做了一个“风月宝鉴”里的迷梦，所以今天头昏得很，什么也想不出来。但是与海天相对，终觉得无聊，我把佐藤春夫的一篇小说《被剪的花儿》读了。

在日本现代的小说家中，我所最崇拜的是佐藤春夫。他的小说，周作人君也曾译过几篇，但那几篇并不是他的最大的杰作。他的作品中的第一篇，当然要推他的出世作《病了的蔷薇》，即《田园的忧郁》了。其他如《指纹》，《李太白》等，都是优美无比的作品。最近发表

的小说集《太孤寂了》，我还不曾读过。依我看来，这一篇《被剪的花儿》，也可说是他近来的最大的收获。书中描写主人公失恋的地方，真是无微不至，我每想学到他的地步，但是终于画虎不成。他在日本现代的作家中，并不十分流行。但是读者中间的一小部分，却是对他抱着十二分的好意。有一次何畏对我说：

“达夫！你在中国的地位，同佐藤在日本的地位一样。但是日本人能了解佐藤的清洁高傲，中国人却不能了解你，所以你想以作家立身是办不到的。”

惭愧惭愧！我何敢望佐藤春夫的肩背！但是在目下的中国，想以作家立身，非但干枯的我没有希望，即使Victor Hugo[1]，Charles Dickens[2]，Gerhart Hauptmann[3]等来，也是无望的。

沫若！仿吾！我们都是笨人，我们弃康庄的大道不走，偏偏要寻到这一条荆棘丛生的死路上来。我们即使在半路上气绝身死，也同野狗的毙于道旁一样，却是我们自家寻得的苦恼，谁也不能来和我们表同情，谁也不能来收拾我们的遗骨的。啊啊！又成了牢骚了，“这是中国文人最丑的恶习，非绝灭不可的地方”，我且收住不说了罢！

单调的海和天，单调的船和我，今日使我的精神萎缩得不堪。十二时中，足破这单调的现象，只有晚来海中的落日之景，我且搁住了笔，去看The glorious sun-setting罢！

十月六日日暮的时候

---

1 雨果。

2 狄更斯。

3 霍普特曼，编剧。

这一次的航海，真奇怪得很，一点儿风浪也没有，现在船已到了烟台了。烟台港同长崎门司那些港一些儿也没有分别，可惜我没有金钱和时间的余裕，否则上岸去住他一二星期，享受一番异乡的情调，倒也很有趣味。烟台的结晶处是东首临海的烟台山。在这座山上，有领事馆，有灯台，有别庄，正同长崎市外的那所检疫所的地点一样。沫若，你不是在去年的夏天有一首在检疫所作的诗么？我现在坐在船上，遥遥的望着这烟台的一带山市，也起了拿破仑在嫒来娜岛上之感，啊啊，飘流人所见大抵略同，——我们不是英雄，我们且说飘流人罢！

山东是产苦力的地方，烟台是苦力的出口处。船一停锚，抢上来的凶猛的搭客，和售物的强人，真把我骇死，我足足在舱里躲了三个钟头，不敢出来。

到了日暮，船将起锚的时候，那些售物者方散退回去，我也出了舱，上船舷上来看落日。在海船里，除非有衣摆奈此的小说《默示录的四骑士》中所描写的那种同船者的恋爱事体外，另外实没有一件可以慰遣寂寥的事情，所以我这一次的通信里所写的也只是落日，Sun setting，Abend Roete,etc,etc。请你们不要笑我的重复！

我刚才说过，烟台港和门司长崎一样，是一条狭长的港市，环市的三面，都是浅淡的连山。东面是烟台山，一直西去，当太阳落下去的那一支山脉，不知道是什么名字。但是我想这一支山若要命名，要比“夕阳”“落照”等更好的名字，怕没有了。

一带连山，本来有近远深浅的痕迹可以看得出来的，现在当这落照的中间，都只成了淡紫。市上的炊烟，也蒙蒙的起了，更使我想起故乡城市的日暮的景色来，因为我的故乡，也是依山带水，与这烟台市不相上下的呀！

日光没了，天上的红云也淡了下去。一阵凉风吹来，使人起了一种莫名其妙的哀感。我站在船舷上，看看烟台市中一点两点渐渐增加起来的灯火，看看甲板上几个落了伍急急忙忙赶回家去的卖物的土人，忽而索落索落的滴下了两粒眼泪来。我记得我女人有一次说，小孩子到了日暮，总要哭着寻他的娘抱，因为怕晚上没有睡觉的地方。这时候我的心里，大约也被这一种Nostalgia[1]笼罩住了罢，否则何以会这样的落寞！这样的伤感！这样的悲愁无着处呢！

这船今晚上是要离开烟台上天津去的，以后是在渤海里行路了。明天晚上可到天津。我这通信，打算一上天津就去投邮。愿你与婀娜[2]和小孩全好，仿吾也好，成均也好，愿你们的精神能够振刷；啊啊，这样在勉励你们的我自家，精神正颓丧得很呀！我还要说什么！我还有说话的资格么！

十月七日晚八时烟台舱中

不知在什么时候，我记得你曾说过，沫若，你说："我们的拿起笔来要写，大约是已经成了习惯了，无论如何，我此后总不能绝对的废除笔墨的。"这一种冯妇之习，不但是你免不了，怕我也一样的罢。现在精神定了一定，我又想写了。

昨天船离了烟台，即起大风，船中的一班苦力，个个头上都淋成五色。这是什么理由呢？因为他们都是连绵席地而卧，所以你枕我的

1　乡愁。

2　郭沫若的日本夫人安娜。

头，我枕你的脚。一人吐了，二人就吐，三人四人，传染过去。铤而走险，急不能择，他们要吐的时候就不问是人头人足，如长江大河的直泻下来。起初吐的是杂物，后来吐黄水，最后就赤化了。我在这一个大吐场里，心里虽则难受，但却没有效他们的颦，大约是曾经沧海的结果，也许是我已经把心肝呕尽，没有吐的材料了。

今天的落日，是在七十二沽的芦草上看的。几堆泥屋，一滩野草，野草里的鸡犬，泥屋前的穿红布衣服的女孩，便是今日的落照里的风景。

船靠岸的时候，已经是夜半了。二哥哥在埠头等我。半年不见，在青白的瓦斯光里他说我又瘦了许多。非关病酒，不是悲秋，我的瘦，却是杜甫之瘦，儒冠之害呀！

从清冷的长街上，在灰暗凉冷的空气里，把身体搬上这家旅店里之后，哥哥才把新总统明晚晋京的话，告诉我听。好一个魏武之子孙，几年来的大愿总算成就了，但是，但是只可怜了我们小百姓，有苦说不出来。听说上海又将打电报，抬菩萨，祭旗拜斗的大耍猴子戏。我希望那些有主张的大人先生，要干快干，不要虚张声势的说："来来来！干干干！"因为调子唱得高的时候，胡琴有脱板的危险，中国的没有真正革命起来的原因，大约是受的"发明电报者"之害哟！

几天不看报，倒觉得清净得很。明天一到北京，怕又不得不目睹那些中国特有的承平气象，我生在这样的一个太平时节，心里实在是怕看这些黄帝之子孙的文明制度了。

夜也深了，老车站的火车轮声，也渐渐的听不见了，这一间奇形怪状的旅舍里，也只充满了鼾声。窗外没有月亮，冷空气一阵一阵的来包围我赤裸裸的双脚。我虽则到了天津，心里依然是犹豫不定：

“究竟还是上北京去做流氓去呢？还是到故乡家里去做隐士？”

名义上自然是隐士好听，实际上终究是飘流有趣。等我来问一个诸葛神卦，再决定此后的行止吧！

敕敕敕，弟子郁，……

…………

…………

归航

微寒刺骨的初冬晚上，若在清冷同中世似的故乡小市镇中，吃了晚饭，于未敲二更之先，便与家中的老幼上了楼，将你的身体躺入温暖的被里，呆呆的隔着帐子，注视着你的低小的木桌上的灯光，你必要因听了窗外冷清的街上过路人的歌音和足声而泪落。你因了这灰暗的街上的行人，必要追想到你孩提时候的景象上去。这微寒静寂的晚间的空气，这幽闲落寞的夜行者的哀歌，与你儿童时代所经历的一样，但是睡在楼上薄棉被里，听这哀歌的人的变化却如何了？一想到这里谁能不生起伤感的情来呢？——但是我的此言，是为像我一样的无能力的将近中年人的人而说的——

我在日本的郊外夕阳晼晚的山野田间散步的时候，也忽而起了一种同这情怀相像的怀乡的悲感；看看几个日夕谈心的朋友，一个一个的减少下去的时候，我也想把我的迷游生活（Wandering life）结束了。

十年久住的这海东的岛国，把我那同玫瑰露似的青春消磨了的这异乡的天地，我虽受了她的凌辱不少，我虽不愿第二次再使她来吻我的脚底，但是因为这厌恶的情太深了，到了将离的时候，倒反而生出了一种不忍与她决别的心来。啊啊，这柔情一脉，便是千古的伤心种子，人生的悲剧，大约是发芽在此地的罢？

我于未去日本之先，我的高等学校时代的生活背景，也想再去探看一回。我于永久离开这强暴的小国之先，我的迭次失败了的浪漫史（Romance）的血迹，也想再去揩拭一回。

“轻薄淫荡的异性者呀，你们用了种种柔术，想把来弄杀了的他，现在已经化作了仙人，想回到他的须弥故国去了。请你们尽在这里试用你们的手段罢，他将要骑了白鹤，回到他的母亲怀里去了。他回去之后，定将拥挟了霓裳仙子，舞几夜通宵的歌舞，他是再也不来向你们乞怜的了。”

我也想用了微笑，代替了这一段言语，向那些愚弄过我的妇人，告个长别，用以泄泄我的一段幽恨。为了这种种琐碎的原因，我的回国日期竟一天一天的延长了许多的时日。

从家里寄来的款也到了，几个留在东京过夏的朋友为我饯行的席也设了，想去的地方，也差不多去过了，几册爱读的书也买好了，但是要上船的第一天（七月的十五）我又忽而跑上日本邮船公司去，把我的船票改迟了一班，我虽知道在黄海的对面有几个——我只说几个——与我意气相合的朋友在那里等我，但是我这莫名其妙的离情，我这像将死时一样的哀感，究竟教我如何处置呢？我到七月十九的晚上，喝醉了酒，才上了东京的火车，上神户去趁翌日出发的归舟。

二十的早晨从车上走下来的时候，赤色的太阳光线已经将神户市的一大半房屋烧热了。神户市的附近，须磨是风光明媚的海滨村，是三伏中地上避暑的快乐园，当前年须磨寺大祭的晚上，是我与一个不相识的妇人共宿过的地方。依我目下的情怀说来，是不是不再去留一宵宿，叹几声别的，但是回故国的轮船将于午前十点钟开行，我只能在海上与她遥别了。

"妇人呀妇人，但愿你健在，但愿你荣华，我今天是不能来看你了。再会——不……不……永别了……"

须磨的西边是明石，紫式部的同画卷似的文章，蓝苍的海浪，洁白的沙滨，参差雅淡的别庄，别庄内的美人，美人的幽梦，……

"明石呀明石！我只能在游仙枕上，远梦到你的青松影里，再来和你的儿女谈多情的韵事了。"

八点半钟上了船，照管行李，整理舱位，足足忙了两个钟头；船的前后铁索响的时候，铜锣报知将开船的时候，我的十年中积下来的对日本的愤恨与悲哀，不由得化作了数行冰冷的清泪，把海湾一带的风景，染成了模糊像梦里的江山。

"啊啊，日本呀！世界一等强国的日本呀！国民比我们矮小，野心比我们强烈的日本呀！我去之后，你的海岸大约依旧是风光明媚，你的儿女大约依旧是荒淫无忌地过去的。天色的苍茫，海洋的浩荡，大约总不至因我之去而稍生变更的。我的同胞的青年，大约仍旧要上你这里来，继续了我的运命，受你的欺辱的。但是我的青春，我的在你这无情的地上化费了的青春！啊啊，枯死的青春呀，你大约总再也不能回复到我的身上来了吧！"

二十一日的早晨，我还在三等舱里做梦的时候，同舱的鲁君就跳到我的枕边上来说：“到了到了！到门司了！你起来同我们上门司去罢！”

我乘的这只船，是经过门司不经过长崎的，所以门司，便是中途停泊的最后的海港，我的从昨日酝酿成的那种伤感的情怀，听了门司两字，又在我的胸中复活了起来。一只手擦着眼睛，一只手捏了牙刷，我就跟了鲁君走出舱来。淡蓝的天色，已经被赤热的太阳光线笼罩了东方半角。平静无波的海上，贯流着一种夏天早晨特有的清新的空气。船的左右岸有几堆同青螺似的小岛，受了朝阳的照耀，映出了一种浓润的绿色。前面去左船舷不远的地方有一条翠绿的横山，山上有两株无线电报的电杆，突出在碧落的背景里；这电杆下就是门司港市了。船又行进了三五十分钟，回到那横山正面的时候，我只见无数的人家，无数的工厂烟囱，无数的船舶和桅杆，纵横错落的浮映在天水中间的太阳光线里，船已经到了门司了。

门司是此次我的脚所践踏的最后的日本土地，上海虽然有日本的居民，天津汉口杭州虽然有日本的租界，但是日本的本土，怕今后与我便无缘分了。因为日本是我所最厌恶的土地，所以今后大约我总不至于再来的。因为我是无产阶级的一介分子，所以将来大约我总不至坐在赴美国的船上，再向神户横滨来泊船的。所以我可以说门司便是此次我的脚所践踏的最后的日本土地了。

我因为想深深的尝一尝这最后的伤感的离情，所以衣服也不换，面也不洗，等船一停下，便一个人跳上了一只来迎德国人的小汽船，跑上岸上去了。小汽船的速力，在海上振动了周围清新的空气，我立在船头上觉得一种微风同妇人的气息似的吹上了我的面来。蓝碧的海面上，被那小汽船冲起了一层波浪，汽船过处，现出了一片银白的浪花，在那里返射着朝日。

在门司海关码头上岸之后，我觉得射在灰白干燥的陆地路上的阳光，几乎要使我头晕；在海上不感得的一种闷人的热气，一步一步的逼上我的面来，我觉得我的鼻上有几颗珍珠似的汗珠滚出来了；我穿过了门司车站的前庭，便走进狭小的锦町街上去。我想永久将去日本之先，不得不买一点什么东西，作作纪念，所以在街上走了一回，我就踏进了一家书店。新刊的杂志有许多陈列在那里，我因为不想买日本诸作家的作品，来培养我的创作能力，所以便走近里面的洋书架去。小泉八云（Lafcadio Hearn）的著作，Modern Library[1]的丛书占了书架的一大部分，我细细的看了一遍，觉得与我这时候的心境最适合的书还是去年新出版的John Paris[2]的那本Kimono（日本衣服之名）。

我将要离日本了，我在沦亡的故国山中，万一同老人追怀及少年时代的情人一般，有追思到日本的风物的时候，那时候我就可拿出几本描写日本的风俗人情的书来赏玩。这书若是日本人所著，他的描写，必至过于真确，那时候我的追寻远地的梦幻心境，倒反要被那真实粗暴的形相所打破。我在那时候若要在沙上建筑蜃楼，若要从梦里追寻生活，非要读读朦胧奇特、富有异国情调的，那些描写月下的江山，追怀远地的情事的书类不可；从此看来，这Kimono便是与这境状最适合的书了，我心里想了一遍，就把Kimono买了。从书店出来又在狭小的街上的暑热的太阳光里走了一段，我就忍了热从锦町三丁目走上幸町的通里

1 现代书馆。

2 约翰·巴利斯，演员。

山的街上去。幸町是三弦酒肉的巢窟，是红粉胭脂的堆栈，今天正好像是大扫除的日子，那些调和性欲，忠诚于她们的天职的妓女，都裸了雪样的洁白，风样的柔嫩的身体，在那里打扫，啊啊，这日本的最美的春景，我今天看后，怕也不能多看了。

我在一家姓安东的妓家门前站了一忽，同饥狼似的饱看了一回烂熟的肉体，便又走下幸町的街路，折回到了港口。路上的灰尘和太阳的光线，逼迫我的身体，教我不得不向咖啡店去休息一场；我在去码头不远的一家下等的酒店坐下的时候，身体也真疲劳极了。

喝了一大瓶啤酒，吃了几碗日本固有的菜，我觉得我的消沉的心里，也生了一点兴致出来，便想尽我所有的金钱，上妓家去瞎闹一场；但拿出表来一看，已经过十二点了，船是午后二点钟就要拔锚的。

我出了酒店，手里拿了一本Kimono，在街上走了两步，就把游荡的邪心改过，到浴场去洗了一个澡，因以涤尽了十几年来，堆叠在我这微躯上的日本的灰尘与恶土。

上船的时候，已经是午后一点半了。三十分后开船的时候，我和许多离日本的中国人和日本人立在三等舱外甲板上的太阳影里，看最后的日本的陆地。门司的人家远去了，工场的烟囱也看不清楚了，近海岸的无人绿岛也一个一个的少下去了，我正在出神的时候，忽听一等舱的船楼上有清脆的妇人声在那里说话；我抬起头来一看，见有一个年约十八九的中西杂种的少女，立在船楼的栏杆边上，在那里和一个红脸肥胖的下劣西洋人说话。那少女皮肤带着浅黑色，眼睛凹在鼻梁的两边，鼻尖高得很，瞳人带些微黄，但仍是黑色，头发用烙铁烫过，有一圈珍珠，带在蓬蓬的发下。她穿的是黄白薄绸的一件西洋的夏天女服，双袖短得很，她若把手与肩胛平张起来，你从袖口能看得出她腋下的黑影，和胸前的乳头来。她的颈项下的前后又裸着两块可爱的黄黑色的肥肉。下面穿的是一条短短的围裙，她的瘦长的两条脚露出在鱼白的湖绉裙下。从玄色的丝袜里蒸发出来的她的下体的香味，我好像也闻得出来的样子。看看她那微笑的短短的面貌，和一排洁白的牙齿，我恨不得拿出一把手枪来，把那同禽兽似的西洋人击杀了。

“年轻的少女呀，我的半同胞呀！你母亲已经为他们异类的禽兽玷污了，你切不可再与他们接近才好呢！我并不想你，我并不在这里贪你的姿色；但是，但是像你这样的美人，万一被他们同野兽一样的西洋人蹂躏了去，教我如何能堪呢！你那柔软黄黑的肉体被那肥胖和雄猪似的洋人压着的光景，我便在想象的时候，也觉得眼睛里要喷出火来。少女呀少女！我并不要你爱我，我并不要你和我同梦。我只求你别把你的身体送给异类的外人去享乐就对了。我们中国也有美男子，我们中国也有同黑人一样强壮的伟男子，我们中国也有几千万几万万家财的富翁，你何必要接近外国人呢！啊啊，中国可亡，但是中国的女子是不可被他们外国人强奸去的。少女呀少女！你听了我的这哀愿罢！”

我的眼睛呆呆的在那里看守她那颧骨微突嘴巴狭小的面貌，我的心里同跪在圣女马俐亚像前面的旧教徒一样，尽在那里念这些祈祷。感伤的情怀，一时征服了我的全体，我觉得眼睛里酸热起来，她的面貌，就好像有一层Veil罩着的样子，也渐渐的朦胧起来了。

海上的景物也变了。近处的小岛完全失去了影子，空旷的海面上，映着了夕照，远远里浮出了几处同眉黛似的青山；我在甲板上立得不耐烦起来，就一声也不响，低了头，回到了舱里。

太阳在西方海面上沉没了下去，灰黑的夜阴从大海的四角里聚集了拢来，我吃完了晚饭，仍复回到甲板上来，立在那少女立过的楼底直下。我仰起头来看看她立过的地方，心里就觉得悲哀起来，前次的纯洁的心情，早已不复在了，我心里只暗暗地想：

“我的头上那一块板，就是她曾经立过的地方。啊啊，要是她能爱我，就教我用无论什么方法去使她快乐，我也愿意的。啊啊，所罗门当日的荣华，比到纯洁的少女的爱情，只值得什么？事也不难，她立在我头上板上的时候，我只须用一点奇术，把我的头一寸一寸的伸长起来，钻过船板去就对了。”

想到了这里，我倒感着了一种滑稽的快感；但看看船外灰黑的夜阴，我觉得我的心境也同白日的光明一样，一点一点被黑暗腐蚀了。

我今后的黑暗的前程，也想起来了。我的先辈回国之后，受了故国社会的虐待，投海自尽的一段哀史，也想起来了。

“我在那无情的岛国上，受了十几年的苦，若回到故国之后，仍不得不受社会的虐待，教我如何是好呢！日本的少女轻侮我，欺骗我时，我还可以说‘我是为人在客’，若故国的少女，也同日本妇人一样的欺辱我的时候，我更有什么话说呢！你看那Euroasian（黄白杂色人）不是已在那里轻侮我了么？她不是已经不承认我的存在了么？唉，唉，唉，唉，我错了，我错了。我是不该回国来的。一样的被人虐待，与其受故国同胞的欺辱，倒还不如受他国人的欺辱更好自家宽慰些。”

我走近船舷，向后面我所别来的国土一看，只见得一条黑线，隐隐的浮在东方的苍茫夜色里。我心里只叫着说：

“日本呀日本，我去了。我死了也不再回到你这里来了。但是我受了故国社会的压迫，不得不自杀的时候，最后浮上我的脑子里来的，怕就是你这岛国哩！Avé Japon！我的前途正黑暗得很呢！”

一九二二年七月二十六日

小春天气

一

与笔砚疏远以后，好像是经过了不少时日的样子。我近来对于时间的观念，一点儿也没有了。总之案头堆着的从南边来的两三封问我何以老不写信的家信，可以作我久疏笔砚的明证。所以从头计算起来，大约从我发表的最后的一篇整个儿的文字到现在，总已有一年以上，而自我的右手五指，抛离纸笔以来，至少也得有两三个月的光景。以天地之悠悠，而来较量这一年或三个月的时间，大约总不过似骆驼身上的半截毫毛；但是由先天不足，后天亏损——这是我们中国医生常说的话，我这样的用在这里，请大家不要笑话我——的我说来，渺焉一身，寄住在这北风凉冷的皇城人海中间，受尽了种种欺凌侮辱，竟能安然无事的经过这么长的一段时间，却是一种摩西以后的最大奇迹。

回想起来这一年的岁月，实在是悠长的很呀！绵绵钟鼓初长的秋夜，我当众人睡尽的中宵，一个人在六尺方的卧房里踏来踏去，想想我的女人，想想我的朋友，想想我的暗淡的前途，曾经熏烧了多少支的短长烟卷？睡不着的时候，我一个人拿了蜡烛，幽脚幽手的跑上厨房去烧些风鸡糟鸭来下酒的事情，也不止三次五次。而由现在回顾当时，那时候初到北京后的这种不安焦躁的神情，却只似儿时的一场噩梦，相去好像已经有十几年的样子，你说这一年的岁月对我是长也不长？

这分外的觉得岁月悠长的事情，不仅是意识上的问题，实际上这一年来我的肉体精神两方面，都印上了这人家以为很短而在我却是很长的时间的烙印。去年十月在黄浦江头送我上船的几位可怜的朋友，若在今年此刻，和我相遇于途中，大约他们看见了我，总只是轻轻的送我一瞥，必定会仍复不改常态地向前走去。（虽则我的心里在私心默祷，使我遇见了他们，不要也不认识他们！）

这一年的中间，我的衰老的气象，实在是太急速的侵袭到了，急速的，真真是很急速的。"白发三千丈"一流的夸张的比喻，我们暂且不去用它，就减之又减的打一个折扣来说吧，我在这一年中间，至少也的的确确的长了十岁年纪。牙齿也掉了，记忆力也消退了，对镜子剃削胡髭的早晨，每天都要很惊异地往后看一看，以为镜子里反映出来的，是别一个站在我后面的没有到四十岁的半老人。腰间的皮带，尽是一个窟窿一个窟窿的往里缩，后来现成的孔儿不够，却不得不重用钻子来新开，现在已经开到第二个了。最使我伤心的是当人家欺凌我侮辱我的时节，往日很容易起来的那一种愤激之情，现在怎么也鼓励不起来。非但如此，当我觉得受了最大的侮辱的时候，不晓从何处来的一种滑稽的感想，老要使我作会心的微笑。不消说年轻时候的种种妄想，早已消磨得干干净净，现在我连自家的女人小孩的生存，和家中老母的健否等问题都想不起来；有时候上街去雇得着车，坐在车上，只想车夫走往向阳的地方去——因为我现在忽而怕起冷来了——慢一点儿走，好使我饱看些街上来往的行人，和组成现代的大同世界的形形色色。看倦了，走倦了，跑回家来，只想弄一点美味的东西吃吃，并且一边吃，一边还要想出如何能够使这些美味的东西吃下去不会饱胀的方法来，因为我的牙齿不好，消化不良，美味的东西，老怕不能一天到晚不间断的吃过去。

二

现在我们这里所享有的，是一年中间最好不过的十月。江北江南，正是小春的时候。况且世界又是大同，东洋车，牛车，马车上，一闪一闪的在微风里飘荡的，都是些除五色旗外的世界各国的旗子，天色苍苍，又高又远，不但我们大家酣歌笑舞的声音，达不到天听，就是我们的哀号狂泣，也和耶和华的耳朵，隔着蓬山几千万叠。生逢这样的太平盛世，依理我也应该向长安的落日，遥进一杯祝颂南山的寿酒，但不晓怎么的，我自昨天以来，明镜似的心里，又忽而起了一层翳障。

仰起头来看看青天，空气澄清得怖人；各处散射在那里的阳光，又好像要对我说一句什么可怕的话，但是因为爱我怜我的缘故，不敢马上说出来的样子。脚底下铺着扫不尽的落叶，忽而索落索落的响了一声，待我低下头来，向发出声音来的地方望去，又看不出什么动静来了，这大约是我们庭后的那一棵槐树，又摆脱了一叶负担了吧。正是午前十点钟的光景，家里的人都出去了，我因为孤零丁一个人在屋里坐不住，所以才踱到院子里来的，然而在院子里站了一忽，也觉得没有什么意思，昨晚来的那一点小小的忧郁仍复笼罩在我的心上。

当半年前，每天只是忧郁的连续的时候，倒反而有一种余裕来享乐这一种忧郁，现在连快乐也享受不了的我的脆弱的身心，忽而沾染了这一层虽则是很淡很淡，但也好像是很深的隐忧，只觉得坐立都是不安。没有方法，我就把香烟连续地吸了好几枝。

是神明的摄理呢，还是我的星命的佳会？正在这无可奈何的时候，门铃儿响了。小朋友G君，背了水彩书具架进来说：

“达夫，我想去郊外写生，你也同我去郊外走走吧！”

G君年纪不满二十，是一位很活泼的青年画家，因为我也很喜欢看画，所以他老上我这里来和我讲些关于作画的事情。据他说：“今天天气太好，坐在家里，太对大自然不起，还是出去走走的好。”我换了衣服，一边和他走出门来，一边告诉门房“中饭不来吃，叫大家不要等我”的时候，心里所感得的喜悦，怎么也形容不出来。

三

本来是没有一定目的地的我们，到了路上，自然而然地走向西去，出了平则门。阳光不问城里城外，一例的很丰富的洒在那里。城门附近的小摊儿上，在那里摊开花生米的小贩，大约是因为他穿着的那件宽大的夹袄的原因吧，觉得也反映着一味秋气。茶馆里的茶客，和路上来往的行人，在这样如煦的太阳光里，面上总脱不了一副贫陋的颜色；

我看看这些人的样子，心里又有点不舒服起来，所以就叫G君避开城外的大街沿城折往北去。夏天常来的这城下长堤上，今天来往的大车特别的少。道旁的杨柳，彩色也变了，影子也疏了。城河里的浅水，依旧映着晴空，返射着日光，实际上和夏天并没有什么区别，但我觉得总有一种寂寥的感觉，浮在水面。抬头看看对岸，远近一排半凋的林木，纵横交错的列在空中。大地的颜色，也不似夏日的茏葱，地上的浅草都已枯尽，带起浅黄色来了。法国教堂的屋顶，也好像失了势力似的，在半凋的树林中孤立在那里。与夏天一样的，只有一排西山连亙的峰峦。大约是今天空气格外澄鲜的缘故吧，这排明褐色的屏障，觉得是近得多了，的确比平时近得多了。此外弥漫在空际的，只有明蓝澄洁的空气，悠久广大的天空和饱满的阳光，和暖的阳光。隔岸堤上，忽而走出了两个着灰色制服的兵来。他们拖了两个斜短的影子，默默地在向南的行走。我见了他们，想起了前几天平则门外的抢劫的事情，所以就对G君说：

“我看这里太辽阔，取不下景来，我们还是进城去吧！上小馆子去吃了午饭再说。”

G君踏来踏去的看了一会，对我笑着说：“近来不晓怎么的，有一种莫名其妙的神秘的灵感，常常闪现在我的脑里。今天是不成了，没有带颜料和油画的家伙来，”他说着用手向远处教堂一指，同时又接着说：

“几时我想画画教堂里的宗教画看。”

“那好得很啊！”

猫猫虎虎的这样回答了一句，我就转换方向，慢慢的走回到城里来了。落后了几步，他又背着画具，慢慢的跟我走来。

四

喝了两斤黄酒，吃得满满的一腹。我和G君坐洋车上，被拉往陶然亭去的时候，太阳已经打斜了。本来是有点醉意，又被午后的阳光一烘，我坐在车上，眼睛觉得渐渐的蒙眬了起来。洋车走尽了粉房琉璃街，过了几处高低不平的新开地，走入南下洼旷野的时候，我向右边一望，只见几列鳞鳞的屋瓦，半隐半现的在两边一带的疏林里跳跃。天色依旧是苍苍无底，旷野里的杂粮也已割尽，四面望去，只是洪水似的午后的阳光，和远远躺在阳光里的矮小的坛殿城池。我张了一张睡眼，向周围望了一圈，忽笑向G君说：

“秋气满天地，胡为君远行，这两句唐诗真有意思，要是今天是你去法国的日子，我在这里饯你的行，那么再比这两句诗适当的句子怕是没有了，哈哈……”

只喝了半小杯酒，脸上已涨得潮红的G君也笑着对我说：

“唐诗不是这样的两句，你记错了吧！”

两人在车上笑说着，洋车已经走入了陶然亭近旁的芦花丛里，一片灰白的毫芒，无风也自己在那里作浪。西边天际有几点青山隐隐，好像在那里笑着对我们点头。下车的时候，我觉得支持不住了，就对G君说：

“我想上陶然亭去睡一觉，你在这里画吧！现在总不过两点多钟，我睡醒了再来找你。”

五

陶然亭的听差来摇我醒来的时候，西窗上已经射满了红色的残阳。我洗了洗手脸，喝了二碗清茶，从东面的台阶上下来，看见陶然亭的黑影，已经越过了东边的道路，遮满了一大块道路东面的芦花水地。往北走去，只见前后左右，尽是茫茫一片的白色芦花。西北抱冰堂一角，扩张着阴影，西侧面的高处，挂满了夕阳的最后的余光，在那里催促农民的息作。穿过了香冢鹦鹉冢的土堆的东面，在一条浅水和墓地的中间，我远远认出了G君的侧面朝着斜阳的影子。从芦花铺满的野路上将走近G君背后的时候，我忽而气也吐不出来，向西的瞪目呆住了。这样伟大的，这样迷人的落日的远景，我却从来没有看见过。太阳离山，大约不过盈尺的光景，点点的遥山，淡得比初春的嫩草，还要虚无缥缈。监狱里的一架高亭，突出在许多有谐调的树林的枝干高头。芦根的浅水，满浮着芦花的绒穗，也不像积绒，也不像银河。芦萍开处，忽映出一道细狭而金赤的阳光，高冲牛斗。同是在这返光里飞坠的几簇芦绒，半边是红，半边是白。我向西呆看了几分钟，又回头向东北三面环眺了几分钟，忽而把什么都忘掉了，连我自家的身体都忘掉了。

上前走了几步，在灰暗中我看见G君的两手，正在忙动，我叫了一声，G君头也不朝转来，很急促的对我说：

“你来，你来，来看我的杰作！”

我走近前去一看，他画架上，悬在那里，正在上色的，并不是夕阳，也不是芦花，画的中间，向右斜曲的，却是一条颜色很沉滞的大道。道旁是一处阴森的墓地，墓地的背后，有许多灰黑凋残的古木，横叉在空间。枯木林中，半弯下弦的残月，刚升起来，冷冷的月光，模糊隐约地照出了一只停在墓地树枝上的猫头鹰的半身。颜色虽则还没有上全，然而一道逼人的冷气，却从这幅未完的画面直向观者的脸上喷来，我簇紧了眉峰，对这画面静看了几分钟，抬起头来正想说话的时候，觉得太阳已经完全下山了，四面的薄暮的光景也比一刻前促迫了。尤其是使我惊恐的，是我抬起头来的时候，在我们的西北的墓地里，也有一个很淡很淡的黑影，动了一动，我默默地停了一会，惊心定后，再朝转头来看东边天上的时候，却见了一痕初五六的新月悬挂在空中。又停了一会，把惊恐之心，按捺了下去，我才慢慢地对G君说：

“这一张小画，的确是你的杰作，未完的杰作。太晚了，快快起来，我们走吧！我觉得冷得很。”我话没有讲完，又对他那张画看了一眼，打了一个冷痉，忽而觉得毛发都竦竖了起来；同时自昨天来在我胸中盘踞着的那种莫名其妙的忧郁，又笼罩上我的心来了。

G君含了满足的微笑，尽在那里闭了一只眼睛——这是他的脾气——细看他那未完的杰作。我催了他好几次，他才起来收拾画具。我们二人慢慢地走回家来的时候，他也好像倦了，不愿意讲话，我也为那种忧郁所侵袭，不想开口。两人默默地走到灯火荧荧的民房很多的地方，G君方开口问我说：

“这一张画的题目，我想叫《残秋的日暮》，你说好不好？”

“画上的表现，岂不是半夜的景象么？何以叫日暮呢？”

他听我这句话，又含了神秘的微笑说：

“这就是今天早晨我和你淡的神秘的灵感哟！我画的画，老喜欢依画画时候的情感节季来命题，画面和画题合不合，我是不管的。”

“那么，《残秋的日暮》也觉得太衰飒了，况且现在已经入了十月，十月小阳春，哪里是什么残秋呢？”

“那么我这张画就叫作《小春》吧！”

这时候我们已经走进了一条热闹的横街，两人各雇着洋车，分手回来的时候，上弦的新月，也已经起来得很高了。我一个人摇来摇去地被拉回家来，路上经过了许多无人来往的乌黑的僻巷。僻巷的空地道上，纵横倒在那里的，只是些房屋和电杆的黑影。从灯火辉煌的大街忽而转入这样僻静的地方的时候，谁也会发生一种奇怪的感觉出来，我在这初月微明的天盖下面苍茫四顾，也忽而好像是遇见了什么似的，心里的那一种莫名其妙的忧郁，更深起来了。

一九二四年十月初七

苏州烟雨记

一

悠悠的碧落，一天一天地高远起来。清凉的早晚，觉得天寒袖薄，要缝件夹衣，更换单衫。楼头思妇，见了鹅黄的柳色，牵情望远，在绸衾的梦里，每欲奔赴玉门关外去。当这时候，我们若走出户外天空下去，老觉得好像有一件什么重大的物事，被我们忘了似的。可不是么？三伏的暑热，被我们忘掉了哟！

在都市的沉浊的空气中栖息的裸虫！在利欲的争场上吸血的战士！年年岁岁，不知四季的变迁，同鼹鼠似的埋伏在软红尘里的男男女女！你们想发现你们的灵性不想？你们有没有向上更新的念头？你们若欲上空旷的地方，去吸一口自由的空气，一则可以醒醒你们醉生梦死的头脑，二则可以看看那些就快凋谢的青枝绿叶，豫藏一个来春再见之机，那么请你们跟了我来，Und ich，ich schnuere Den Sack and wandere，我要去寻访伍子胥吹箫吃食之乡，展拜秦始皇求剑凿穿之墓，并想看看那有名的姑苏台苑哩！

“象以齿毙，膏用明煎”，为人切不可有所专好，因为一有了嗜癖，就不得不为所累。我闲居沪上，半年来既无职业，也无忙事，本来只需有几个买路钱，便是天南地北，也可以悠然独往的，然而实际上却是不然。因为自去年同几个同趣味的朋友，弄了几种我们所爱的文艺刊物出来之后，愚蠢的我们，就不得不天天服海儿克儿斯（Hercules）[1]的苦役了，所以九月三日的早晨，决定和友人沈君，乘车上苏州去的时候，我还因有一篇文字没有交出之故，心里只在怦怦地跳动。

那一天（九月三日）也算是一天清秋的好天气。天上虽没有太阳，然而几块淡青的空处，和西洋女子的碧眼一般，在白云浮荡的中间，常在向我们地上的可怜虫密送秋波。不是雨天，不是晴日，若硬要把这一天的天气分出类来，我不管气象台的先生们笑我不笑我，姑且把它叫风云飞舞，阴晴交让的初秋的一日罢。

这一天的早晨，同乡的沈君，跑上我的寓所来说：

“今天我要上苏州去。”

我从我的屋顶下的房里，看看窗外的天空，听听市上的杂噪，忽而也起了一种怀慕远处之情（Sehnsucht nach der Ferne）。九点四十分的时候，我和沈君就摇来摇去地站在三等车中，被机关车搬向苏州去了。

1　赫拉克勒斯，神话中宙斯之子。

“仙侣同舟！”古人每当行旅的时候，老在心中窃望着这一种艳福。我想人既是动物，无论男女欲念总不能除，而我既是男人，女人当然是爱的。这一回我和沈君匆促上车，初不料的车上的人是那样拥挤的，后来从后面走上了前面，忽在人丛中听出了一种清脆的笑声来。“明眸皓齿的你们这几位女青年，你们可是上苏州去的么？”我见了她们的那一种活泼的样子，真想开口问她们一声，但是三千年的道德观，和见人就生恐惧的我的自卑狂，只使我红了脸，默默地站在她们身边，不过暗暗地闻吸闻吸从她们发上身上口中蒸发出来的香气罢了。我把她们偷看了几眼，心里又长叹了一声：

“啊啊！容颜要美，年纪要轻，更要有钱！”

二

我们同车的几个“仙侣”好像是什么女学校的学生，她们的活泼的样子——使恶魔讲起来就是轻佻——丰肥的肉体——使恶魔讲起来就是多淫——和烂熟的青春，都是神仙应有的条件，但是只有一件，只有一件事情，使我无论如何也不能把她们当作神仙的眷属看。非但如此，为这一件事情的缘故，我简直不能把她们当作我的同胞看。这是什么呢，这便是她们故意想出风头而用的英语的谈话。假使我是不懂英文的人，那末从她们的绯红的嘴唇里滚出来的叽里咕噜，正可以当作天女的灵言听了，倒能够对她们更加一层敬意。假使我是崇拜英文的人．那末听了她们的话，也可以感得几分亲热。但是我偏偏是一个程度与她们相仿的半通英文而又轻视英文的人，所以我的对她们的热意，被她们的谈话一吹几乎吹得冰冷了。世界上的人类，抱着功利主义，受利欲的催眠最深的，我想没有过于英美民族的了。但我们的这几位女同胞，不用《西厢》、《牡丹亭》上的说白来表现她们的思想，不把《红楼梦》上言文一致的文字来代替她们的说话，偏偏要选了商人用的这一种有金钱臭味的英语来卖弄风情，是多么煞风景的事情啊！

你们即使要用外国文，也应选择那神韵悠扬的法国语，或者更适当一点的就该用半清半俗，薄爱民语（La langue des Bohemiens），何以要用这卑俗的英语呢？啊啊，当现在崇拜黄金的世界，也无怪某某女学等卒业出来的学生，不愿为正当的中国人的糟糠之室，而愿意自荐枕席于那些犹太种的英美的下流商人的。我的朋友有一次说，“我们中国亡了，倒没有什么可惜，我们中国的女性亡了，却是很可惜的。现在在洋场上做寓公的有钱有势的中国的人物，尤其是外交商界政界的人物，他们的妻女，差不多没有一个不失身于外国的下流流氓的，你看这事伤心不伤心哩！”我是两性问题上的一个国粹保存主义者，最不忍见我国的娇美的女同胞，被那些外国流氓去足践。我的在外国留学时代的游荡，也是本于这主义的一种复仇的心思。我现在若有黄金千万，还想去买些白奴来，供我们中国的黄包车夫苦力小工享乐啦！

唉唉！风吹水绉，干侬底事，她们在那里贱卖血肉，于我何尤。我且探头出去看车窗外的茂茂的原田，青青的草地，和清溪茅舍，丛林旷地罢！

“啊啊，那一道隐隐的飞帆，这大约是苏州河罢！”

我看了那一条深碧的长河，长河彼岸的粘天的短树，和河内的帆船，就叫着问我的同行者沈君，他还没有回答我之先，立在我背后的一位老先生却回答说：

“是的，那是苏州河，你看隐约的中间，不是有一条长堤看得见么！没有这一条堤，风势很大，是不便行舟的。”

我注目一看，果真在河中看出了一条隐约的长堤来。这时候，在东面车窗下坐着的旅客，都纷纷站起来望向窗外去。我把头朝转来一望，也看见了一个汪洋的湖面，起了无数的清波，在那里汹涌。天上黑云遮满了，所以湖面也只似用淡墨涂成的样子。湖的东岸，也有一排矮树，同凸出的雕刻似的，以阴沉灰黑的天空做了背景，在那里做苦闷之状。我不晓是什么理由，硬想把这一排沿湖的列树，断定是白杨之林。

三

车过了阳澄湖，同车的旅客，大家不向车的左右看而注意到车的前面去，我知道苏州就不远了。等苏州城内的一枝尖塔看得出来的时候，几位女学生，也停住了她们的黄金色的英语，说了几句中国话。

“苏州到了！”

“可惜我们不能下去！”

“But we will come in the winter. ”

她们操的并不是柔媚的苏州音，大约是南京的学生吧？也许是上北京去的，但是我知道了她们不能同我一道下车，心里却起了一种微微的失望。

“女学生诸君，愿你们自重，愿你们能得着几位金龟佳婿，我要下车去了。”

心里这样地讲了几句，我等着车停之后，就顺着了下车的人流，也被他们推来推去地推下了车。

出了车站，马路上站了一忽，我只觉得许多穿长衫的人，路的两旁停着的黄包车、马车、车夫和驴马，都在灰色的空气里混战。跑来跑去的人的叫唤，一个钱两个钱的争执，萧条的道旁的杨柳，黄黄的马路，和在远处看得出来的一道长而且矮的土墙，便是我下车在苏州得着的最初的印象。

湿云低垂下来了。在上海动身时候看得见的几块青淡的天空也被灰色的层云埋没煞了。我仰起头来向天空一望，脸上早接受了两三点冰冷的雨点。

“危险危险，今天的一场冒险，怕要失败。”

我对在旁边站着的沈君这样讲了一句，就急忙招了几个马车夫来问他们的价钱。

我的脚踏苏州的土地，这原是第一次。沈君虽已来过一两回，但是那还是前清太平时节的故事，他的记忆也很模糊了。并且我这一回来，本来是随人热闹，偶尔发作的一种变态旅行，既无作用，又无目的的，所以马夫问我“上哪里去”的时候，我想了半天，只回答了一句“到苏州去”。究竟沈君是深于世故的人，看了我的不知所措的样子，就不慌不忙地问马车夫：

“到府门去多少钱？”

好像是老熟的样子。马车夫倒也很公平，第一声只要了三块大洋。我们说太贵，他们就马上让了一块，我们又说太贵，他们又让了五角。我们又试了试说太贵，他们却不让了，所以就在一乘开口马车里坐了进去。

起初看不见的微雨，愈下愈大了，我和沈君坐在马车里，尽在野外的一条马路上横斜地前进。青色的草原，疏淡的树林，蜿蜒的城墙，浅浅的城河，变成这样，变成那样的在我们面前交换。醒人的凉风，咻咻地吹上我的微热的面上，和嗒嗒的马蹄声，在那里合奏交响乐。我一时忘记了秋雨，忘记了在上海剩下的未了的工作，并且忘记了半年来失业困穷的我，心里只想在马车上做独脚的跳舞，嘴里就不知不觉地念出了几句独脚跳舞的歌来：

秋在何处，秋在何处？
在蟋蟀的床边，在怨妇楼头的砧杵，
你若要寻秋，你只须去落寞的荒郊行旅，
刺骨的凉风，吹消残暑，
漫漫的田野，刚结成禾黍，
一番雨过，野路牛迹里贮着些儿浅渚，
悠悠的碧落，反映在这浅渚里容与，
月光下，树林里，萧萧落叶的声音，便是秋的私语。

我把这几句词不像词，新诗不像新诗的东西唱了一回，又向四边看了一回，只见左右都是荒郊，前面只是一条没有尽头的长路，所以心里就害怕起来，怕马夫要把我们两个人搬到杳无人迹的地方去杀害。探头出去，大声地喝了一声：

“会！你把我们拖上什么地方去？”

那狡猾的马夫，突然吃了一惊，噗地从那坐凳上跌下来，他的马一时也惊跳了一阵，幸而他虽跌倒在地下，他的马缰绳还牢捏着不放，所以马没有逃跑。他一边爬起来一边对我们说：

“先生！老实说，府门是送不到的，我只能送你们上洋关过去的密度桥上。从密度桥到府门，只有几步路。”

他说的是没有丈夫气的苏州话，我被他这几句柔软的话声一说，心已早放下了，并且看看他那五十来岁的面貌，也不像杀人犯的样子，所以点了一点头，就由他去了。

马车到了密度桥，我们就在微雨里走了下来，上沈君的友人寄寓在那里的葑门内的严衙前去。

四

进了封建时代的古城，经过了几条狭小的街巷，更越过了许多环桥，才寻到了沈君的友人施君的寓所。进了葑门以后，在那些清冷的街上，所得着的印象，我怎么也形容不出来。上海的市场，若说是20世纪的市场，那末这苏州的一隅，只可以说是18世纪的古都了。上海的杂乱的情形，若说是一个Busy Port，那么苏州只可以说是一个Sleepy Town了。总之阊门外的繁华，我未曾见到，专就我于这葑门里一隅的状况看来，我觉得苏州城，竟还是一个浪漫的古都，街上的石块，和人家的建筑，处处的环桥河水和狭小的街衢：没有一件不在那里夸示过去的中国民族的悠悠的态度。这一种美，若硬要用近代语来表现的时候，我想没有比“颓废美”的三字更适当的了。况且那时候天上又飞满了灰黑的湿云，秋雨又在微微的落下。

施君幸而还没有出去，我们一到他住的地方，他就迎了出来，沈君为我们介绍的时候，施君就慢慢地说：

“原来就是郁君么？难得难得，你做的那篇……我已经拜读了，失意人谁能不同声一哭！”

原来施君是我们的同乡，我被他说得有些羞愧了，想把话头转一个方向，所以就问他说：

“施君，你没有事么？我们一同去吃饭罢。”

实际上我那时候，肚里也觉得非常饥饿了。

严衙前附近，都是钟鸣鼎食之家，所以找不出一家菜馆来。没有方法，我们只好进一家名锦帆榭的茶馆，托茶博士去为我们弄些酒菜来吃。因为那时候微雨未止，我们的肚里却响得厉害，想想饿着肚在微雨里奔跑，也不值得，所以就进了那家茶馆——一则也因为这家茶馆的名字不俗——打算坐它一二个钟头，再作第二步计划。

古语说得好，“有志者事竟成！”我们在锦帆榭的清淡的中厅桌上，喝喝酒，说说闲话，一天微雨，竟被我们的意志力，催阻住了。

初到一个名胜的地方，谁也同小孩子一样，不愿意悠悠地坐着的，我一见雨止，就促施君沈君，一同出了茶馆，打算上各处去逛去。从清冷修整狭小的卧龙街一直跑将下去，拐了一个弯，又走了几步，觉得街上的人和两旁的店，渐渐儿地多起来，繁盛起来，苏州城里最多的卖古书、旧货的店铺，一家一家地少了下去，卖近代商品的店家，逐渐惹起我的注意来，施君说：

“玄妙观就要到了，这就是观前街。”

到了玄妙观内，把四面的情形一看，我觉得玄妙观今日的繁华，与我空想中的境状大异。讲热闹赶不上上海午前的小菜场，讲怪异远不及上海城内的城隍庙，走尽了玄妙观的前后，在我脑里深深印入的印象，只有二个，一个是三五个女青年在观前街的一家箫琴铺里买箫，我站到她们身边去对她们呆看了许久，她们也回了我几眼。一个玄妙观门口的一家书馆里，有一位很年轻的学生在那里买我和我朋友共编的杂志。除这两个深刻的印象外，我只觉得玄妙观里的许多茶馆，是苏州人的风雅的趣味的表现。

早晨一早起来，就跑上茶馆去。在那里有天天遇见的熟脸。对于这些熟脸，有妻子的人，觉得比妻子还亲而不狎；没有妻子的人，当然可把茶馆当作家庭，把这些同类当作兄弟了。大热的时候，坐在茶馆里，身上发出来的一阵阵的汗水，可以以口中咽下去的一口口的茶去填补。茶馆内虽则不通空气，但也没有火热的太阳，并且张三李四的家庭内幕和东洋中国的国际闲谈，都可以消去逼人的盛暑。天冷的时候，坐在茶馆里，第一个好处，就是现成的热茶。除茶喝多了，小便的时候要起冷噤之外吞下几碗刚滚的热茶到肚里，一时却能消渴消寒。贫苦一点的人，更可以借此熬饥。若茶馆主人开通一点，请几位奇形怪状的说书者来说书，风雅的茶客的兴趣，当然更要增加。有几家茶馆里有几个茶客，听说从十几岁的时候坐起，坐到五六十岁死时候止，坐的老是同一个座位，天天上茶馆来一分也不迟，一分也不早，老是在同一个时间。非但如此，有几个人，他自家死的时候，还要把这一个座位写在遗嘱里，要他的儿子天天去坐他那一个遗座。近来百货店的组织法应用到茶业上，茶馆的前头，除香气熏人的“火烧”、“锅贴”、“包子”、“烤山芋”之外，并且有酒有菜，足可使茶客一天不出外而不感得什么缺憾。像上海的青莲阁，非但饮食俱全，并且人肉也在贱卖，中国的这样文明的茶馆，我想该是20世纪的世界之光了。所以盲目的外国人，你们若要来调查中国的事情，你们只需上茶馆去调查就是；你们要想来管理中国，也须先去征得各茶馆里的茶客的同意，因为中国的国会所代表的，是中国人的劣根性无耻与贪婪，这些茶客所代表的倒是真正的民意哩！

五

出了玄妙观，我们又走了许多路，去逛遂园，遂园在苏州，同我在上海一样，有许多人还不晓得它的存在。从很狭很小的一个坍败的门口，曲曲折折走尽了几条小弄，我们才到了遂园的中心。苏州的建筑，以我这半日的经验讲来，进门的地方，都是狭窄芜废，走过几条曲巷，才有轩敞华丽的屋宇。我不知这一种方式，还是法国大革命前的民家一样，为避税而想出来的呢？还是为唤醒观者的观听起见，用修辞学上的欲扬先抑的笔法，使能得着一个对称的效力而想出来的？

遂园是一个中国式的庭园，有假山有池水有亭阁，有小桥也有几枝树木。不过各处的拥败的形迹和水上开残的荷花荷叶，同暗淡的天气合作一起，使我感到了一种秋意，使我看出了中国的将来和我自家的凋零的结果。啊！遂园啊遂园，我爱你这一种颓唐的情调！

在荷花池上的一个亭子里，喝了一碗茶，走出来的时候，我们在正厅上却遇着了许多穿轻绸绣缎的绅士淑女，静静地坐在那里喝茶咬瓜子，等说书者的到来。我在前面说过的中国人的悠悠的态度，和中国的亡国的悲壮美，在此地也能看得出来。啊啊，可怜我为人在客，否则我也挨到那些皮肤嫩白的太太小姐的边上去静坐了。

出了遂园，我们因为时间不早，就劝施君回寓。我与沈君在狭长的街上漂流了一会，就决定到虎丘去。

（此稿执笔者因病中止）

北平的四季

对于一个已经化为异物的故人，追怀起来，总要先想到他或她的好处；随后再慢慢的想想，则觉得当时所感到的一切坏处，也会变作很可寻味的一些纪念，在回忆里开花。关于一个曾经住过的旧地，觉得此生再也不会第二次去长住了，身处入了远离的一角，向这方向的云天遥望一下，回想起来的，自然也同样地只是它的好处。

中国的大都会，我前半生住过的地方，原也不在少数；可是当一个人静下来回想起从前，上海的闹热，南京的辽阔，广州的乌烟瘴气，汉口武昌的杂乱无章，甚至于青岛的清幽，福州的秀丽，以及杭州的沉着，总归都还比不上北京——我住在那里的时候，当然还是北京——的典丽堂皇，幽闲清妙。

先说人的分子吧，在当时的北京——民国十一二年前后——上自军财阀政客名优起，中经学者名人，文士美女教育家，下而至于负贩拉车铺小摊的人，都可以谈谈，都有一艺之长，而无憎人之貌；就是由荐头店荐来的老妈子，除上炕者是当然以外，也总是衣冠楚楚，看起来不觉得会令人讨嫌。

其次说到北京物质的供给哩，又是山珍海错，洋广杂货，以及萝卜白菜等本地产品，无一不备，无一不好的地方。所以在北京住上两三年的人，每一遇到要走的时候，总只感到北京的空气太沉闷，灰沙太暗淡，生活太无变化；一鞭走出，出前门便觉胸舒，过芦沟方知天晓，仿佛一出都门，就上了新生活开始的坦道似的；但是一年半载，在北京以外的各地——除了在自己幼年的故乡以外——去一住，谁也会得重想起北京，再希望回去，隐隐地对北京害起剧烈的怀乡病来。这一种经验，原是住过北京的人，个个都有，而在我自己，却感觉得格外的浓，格外的切。最大的原因或许是为了我那长子之骨，现在也还埋在郊外广谊园的坟山，而几位极要好的知己，又是在那里同时毙命的受难者的一群。

北平的人事品物，原是无一不可爱的，就是大家觉得最要不得的北平的天候，和地理联合上一起，在我也觉得是中国各大都会中所寻不出几处来的好地。为叙述的便利起见，想分成四季来约略地说说。

北平自入旧历的十月之后，就是灰沙满地，寒风刺骨的节季了，所以北平的冬天，是一般人所最怕过的日子。但是要想认识一个地方的特异之处，我以为顶好是当这特异处表现得最圆满的时候去领略；故而夏天去热带，寒天去北极，是我一向所持的哲理。北平的冬天，冷虽则比南方要冷得多，但是北方生活的伟大幽闲，也只有在冬季，使人感受得最澈底。

先说房屋的防寒装置吧，北方的住屋，并不同南方的摩登都市一样，用的是钢骨水泥，冷热气管；一般的北方人家，总只是矮矮的一所四合房，四面是很厚的泥墙；上面花厅内都有一张暖炕，一所回廊；廊子上是一带明窗，窗眼里糊着薄纸，薄纸内又装上风门，另外就没有什么了。在这样简陋的房屋之内，你只教把炉子一生，电灯一点，棉门帘一挂上，在屋里住着，却一辈子总是暖炖炖像是春三四月里的样子。尤其会得使你感觉到屋内的温软堪恋的，是屋外窗外面乌乌在叫啸的西北风。天色老是灰沉沉的，路上面也老是灰的围障，而从风尘灰土中下车，一踏进屋里，就觉得一团春气，包围在你的左右四周，使你马上就忘记了屋外的一切寒冬的苦楚。若是喜欢吃吃酒，烧烧羊肉锅的人，那冬天的北方生活，就更加不能够割舍；酒已经是御寒的妙药了，再加上以大蒜与羊肉酱油合煮的香味，简直可以使一室之内，涨满了白蒙蒙的水蒸温气。玻璃窗内，前半夜，会流下一条条的清汗，后半夜就变成了花色奇异的冰纹。

到了下雪的时候哩，景象当然又要一变。早晨从厚棉被里张开眼来，一室的清光，会使你的眼睛眩晕。在阳光照耀之下，雪也一粒一粒的放起光来了，蛰伏得很久的小鸟，在这时候会飞出来觅食振翎，谈天说地，吱吱的叫个不休。数日来的灰暗天空，愁云一扫，忽然变得澄清见底，翳障全无；于是年轻的北方住民，就可以营屋外的生活了，溜冰，做雪人，赶冰车雪车，就在这一种日子里最有劲儿。

我曾于这一种大雪时晴的傍晚，和几位朋友，跨上跛驴，出西直门上骆驼庄去过过一夜。北平郊外的一片大雪地，无数枯树林，以及西山隐隐现现的不少白峰头，和时时吹来的几阵雪样的西北风，所给与人的印象，实在是深刻，伟大，神秘到了不可以言语来形容。直到了十余年后的现在，我一想起当时的情景，还会得打一个寒颤而吐一口清气，如同在钓鱼台溪旁立着的一瞬间一样。

北国的冬宵，更是一个特别适合于看书，写信，追思过去，与作闲谈说废话的绝妙时间。记得当时我们弟兄三人，都住在北京，每到了冬天的晚上，总不远千里地走拢来聚在一道，会谈少年时候在故乡所遇所见的事事物物。小孩们上床去了，佣人们也都去睡觉了，我们弟兄三个，还会得再加一次煤再加一次煤地长谈下去。有几宵因为屋外面风紧天寒之故，到了后半夜的一二点钟的时候，便不约而同地会说出索性坐坐到天亮的话来。像这一种可宝贵的记忆，像这一种最深沉的情调，本来也就是一生中不能够多享受几次的昙花佳境，可是若不是在北平的冬天的夜里，那趣味也一定不会得像如此的悠长。

总而言之，北平的冬季，是想赏识赏识北方异味者之唯一的机会；这一季里的好处，这一季里的琐事杂忆，若要详细地写起来，总也有一部《帝京景物略》那么大的书好做；我只记下了一点点自身的经历，就觉得过长了，下面只能再来略写一点春和夏以及秋季的感怀梦境，聊作我的对这日就沦亡的故国的哀歌。

春与秋，本来是在什么地方都属可爱的时节，但在北平，却与别地方也有点儿两样。北国的春，来得较迟，所以时间也比较得短。西北风停后，积雪渐渐地消了，赶牲口的车夫身上，看不见那件光板老羊皮的大袄的时候，你就得预备着游春的服饰与金钱；因为春来也无信，春去也无踪，眼睛一眨，在北平市内，春光就会得同飞马似的溜过。屋内的炉子，刚拆去不久，说不定你就马上得去叫盖凉棚的才行。

而北方春天的最值得记忆的痕迹，是城厢内外的那一层新绿，同洪水似的新绿。北京城，本来就是一个只见树木不见屋顶的绿色的都会，一踏出九城的门户，四面的黄土坡上，更是杂树丛生的森林地了；在日光里颤抖着的嫩绿的波浪，油光光，亮晶晶，若是神经系统不十分健全的人，骤然间身入到这一个淡绿色的海洋涛浪里去一看，包管你要张不开眼，立不住脚，而昏厥过去。

北平市内外的新绿，琼岛春阴，西山挹翠诸景里的新绿，真是一幅何等奇伟的外光派的妙画！但是这画的框子，或者简直说这画的画布，现在却已经完全掌握在一只满长着黑毛的巨魔的手里了！北望中原，究竟要到哪一日才能够重见得到天日呢？

从地势纬度上讲来，北方的夏天，当然要比南方的夏天来得凉爽。在北平城里过夏，实在是并没有上北戴河或西山去避暑的必要。一天到晚，最热的时候，只有中午到午后三四点钟的几个钟头，晚上太阳一下山，总没有一处不是凉阴阴要穿单衫才能过去的；半夜以后，更是非盖薄棉被不可了。而北平的天然冰的便宜耐久，又是夏天住过北平的人所忘不了的一件恩惠。

我在北平，曾经过过三个夏天；像什刹海，菱角沟，二闸等暑天游耍的地方，当然是都到过的；但是在三伏的当中，不问是白天或是晚上，你只教有一张藤榻，搬到院子里的葡萄架下或藤花阴处去躺着，吃吃冰茶雪藕，听听盲人的鼓词与树上的蝉鸣，也可以一点儿也感不到炎热与薰蒸。而夏天最热的时候，在北平顶多总不过九十四五度，这一种大热的天气，全夏顶多顶多又不过十日的样子。

在北平，春夏秋的三季，是连成一片；一年之中，仿佛只有一段寒冷的时期，和一段比较得温暖的时期相对立。由春到夏，是短短的一瞬间，自夏到秋，也只觉得是过了一次午睡，就有点儿凉冷起来了。因此，北方的秋季也特别的觉得长，而秋天的回味，也更觉得比别处来得浓厚。前两年，因去北戴河回来，我曾在北平过过一个秋，在那时候，已经写过一篇《故都的秋》，对这北平的秋季颂赞过一遍了，所以在这里不想再来重复；可是北平近郊的秋色，实在也正像是一册百读不厌的奇书，使你愈翻愈会感到兴趣。

秋高气爽，风日晴和的早晨，你且骑着一匹驴子，上西山八大处或玉泉山碧云寺去走走看；山上的红柿，远处的烟树人家，郊野里的芦苇黍稷，以及在驴背上驮着生果进城来卖的农户佃家，包管你看一个月也不会看厌。春秋两季，本来是到处好的，但是北方的秋空，看起来似乎更高一点，北方的空气，吸起来似乎更干燥健全一点。而那一种草木摇落，金风肃杀之感，在北方似乎也更觉得要严肃，凄凉，沉静得多。你若不信，你且去西山脚下，农民的家里或古寺的殿前，自阴历八月至十月下旬，去住它三个月看看。古人的“悲哉秋之为气”以及“胡笳互动，牧马悲鸣”的那一种哀感，在南方是不大感觉得到的，但在北平，尤其是在郊外，你真会得感至极而涕零，思千里兮命驾。所以我说，北平的秋，才是真正的秋；南方的秋天，不过是英国话里所说的Indian Summer或叫作小春天气而已。

统观北平的四季，每季每节，都有它的特别的好处；冬天是室内饮食奄息的时期，秋天是郊外走马调鹰的日子，春天好看新绿，夏天饱受清凉。至于各节各季，正当移换中的一段时间哩，又是别一种情趣，是一种两不相连，而又两都相合的中间风味，如雍和宫的打鬼，净业庵的放灯，丰台的看芍药，万牲园的寻梅花之类。

五六百年来文化所聚萃的北平，一年四季无一月不好的北平，我在遥忆，我也在深祝，祝她的平安进展，永久地为我们黄帝子孙所保有的旧都城！

一九三六年五月廿七日

钓台的春昼

因为近在咫尺，以为什么时候要去就可以去，我们对于本乡本土的名区胜景，反而往往没有机会去玩，或不容易下一个决心去玩的。正惟其是如此，我对于富春江上的严陵，二十年来，心里虽每在记着，但脚却没有向这一方面走过。一九三一，岁在辛未，暮春三月，春服未成，而中央党帝，似乎又想玩一个秦始皇所玩过的把戏了，我接到了警告，就仓皇离去了寓居。先在江浙附近的穷乡里，游息了几天，偶尔看见了一家扫墓的行舟，乡愁一动，就定下了归计。绕了一个大弯，赶到故乡，却正好还在清明寒食的节前。和家人等去上了几处坟，与许久不曾见过面的亲戚朋友，来往热闹了几天，一种乡居的倦怠，忽而袭上心来了，于是乎我就决心上钓台访一访严子陵的幽居。

钓台去桐庐县城二十余里，桐庐去富阳县治九十里不足，自富阳溯江而上，坐小火轮三小时可达桐庐，再上则须坐帆船了。

我去的那一天，记得是阴晴欲雨的养花天，并且系坐晚班轮去的，船到桐庐，已经是灯火微明的黄昏时候了，不得已就只得在码头近边的一家旅馆的楼上借了一宵宿。

桐庐县城，大约有三里路长，三千多烟灶，一二万居民，地在富春江西北岸，从前是皖浙交通的要道，现在杭江铁路一开，似乎没有一二十年前的繁华热闹了。尤其要使旅客感到萧条的，却是桐君山脚下的那一队花船的失去了踪影。说起桐君山，却是桐庐县的一个接近城市的灵山胜地，山虽不高，但因有仙，自然是灵了。以形势来论，这桐君山，也的确是可以产生出许多口音生硬，别具风韵的桐严嫂来的生龙活脉。地处在桐溪东岸，正当桐溪和富春江合流之所，依依一水，西岸便瞰视着桐庐县市的人家烟树。南面对江，便是十里长洲；唐诗人方干的故居，就在这十里桐洲九里花的花田深处。向西越过桐庐县城，更遥遥对着一排高低不定的青峦，这就是富春山的山子山孙了。东北面山下，是一片桑麻沃地，有一条长蛇似的官道，隐而复现，出没盘曲在桃花杨柳洋槐榆树的中间，绕地一支小岭，便是富阳县的境界，大约去程明道的墓地程坟，总也不过一二十里地的间隔。我的去拜谒桐君，瞻仰道观，就在那一天到桐庐的晚上，是淡云微月，正在作雨的时候。

鱼梁渡头，因为夜渡无人，渡船停在东岸的桐君山下。我从旅馆踱了出来，先在离轮埠不远的渡口停立了几分钟。后来向一位来渡口洗夜饭米的年轻少妇，弓身请问了一回，才得到了渡江的秘决。她说："你只须高喊两三声，船自会来的。"先谢了她教我的好意，然后以两手围成了播音的喇叭，"喂，喂，渡船请摇过来！"地纵声一喊，果然在半江的黑影当中，船身摇动了。渐摇渐近，五分钟后，我在渡口，却终于听出了咿呀柔橹的声音。时间似乎已经入了酉时的下刻，小市里的群动，这时候都已经静息，自从渡口的那位少妇，在微茫的夜色里，藏去了她那张白团团的面影之后，我独立在江边，不知不觉心里头却兀自感到了一种他乡日暮的悲哀。渡船到岸，船头上起了几声微微的水浪清音，又铜东的一响，我早已跳上了船，渡船也已经掉过头来了。坐在黑影沉沉的舱里，我起先只在静听着柔橹划水的声音，然后却在黑影里看出了一星船家在吸着的长烟管头上的烟火，最后因为被沉默压迫不过，我只好开口说话了："船家！你这样的渡我过去，该给你几个船钱？"我问。"随你先生把几个就是。"船家的说话冗慢幽长，似乎已经带着些睡意了，我就向袋里摸出了两角钱来。"这两角钱，就算是我的渡船钱，请你候我一会，上山去烧一次夜香，我是依旧要渡过江来的。"船家的回答，只是恩恩乌乌，幽幽同牛叫似的一种鼻音，然而从继这鼻音而起的两三声轻快的咳声听来，他却似已经在感到满足了，因为我也知道，乡间的义渡，船钱最多也不过是两三枚铜子而已。

到了桐君山下，在山影和树影交掩着的崎岖道上，我上岸走不上几步，就被一块乱石绊倒，滑跌了一次。船家似乎也动了恻隐之心了，一句话也不发，跑将上来，他却突然交给了我一盒火柴。我于感谢了一番他的盛意之后，重整步武，再摸上山去，先是必须点一枝火柴走三五步路的，但到得半山，路既就了规律，而微云堆里的半规月色，也朦胧地现出一痕银线来了，所以手里还存着的半盒火柴，就被我藏入了袋里。路是从山的西北，盘曲而上，渐走渐高，半山一到，天也开朗了一点，桐庐县市上的灯火，也星星可数了。更纵目向江心望去，富春江两岸的船上和桐溪合流口停泊着的船尾船头，也看得出一点一点的火来。走过半山，桐君观里的晚祷钟鼓，似乎还没有息尽，耳朵里仿佛听见了几丝木鱼钲钹的残声。走上山顶，先在半途遇着了一道道观外围的女墙，这女墙的栅门，却已经掩上了。在栅门外徘徊了一刻，觉得已经到了此门而不进去，终于是不能满足我这一次暗夜冒险的好奇怪癖的。所以细想了几次，还是决心进去，非进去不可，轻轻用手往里面一推，栅门却呀的一声，早已退向了后方开开了，这门原来是虚掩在那里的。进了栅门，踏着为淡月所映照的石砌平路，向东向南的前走了五六十步，居然走到了道观的大门之外，这两扇朱红漆的大门，不消说是紧闭在那里的。到了此地，我却不想再破门进去了，因为这大门是朝南向着大江开的，门外头是一条一丈来宽的石砌步道，步道的一旁是道观的墙，一旁便是山坡，靠山坡的一面，并且还有一道二尺来高的石墙筑在那里，大约是代替栏杆，防人倾跌下山去的用意，石墙之上，铺的是二三尺宽的青石，在这似石栏又似石凳的墙上，尽可以坐卧游息，饱看桐江和对岸的风景，就是在这里坐它一晚，也很可以，我又何必去打开门来，惊起那些老道的噩梦呢！

空旷的天空里，流涨着的只是些灰白的云，云层缺处，原也看得出半角的天，和一点两点的星，但看起来最饶风趣的，却仍是欲藏还露，将见仍无的那半规月影。这时候江面上似乎起了风，云脚的迁移，更来得迅速了，而低头向江心一看，几多散乱着的船里的灯光，也忽明忽灭地变换了一变换位置。

这道观大门外的景色，真神奇极了。我当十几年前，在放浪的游程里，曾向瓜州京口一带，消磨过不少的时日。那时觉得果然名不虚传的，确是甘露寺外的江山，而现在到了桐庐，昏夜上这桐君山来一看，又觉得这江山之秀而且静，风景的整而不散，却非那天下第一江山的北固山所可与比拟的了。真也难怪得严子陵，难怪得戴征士，倘使我若能在这样的地方结屋读书，颐养天年，那还要什么的高官厚禄，还要什么的浮名虚誉哩？一个人在这桐君观前的石凳上，看看山，看看水，看看城中的灯火和天上的星云，更做做浩无边际的无聊的幻梦，我竟忘记了时刻，忘记了自身，直等到隔江的击柝声传来，向西一看，忽而觉得城中的灯影微茫地减了，才跑也似的走下了山来，渡江奔回了客舍。

第二日侵晨，觉得昨天在桐君观前做过的残梦正还没有续完的时候，窗外面忽而传来了一阵吹角的声音。好梦虽被打破，但因这同吹筚篥似的商音哀咽，却很含着些荒凉的古意，并且晓风残月，杨柳岸边，也正好候船待发，上严陵去；所以心里虽怀着了些儿怨恨，但脸上却只现出了一痕微笑，起来梳洗更衣，叫茶房去雇船去。雇好了一只双桨的渔舟，买就了些酒菜鱼米，就在旅馆前面的码头上上了船，轻轻向江心摇出去的时候，东方的云幕中间，已现出了几丝红晕，有八点多钟了。舟师急得厉害，只在埋怨旅馆的茶房，为什么昨晚上不预先告诉，好早一点出发。因为此去就是七里滩头，无风七里，有风七十里，上钓台去玩一趟回来，路程虽则有限，但这几日风雨无常，说不定要走夜路，才回来得了的。

过了桐庐，江心狭窄，浅滩果然多起来了。路上遇着的来往的行舟，数目也是很少，因为早晨吹的角，就是往建德去的快班船的信号，快班船一开，来往于两岸之间的船就不十分多了。两岸全是青青的山，中间是一条清浅的水，有时候过一个沙洲，洲上的桃花菜花，还有许多不晓得名字的白色的花，正在喧闹着春暮，吸引着蜂蝶。我在船头上一口一口的喝着严东关的药酒，指东话西地问着船家，这是什么山，那是什么港，惊叹了半天，称颂了半天，人也觉得倦了，不晓得什么时候，身子却走上了一家水边的酒楼，在和数年不见的几位已经做了党官的朋友高谈阔论。谈论之余，还背诵了一首两三年前曾在同一的情形之下做成的歪诗：

不是尊前爱惜身，
佯狂难免假成真，
曾因酒醉鞭名马，
生怕情多累美人。
劫数东南天作孽，
鸡鸣风雨海扬尘，
悲歌痛哭终何补，
义士纷纷说帝秦。

直到盛筵将散，我酒也不想再喝了，和几位朋友闹得心里各自难堪，连对旁边坐着的两位陪酒的名花都不愿意开口。正在这上下不得的苦闷关头，船家却大声的叫了起来说：

“先生，罗芷过了，钓台就在前面，你醒醒吧，好上山去烧饭吃去。”

擦擦眼睛，整了一整衣服，抬起头来一看，四面的水光山色又忽而变了样子了。清清的一条浅水，比前又窄了几分，四周的山包得格外的紧了，仿佛是前无去路的样子。并且山容峻削，看去觉得格外的瘦格外的高。向天上地下四周看看，只寂寂的看不见一个人类。双桨的摇响，到此似乎也不敢放肆了，钩的一声过后，要好半天才来一个幽幽的回响，静，静，静，身边水上，山下岩头，只沉浸着太古的静，死灭的静，山峡里连飞鸟的影子也看不见半只。前面的所谓钓台山上，只看得见两大个石垒，一间歪斜的亭子，许多纵横芜杂的草木。山腰里的那座祠堂，也只露着些废垣残瓦，屋上面连炊烟都没有一丝半缕，像是好久好久没有人住了的样子。并且天气又来得阴森，早晨曾经露一露脸过的太阳，这时候早已深藏在云堆里了，余下来的只是时有时无从侧面吹来的阴飕飕的半箭儿山风。船靠了山脚，跟着前面背着酒菜鱼米的船夫走上严先生祠堂的时候，我心里真有点害怕，怕在这荒山里要遇见一个干枯苍老得同丝瓜筋似的严先生的鬼魂。

在祠堂西院的客厅里坐定，和严先生的不知第几代的裔孙谈了几句关于年岁水旱的话后，我的心跳也渐渐儿的镇静下去了，嘱托了他以煮饭烧菜的杂务，我和船家就从断碑乱石中间爬上了钓台。

东西两石垒，高各有二三百尺，离江面约两里来远，东西台相去只有一二百步，但其间却夹着一条深谷。立在东台，可以看得出罗芷的人家，回头展望来路，风景似乎散漫一点，而一上谢氏的西台，向西望去，则幽谷里的清景，却绝对的不像是在人间了。我虽则没有到过瑞士，但到了两台，朝西一看，立时就想起了曾在照片上看见过的威廉退儿的祠堂。这四山的幽静，这江水的青蓝，简直同在画片上的珂罗版色彩，一色也没有两样，所不同的就是在这儿的变化更多一点，周围的环境更芜杂不整齐一点而已，但这却是好处，这正是足以代表东方民族性的颓废荒凉的美。

从钓台下来，回到严先生的祠堂——记得这是洪杨以后严州知府戴槃重建的祠堂——西院里饱啖了一顿酒肉，我觉得有点酩酊微醉了。手拿着以火柴柄制成的牙签，走到东面供着严先生神像的龛前，向四面的破壁上一看，翠墨淋漓，题在那里的，竟多是些俗而不雅的过路高官的手笔。最后到了南面的一块白墙头上，在离屋檐不远的一角高处，却看到了我们的一位新近去世的同乡夏灵峰先生的四句似邵尧夫而又略带感慨的诗句。夏灵峰先生虽则只知崇古，不善处今，但是五十年来，像他那样的顽固自尊的亡清遗老，也的确是没有第二个人。比较起现在的那些官迷的南满尚书和东洋宦婢来，他的经术言行，姑且不必去论它，就是以骨头来称称，我想也要比什么罗三郎郑太郎辈，重到好几百倍。慕贤的心一动，熏人臭技自然是难熬了，堆起了几张桌椅，借得了一枝破笔，我也向高墙上在夏灵峰先生的脚后放上了一个陈屁，就是在船舱的梦里，也曾微吟过的那一首歪诗。

从墙头上跳将下来，又向龛前天井去走了一圈，觉得酒后的干喉，有点渴痒了，所以就又走回到了西院，静坐着喝了两碗清茶。在这四大无声，只听见我自己的啾啾喝水的舌音冲击到那座破院的败壁上去的寂静中间，同惊雷似的一响，院后的竹园里却忽而飞出了一声闲长而又有节奏似的鸡啼的声来。同时在门外面歇着的船家，也走进了院门，高声的对我说：

“先生，我们回去吧，已经是吃点心的时候了，你不听见那只鸡在后山啼么？我们回去吧！”

一九三二年八月

江南的冬景

凡在北国过过冬天的人，总都知道围炉煮茗，或吃涮羊肉，剥花生米，饮白干的滋味。而有地炉，暖炕等设备的人家，不管它们外面是雪深几尺，或风大若雷，而躲在屋里过活的两三个月的生活，却是一年之中最有劲的一段蛰居异境；老年人不必说，就是顶喜欢活动的小孩子们，总也是个个在怀恋的，因为当这中间，有的萝卜，雅儿梨[1]等水果的闲食，还有大年夜，正月初一元宵等热闹的节期。

但在江南，可又不同；冬至过后，大江以南的树叶，也不至于脱尽。寒风——西北风——间或吹来，至多也不过冷了一日两日。到得灰云扫尽，落叶满街，晨霜白得像黑女脸上的脂粉似的清早，太阳一上屋檐，鸟雀便又在吱叫，泥地里便又放出水蒸气来，老翁小孩就又可以上门前的隙地里去坐着曝背谈天，营屋外的生涯了；这一种江南的冬景，

1 鸭梨。

岂不也可爱得很么？

我生长江南，儿时所受的江南冬日的印象，铭刻特深；虽则渐入中年，又爱上了晚秋，以为秋天正是读读书，写写字的人的最惠季节，但对于江南的冬景，总觉得是可以抵得过北方夏夜的一种特殊情调，说得摩登些，便是一种明朗的情调。

我也曾到过闽粤，在那里过冬天，和暖原极和暖，有时候到了阴历的年边，说不定还不得不拿出纱衫来着；走过野人的篱落，更还看得见许多杂七杂八的秋花！一番阵雨雷鸣过后，凉冷一点，至多也只好换上一件夹衣，在闽粤之间，皮袍棉袄是绝对用不着的；这一种极南的气候异状，并不是我所说的江南的冬景，只能叫它作南国的长春，是春或秋的延长。

江南的地质丰腴而润泽，所以含得住热气，养得住植物；因而长江一带，芦花可以到冬至而不败，红叶也有时候会保持得三个月以上的生命。像钱塘江两岸的乌桕树，则红叶落后，还有雪白的桕子着在枝头，一点一丛，用照相机照将出来，可以乱梅花之真。草色顶多成了赭色，根边总带点绿意，非但野火烧不尽，就是寒风也吹不倒的。若遇到风和日暖的午后，你一个人肯上冬郊去走走，则青天碧落之下，你不但感不到岁时的肃杀，并且还可以饱觉着一种莫名其妙的含蓄在那里的生气；“若是冬天来了，春天也总马上会来”的诗人的名句，只有在江南的山野里，最容易体会得出。

说起了寒郊的散步，实在是江南的冬日，所给与江南居住者的一种特异的恩惠；在北方的冰天雪地里生长的人，是终他的一生，也决不会有享受这一种清福的机会的。我不知道德国的冬天，比起我们江浙来如何，但从许多作家的喜欢以Spaziergang[1]一字来做他们的创造题目的一点看来，大约是德国南部地方，四季的变迁，总也和我们的江南差仿不多。譬如说十九世纪的那位乡土诗人洛在格（Peter Rosegger，1843—1918）吧，他用这一个“散步”做题目的文章尤其写得多，而所写的情形，却又是大半可以拿到中国江浙的山区地方来适用的。

江南河港交流，且又地滨大海，湖沼特多，故空气里时含水分；到得冬天，不时也会下着微雨，而这微雨寒村里的冬霖景象，又是一种说不出的悠闲境界。你试想想，秋收过后，河流边三五家人家会聚在一道的一个小村子里，门对长桥，窗临远阜，这中间又多是树枝槎丫的杂木树林；在这一幅冬日农村的图上，再洒上一层细得同粉也似的白雨，加上一层淡得几不成墨的背景，你说还够不够悠闲？若再要点景致进去，则门前可以泊一只乌篷小船，茅屋里可以添几个喧哗的酒客，天垂暮了，还可以加一味红黄，在茅屋窗中画上一圈暗示着灯光的月晕。人到了这一个境界，自然会得胸襟洒脱起来，终至于得失俱亡，死生不同了；我们总该还记得唐朝那位诗人做的“暮雨潇潇江上村”的一首绝句吧？诗人到此，连对绿林豪客都客气起来了，这不是江南冬景的迷人又是什么？

一提到雨，也就必然的要想到雪：“晚来天欲雪，能饮一杯无？”自然是江南日暮的雪景。“寒沙梅影路，微雪酒香村”，则雪月梅的冬宵三友，会合在一道，在调戏酒姑娘了。“柴门村犬吠，风雪夜归人”，是江南雪夜，更深人静后的景况。“前树深雪里，昨夜一枝

---

1 散步（德语）。

开”又到了第二天的早晨，和狗一样喜欢弄雪的村童来报告村景了。诗人的诗句，也许不尽是在江南所写，而做这几句诗的诗人，也许不尽是江南人，但假了这几句诗来描写江南的雪景，岂不直截了当，比我这一枝愚劣的笔所写的散文更美丽得多？

有几年，在江南也许会没有雨没有雪的过一个冬，到了春间阴历的正月底或二月初再冷一冷下一点春雪的；去年（一九三四）的冬天是如此，今年的冬天恐怕也不得不然，以节气推算起来，大约大冷的日子，将在一九三六年的二月尽头，最多也总不过是七八天的样子。像这样的冬天，乡下人叫作旱冬，对于麦的收成或者好些，但是人口却要受到损伤；旱得久了，白喉，流行性感冒等疾病自然容易上身，可是想恣意享受江南的冬景的人，在这一种冬天，倒只会得到快活一点，因为晴和的日子多了，上郊外去闲步逍遥的机会自然也多；日本人叫作Hiking，德国人叫作Spaziergang狂者，所最欢迎的也就是这样的冬天。

窗外的天气晴朗得像晚秋一样；晴空的高爽，日光的洋溢，引诱得使你在房间里坐不住，空言不如实践，这一种无聊的杂文，我也不再想写下去了，还是拿起手杖，搁下纸笔，上湖上散散步吧！

一九三五年十二月一日

杭　州

杭州的出名，一大半是为了西湖。而人工的建设，都会的形成，初则是由于唐末五代，武肃王钱镠（西历十世纪初期）的割据东南，——“隋朝特创立此郡城，仅三十六里九十步；后武肃钱王，发民丁与十三寨军卒，增筑罗城，周围七十里许。……”（吴自牧《梦粱录》卷七）——再则是由于南宋建炎三年（一一二九），高宗的临安驻跸，奠定国都。至若唐白乐天与宋苏东坡的筑堤导水，原也有功于杭郡人民，可是仅仅一位醉酒吟诗携妓的郡守的力量，无论如何，也是不能和帝王匹敌的。

据说，杭州的杭字，是因“禹末年，巡会稽至此，舍航登陆，乃名杭，始见于文字。”（柴虎臣著《杭州沿革大事考》）因之，我们可以猜想，禹以前，杭州总还是一个泽国。而这一个四千余年前的泽国，后来为越为吴，也为吴越的战场，为东汉的浙江，为三国吴的富春，为晋的吴郡，为隋唐的杭州，两为偏安国都，迭为省治，现在并且成了东南五省交通的孔道，歌舞喧天，别庄满地，简直又要恢复南宋当时的首都旧观了。

我的来往杭州，本不是想上西湖来寻梦，更不是想弯强弩来射潮；不过妻杭人也，雅擅杭音，父祖富春产也，歌哭于斯，叶落归根，人穷返里，故乡鱼米较廉，借债亦易，——今年可不敢说，——屋租尤其便宜，铩羽归来，正好在此地偷安苟活，坐以待亡。搬来住后，岁月匆匆，一眨眼间，也已经住了一年有半了。朋友中间晓得我的杭州住址者，于春秋佳日，旅游西湖之余，往往肯命高轩来枉顾，我也因独处穷乡，孤寂得可怜，我朋自远方来，自然喜欢和他们谈谈旧事，说说杭州。这么一来，不几何时，大家似乎已经把我看成了杭州的管钥，山水的东家；《中学生》杂志编者的特地写信来要我写点关于杭州的文章，大约原因总也在于此。

关于杭州一般的兴废沿革，有《浙江通志》，《杭州府志》，《仁钱县志》诸大部的书在；关于杭州的掌故，湖山的史迹等等，也早有了光绪年间钱塘丁申、丁丙两氏编刻的《武林掌故丛编》，《西湖集览》，与新旧《西湖志》，《湖山便览》以及诸大书局大文豪的西湖游记或西湖游览指南诸书，可作参考；所以在这里，对这些，我不想再来饶舌，以虚费纸面和读者的光阴。第一，我觉得还值得一写，而对于读者，或者也不至于全然没趣的，是杭州人的性格；所以，我打算先从“杭州人”讲起。

第一个杭州人，究竟是哪里来的？这杭州人种的起源问题，怕同先有鸡蛋呢还是先有鸡一样，就是叫达尔文从阴司里复活转来，也很不容易解决。好在这些并非是我们的主题，故而假定当杭州这一块陆土出水不久，就有些野蛮的，好渔猎的人来住了，这些蛮人，我们就姑且当他们是杭州人的祖宗。吴越国人，一向是好战，坚忍，刻苦，猜忌，而富于巧智的。自从用了美人计，征服了姑苏以来，兵事上虽则占了胜利，但民俗上却吃了大亏；喜斗，坚忍，刻苦之风，渐渐地消灭了。倒是猜忌，使计诸官能，逐步发达了起来。其后经楚威王，秦始皇，汉高帝等的挞伐，杭州人就永远处入了被征服者的地位，隶属在北方人的胯下。三国纷纷，孙家父子崛起，国号曰吴，杭州人总算又吐了一口气，这一口气，隐忍过隋唐两世，至钱武肃王而吐尽；不久南宋迁都，固有的杭州人的骨里，混入了汴京都的人士的文弱血球，于是现在的杭州人的性格，就此决定了。

意志的薄弱，议论的纷纭；外强中干，喜撑场面；小事机警，大事糊涂；以文雅自夸，以清高自命；只解欢娱，不知振作等等，就是现在的杭州人的特性；这些，虽然是中国一般人的通病，但是看来看去，我总觉得以杭州人为尤甚。所以由外乡人说来，每以为杭州人是最狡猾的人，狡猾得比上海滩上的滑头还要厉害。但其实呢，杭州人只晓得占一点眼前的小利小名，暗中在吃大亏，可是不顾到的。等到大亏吃了，杭州人还要自以为是，自命为直，无以名之，名之曰“杭铁头”以自慰自欺。生性本是勤而且俭的杭州人，反以为勤俭是倒霉的事情，是贫困的暴露，是与面子有关的，所以父母教子弟的第一个原则，就是教他们游惰过日，摆大少爷的架子。等空壳大少爷的架子学成，父母年老，财产荡尽的时候，这些大少爷们在白天，还要上西湖去逛逛，弄件把长衫来穿穿，饿着肚皮而高使着牙签；到了晚上上黑暗的地方去跪着讨饭，或者扒点东西，倒满不在乎，因为在黑暗里人家看不见，与面子还是无关，而大少爷的架子却不可不摆。至于做匪做强盗呢，却不会，决不会，杭州人并不是没有这个胆量，但杀头的时候要反绑着手去游街示众，与面子有关；最勇敢的杭州人，亦不过做做小窃而已。

惟其是如此，所以现在的杭州人，就永远是保有着被征服的资格的人；风雅倒很风雅，浅薄的知识也未始没有，小名小利，一着也不肯放松，最厉害的尤其是一张嘴巴。外来的征服者，征服了杭州人后，过不上三代，就也成了杭州人了，于是剃头者人亦剃其头，几十年后，仍复要被新的征服者来征服。照例类推，一年一年的下去。现在残存在杭州的固有杭州老百姓，计算起来，怕已经不上十个指头了。

人家说这是因为杭州的山水太秀丽了的缘故。西湖就像是一位“二八佳人体似酥”的狐狸精，所以杭州决出不出好子弟来。这话哩，当然也含有着几分真理。可是日本的山水，秀丽处远在杭州之上；瑞士我不晓得，意大利的风景画片我们总也时常看见的吧，何以外国人都可以不受着地理的限制，独有杭州人会陷入这一个绝境去的呢？想来想去，我想总还是教育的不好。杭州的家庭教育，社会教育，学校教育，总非要彻底的改革一下不可。

其次是该讲杭州的风俗了；岁时习俗，显露在外表的年中行事，大致是与江南各省相通的；不过在杭州像婚丧喜庆等事，更加要铺张一点而已。关于这一方面，同治年间有一位钱塘的范月桥氏，曾做过一册《杭俗遗风》，写得比较详细，不过现在的杭州风俗，细看起来，还是同南宋吴自牧在《梦粱录》里所说的差仿不多，因为杭州人根本还是由那个时候传下来，在那个时候改组过的人。都会文化的影响，实在真大不过。

一年四季，杭州人所忙的，除了生死两件大事之外，差不多全是为了空的仪式；就是婚丧生死，一大半也重在仪式。丧事人家可以出钱去雇人来哭。喜事人家也有专门说好话的人雇在那里借讨采头。祭天地，祀祖宗，拜鬼神等等，无非是为了一个架子；甚至于四时的游逛，都列在仪式之内，到了时候，若不去一定的地方走一遭，仿佛是犯了什么大罪，生怕被人家看不起似的。所以明朝的高濂，做了一部《四时幽赏录》，把杭州人在四季中所应做的闲事，详细列叙了出来。现在我只教把这四时幽赏的简目，略抄一下，大家就可以晓得吴自牧所说的“临安风俗，四时奢侈，赏观殆无虚日”的话的不错了。

一、春时幽赏：孤山月下看梅花，八卦田看菜花，虎跑泉试新茶，西溪楼啖煨笋，保俶塔看晓山，苏堤看桃花，等等。

二、夏时幽赏：苏堤看新绿，三生石谈月，飞来洞避暑，湖心亭采莼，等等。

三、秋时幽赏：满家巷赏桂花，胜果寺望月，水乐洞雨后听泉，六和塔夜玩风潮，等等。

四、冬时幽赏：三茅山顶望江天雪霁，西溪道中玩雪，雪后镇海楼观晚炊，除夕登吴山看松盆，等等。

将杭州人的坏处，约略在上面说了之后，我却终觉不得不对杭州的山水，再来一两句简单的批评。西湖的山水，若当盆景来看，好处也未始没有，就是在它的比盆景稍大一点的地方。若要在西湖近处看山的话，那你非要上留下向西向南再走二三十里路不行。从余杭的小和山走到了午潮山顶，你向四面一看，就有点可以看出浙西山脉的大势来了。天晴的时候，西北你能够看得见天目，南面脚下的横流一线，东下海门，就是钱塘江的出口，龛赭二山，小得来像天文镜里的游星。若嫌时间太费，脚力不继的话，那至少你也该坐车下江干，过范村，上五云山头去看看隔岸的越山，与钱塘江上游的不断的峰峦。况且五云山足，西下是云栖，竹木清幽；地方实在还可以。从五云山向北若沿郎当岭而下天竺，在岭脊你就可以看到西岭下梅家坞的别有天地，与东岭下西湖全面的镜样的湖光。

若要再近一点，来玩西湖，我觉得南山终胜于北山，凤凰山胜果寺的荒凉远大，比起灵隐、葛岭来，终觉回味要浓厚一点。

还有北面秦亭山法华山下的西溪一带呢，如花坞秋雪庵，茭芦庵等处，散疏雅逸之致，原是有的，可是不懂得南画，不懂得王维、韦应物的诗意的人，即使去看了，也是毫无所得的。

离西湖十余里，在拱宸桥的东首，地当杭州的东北，也有一簇山脉汇聚在那里。俗称“半山”的皋亭山，不过因近城市而最出名，讲到景致，则断不及稍东的黄鹤峰，与偏北的超山。况且超山下的居民，以植果木为业，旧历二月初，正月底边的大明堂外（吴仓硕的坟旁）的梅花，真是一个奇观，俗称“香雪海”的这个名字，觉得一点儿也不错。

此外还有关于杭州的饮食起居的话，我不是做西湖旅行指南的人，在此地只好不说了。

一九三四年三月

上海的茶楼

茶，当然是中国的产品，《尔雅》释檟为苦荼，早采为茶，晚采为茗。《茶经》分门别类，一曰茶，二曰檟，三曰蔎，四曰茗，五曰荈。神农食经，说茗茶宜久服，令人有功悦志。华伦食论，也说苦茶久食，益意思。因此中国人，差不多人人爱吃茶，天天要吃茶；柴米油盐酱醋茶，至将茶列入了开门七件事之一，为每人每日所不能缺的东西。

外国人的茶，最初当然也系由中国输入的奢侈品，所谓梯、泰（Tea、The）等音，说不定还是闽粤一带土人呼茶的字眼，日记大家Pepys[1]头一次吃到茶的时候，还娓娓说到它的滋味性质，大书特书，记在他的那部可宝贵的日记里。外国人尚且推崇得如此，也难怪在出产地的中国，遍地都是卢仝[2]、陆羽的信徒了。

1　佩皮斯，17世纪英国作家。

2　卢仝（约795—835），唐代诗人，所写《走笔谢孟谏议寄新茶》与陆羽《茶经》齐名，被世人尊称为“茶仙”，著有《茶谱》。

茶店的始祖，不知是哪个人；但古时集社，想来总也少不了茶茗的供设；风传到了晋代，嗜茶者愈多，该是茶楼酒馆的极盛之期。以后一直下来，大约世界越乱，国民经济越不充裕的时候，茶馆店的生意也一定越好。何以见得？因为价廉物美，只消有几个钱，就可以在茶楼住半日，见到许多友人，发些牢骚，谈些闲天的缘故。

上面所说的，是关于茶及茶楼的一般的话；上海的茶楼，情形却有点儿不同，这原也像人口过多，五方杂处的大都会中常有的现象，不过在上海，这一种畸形的发达更要使人觉得奇怪而已。

上海的水陆码头，交通要道，以及人口密聚的地方的茶楼，顾客大抵是帮里的人。上茶馆里去解决的事情，第一是是非的公断，即所谓吃讲茶；第二是拐带的商量，女人的跟人逃走，大半是借茶楼出发地的；第三，才是一般好事的人的去消磨时间。所以上海的茶楼，若没这一批人的支持，营业是维持不过去的；而全上海的茶楼总数之中，以专营业这一种营业的茶店居五分之四；其余的一分，像城隍庙里的几家，像小菜场附近的有些，才是名副其实，供人以饮料的茶店。

譬如有某先生的一批徒弟，在某处做了一宗生意，其后更有某先生的同辈的徒弟们出来干涉了，或想分一点肥，或是牺牲者请出来的调人，或者竟系在当场因两不接头而起冲突的诸事件发生之后，大家要开谈判了，就约定时间，约定伙伴，一家上茶馆里去。这时候，参集的人，自然是愈多愈好，文讲讲不下来，改日也许再去武讲的；比他们长一辈的先生们，当然要等到最后不能解决的时候，才来上场。这些帮里的人，也有着便衣的巡捕，也有穿私服的暗探，上面没有公事下来，或牺牲者未进呈子之先，他们当然都是那一票生意经的股东。这是吃讲茶的一般情形，结果大抵由理屈者方面惠茶钞，也许更上饭馆子去吃一次饭都说不定。至于赎票、私奔，或拐带等事情的谈判，表面上的当事人人数自然还要减少；但周围上下，目光炯炯，侧耳探头，装作毫不相干的神气，或坐或立地埋伏在四面的人，为数却也绝不会少，不过紧急事情不发生，他们就可以不必出来罢了。从前的日升楼，现在的一乐天、全羽居、四海升平楼等大茶馆，家家虽则都有禁吃讲茶的牌子挂在那里，但实际上顾客要吃起讲茶来，你又哪里禁止得他们住。

除了这一批有正经任务的短帮茶客之外，日日于一定的时间来一定的地方做顾客的，才是真正的卢仝陆羽们。他们大抵是既有闲而又有钱的上海中产的住民；吃过午饭，或者早晨一早，他们的两只脚，自然走熟的地方走。看报也在那里，吃点点心也在那里，与日日见面的几个熟人谈推背图的实现，说东洋人的打仗，报告邻居一家小户人家的公鸡的生蛋也就在那里。

物以类聚，地借人传，像在跑马厅的附近，城隍庙的境内的许多茶店，多半是或系弄古玩，或系养鸟儿，或者也有专喜欢听说书的专家茶客的集会之所。像湖心亭、春风得意楼等处，虽则并无专门的副作用留存着在，可是有时候，却也会集茶客的大成，坐得济济一堂，把各色有专门嗜好的茶人来尽吸在一处的。

至如有女招待的吃茶处，以及游戏场的露天茶棚之类，内容不同，顾客的性质与种类自然又各别了。

上海的茶店业，既然发达到了如此的极盛，自然，随茶店而起的副业，也要必然地滋生出来。第一，卖烧饼、油包，以及小吃品的摊贩，当然是等于眉毛之于眼睛一样，一定是家家茶店门口或近处都有的。第二，是卖假古董小玩意的商人了，你只要在热闹市场里的茶楼上坐他一两个钟头，像这一种小商人起码可以遇见到十人以上。第三，是算命、测字、看相的人。第四，这总算是最新的一种营养者，而数目却也最多，就是航空奖券的推销员。至如卖小报、拾香烟蒂头，以及糖果香烟的叫卖人等，都是这一游戏场中所共有的附属物，还算不得上海茶楼的一种特点。

还有茶楼的夜市，也是上海地方最著名的一种色彩。小时候在乡下，每听见去过上海的人，谈到四马路青莲阁四海升平楼的人肉市场，同在听天方夜谭一样，往往不能够相信。现在因国民经济破产，人口集中都市的结果，这一种肉阵的排列和拉撕的悲喜剧，都不必限于茶楼，也不必限于四马路一角才看得见了，所以不谈。

（原载一九三五年十二月《良友》第一一二期）

饮食男女在福州

福州的食品，向来就很为外省人所赏识：前十余年在北平，说起私家的厨子，我们总同声一致的赞成刘崧生先生和林宗孟先生家里的蔬菜的可口。当时宣武门外的忠信堂正在流行，而这忠信堂的主人，就系旧日刘家的厨子，曾经做过清室的御厨房的。上海的小有天以及现在早已歇业了的消闲别墅，在粤菜还没有征服上海之先，也曾盛行过一时。面食里的伊府面，听说还是汀州伊墨卿太守的创作；太守住扬州日久，与袁子才也时相往来，可惜他没有像随园老人那么的好事，留下一本食谱来，教给我们以烹调之法；否则，这一个福建萨伐郎（Savarin）的荣誉，也早就可以驰名海外了。

福建菜的所以会这样著名，而实际上却也实在是丰盛不过的原因，第一，当然是由于天然物产的富足。福建全省，东南并海，西北多山，所以山珍海味，一例的都贱如泥沙。听说沿海的居民，不必忧虑饥饿，大海潮回，只消上海滨去走走，就可以拾一篮海货来充作食品。又加以地气温暖，土质腴厚，森林蔬菜，随处都可以培植，随时都可以采撷。一年四季，笋类菜类，常是不断；野菜的味道，吃起来又比别处的来得鲜甜。福建既有了这样丰富的天产，再加上以在外省各地游宦营商者的数目的众多，作料采从本地，烹制学自外方，五味调和，百珍并列，于是乎闽菜之名，就宣传在饕餮家的口上了。清初周亮工著的《闽小纪》两卷，记述食品处独多，按理原也是应该的。

福州海味，在春三二月间，最流行而最肥美的，要算来自长乐的蚌肉，与海滨一带多有的蛎房。《闽小纪》里所说的西施舌，不知是否指蚌肉而言；色白而腴，味脆且鲜，以鸡汤煮得适宜，长圆的蚌肉，实在是色香味俱佳的神品。听说从前有一位海军当局者，老母病剧，颇思乡味；远在千里外，欲得一蚌肉，以解死前一刻的渴慕，部长纯孝，就以飞机运蚌肉至都。从这一件轶事看来，也可想见这蚌肉的风味了；我这一回赶上福州，正及蚌肉上市的时候，所以红烧白煮，吃尽了几百个蚌，总算也是此生的豪举，特笔记此，聊志口福。

蛎房并不是福州独有的特产，但福建的蛎房，却比江浙沿海一带所产的，特别的肥嫩清洁。正二三月间，沿路的摊头店里，到处都堆满着这淡蓝色的水包肉：价钱的廉，味道的鲜，比到东坡在岭南所贪食的蚝，当然只会得超过。可惜苏公不曾到闽海去谪居，否则，阳羡之田，可以不买，苏氏子孙，或将永寓在三山二塔之下，也说不定。福州人叫蛎房作“地衣”，略带“挨”字的尾声，写起字来，我想只有“蚳”字，可以当得。

在清初的时候，江瑶柱似乎还没有现在那么的通行，所以周亮工再三的称道，誉为逸品。在目下的福州，江瑶柱却并没有人提起了，鱼翅席上，缺少不得的，倒是一种类似宁波横脚蟹的蟳蟹，福州人叫作"新恩"，《闽小纪》里所说的虎蟳，大约就是此物。据福州人说，蟳肉最滋补，也最容易消化，所以产妇病人以及体弱的人，往往爱吃。但由对蟹类素无好感的我看来，却仍赞成周亮工之言，终觉得质粗味劣，远不及蚌与蛎房或香螺的来得干脆。

福州海味的种类，除上述的三种以外，原也很多很多；但是别地方也有，我们平常在上海也常常吃得到的东西，记下来也没有什么价值，所以不说。至于与海错相对的山珍哩，却更是可以干制，可以输出的东西，益发的没有记述的必要了，所以在这里只想说一说叫作肉燕的那一种奇异的包皮。

初到福州，打从大街小巷里走过，看见好些店家，都有一个大砧头摆在店中；一两位壮强的男子，拿了木锥，只在对着砧上的一大块猪肉，一下一下的死劲地敲。把猪肉这样的乱敲乱打，究竟算什么回事？我每次看见，总觉得奇怪；后来向福州的朋友一打听，才知道这就是制肉燕的原料了。所谓肉燕者，将是将猪肉打得粉烂，和入面粉，然后再制成皮子，如包馄饨的外皮一样，用以来包制菜蔬的东西。听说这物事在福建，也只是福州独有的特产。

福州食品的味道，大抵重糖；有几家真正福州馆子里烧出来的鸡鸭四件，简直是同蜜饯的罐头一样，不杂入一粒盐花。因此福州人的牙齿，十人九坏。有一次去看三赛乐的闽剧，看见台上演戏的人，个个都是满口金黄；回头更向左右的观众一看，妇女子的嘴里也大半镶着全副的金色牙齿。于是天黄黄，地黄黄，弄得我这一向就痛恨金牙齿的偏执狂者，几乎想放声大哭，以为福州人故意在和我捣乱。

将这些脱嫌糖重的食味除起，若论到酒，则福州的那一种土黄酒，也还勉强可以喝得。周亮工所记的玉带春、梨花白、蓝家酒、碧霞酒、莲须白、河清、双夹、西施红、状元红等，我都不曾喝过，所以不敢品评。只有会城各处在卖的鸡老（酪）酒，颜色却和绍酒一样的红似琥珀，味道略苦，喝多了觉得头痛。听说这是以一生鸡，悬之酒中，等鸡肉鸡骨都化了后，然后开坛饮用的酒，自然也是越陈越好。福州酒店外面，都写酒库两字，发卖叫发扛，也是新奇得很的名称。以红糟酿的甜酒，味道有点像上海的甜白酒，不过颜色桃红，当是西施红等名目出处的由来。莆田的荔枝酒，颜色深红带黑，味甘甜如西班牙的宝德红葡萄，虽则名贵，但我却终不喜欢。福州一般宴客，喝的总还是绍兴花雕，价钱极贵，斤量又不足，而酒味也淡似沪杭各地，我觉得建庄终究不及京庄。

福州的水果花木，终年不断；橙柑、福橘、佛手、荔枝、龙眼、甘蔗、香蕉，以及茉莉、兰花、橄榄等等，都是全国闻名的品物；好事者且各有谱谍之著，我在这里，自然可以不说。

闽茶半出武夷，就是不是武夷之产，也往往借这名山为号召。铁罗汉，铁观音的两种，为茶中柳下惠，非红非绿，略带赭色：酒醉之后，喝它三杯两盏，头脑倒真能清醒一下。其他若龙团玉乳，大约名目总也不少，我不恋茶娇，终是俗客，深恐品评失当，贻笑大方，在这里只好轻轻放过。

从《闽小纪》中的记载看来，番薯似乎还是福建人开始从南洋运来的代食品；其后因种植的便利，食味的甘美，就流传到内地去了；这植物传播到中国来的时代，只在三百年前，是明末清初的时候，因亮工所记如此，不晓得究竟是否确实。不过福建的米麦，向来就说不足，现在也须仰给于外省或台湾，但田稻倒又可以一年两植。而福州正式的酒席，大抵总不吃饭散场，因为菜太丰盛了，吃到后来，总已个个饱满，用不着再以饭颗来充腹之故。

饮食处的有名处所，城内为树春园、南轩、河上酒家、可然亭等。味和小吃，亦佳且廉；仓前的鸭面，南门兜的素菜与牛肉馆，鼓楼西的水饺子铺，都是各有长处的小吃处；久吃了自然不对，偶尔去一试，倒也别有风味。城外在南台的西菜馆，有嘉宾、西宴台、法大、西来，以及前临闽江，内设戏台的广聚楼等。洪山桥畔的义心楼，以吃形同比目鱼的贴沙鱼著名；仓前山的快乐林，以吃小盘西洋菜见称，这些当然又是莱馆中的别调。至如我所寄寓的青年会食堂，地方清洁宽广，中西菜也可以吃吃，只是不同耶稣的飨宴十二门徒一样，不许顾客醉饮葡萄酒浆，所以正式请客，大感不便。

此外则福建特有的温泉浴场，如汤门外的百合、福龙泉，飞机场的乐天泉等，也备有饮馔供客；浴室往往在这些浴场里，可以鬼混一天，不必出外去买酒买食，却也便利。从前听说更可以在个人池内男女同浴，则饮食男女，就不必分求，一举竟可以两得了。

要说福州的女子，先得说一说福建的人种。大约福建土著的最初老百姓，为南洋近边的海岛人种；所以面貌习俗，与日本的九州一带，有点相像。其后汉族南下，与这些土人杂婚，就成了无诸种族，系在春秋战国，吴越争霸之后。到得唐朝，大兵入境；相传当时曾杀尽了福建的男子，只留下女人，以配光身的兵士；故而直至现在，福州人还呼丈夫为“唐晡人”，晡者系日暮袭来的意思，同时女人的“诸娘仔”之名，也出来了。还有现在东门外北门外的许多工女农妇，头上仍带着三把银刀似的簪为发饰，俗称她们作三把刀，据说犹是当时的遗制。因为她们的父亲丈夫儿子，都被外来的征服者杀了；她们誓死不肯从敌，故而时时带着三把刀在身边，预备复仇。只今台湾的福建籍妓女，听说也是一样；亡国到了现在，也已经有好多年了，而她们却仍不肯与日本的嫖客同宿。若有人破此旧习，而与日本嫖客同宿一宵者，同人中就视作禽兽，耻不与伍，这又是多么悲壮的一幕惨剧！谁说犹唱后庭花处，商女都不知家国的兴亡哩！试看汉奸到处卖国，而妓女乃不肯辱身，其间相去，又岂只泾渭的不同？这一种古代的人种，与唐人杂婚之后，一部分不完全唐化，仍保留着他们固有的生活习惯，宗教仪式的，就是现在仍旧退居在北门外万山深处的畲民。此外的一族，以水上为家，明清以后，一向被视为贱民，不时受汉人的蹂躏的，相传其祖先系蒙古人，自元亡后，遂贬为蜑户，俗呼科蹄。科蹄实为曲蹄之别音，因他们常常曲膝盘坐在船舱之内，两脚弯曲，故有此称。串通倭寇，骚扰沿海一带的居民，古时在泉州叫作泉郎的，就是这一种人种的旁支。

因为福州人种的血统，有这种种的沿革，所以福建人的面貌，和一般中原的汉族，有点两样。大致广额深眼，鼻子与颧骨高突，两颊深陷成窝，下额部也稍稍尖凸向前。这一种面相，生在男人的身上，倒也并不觉得特别；但一生在女人的身上，高突部为嫩白的皮肉所调和，看起来却个个都是线条刻画分明，像是希腊古代的雕塑人形了。福州女子的另一特点，是在她们的皮色的细白。生长在深闺中的宦家小姐，不见天日，白腻原也应该；最奇怪的，却是那些住在城外的工农佣妇，也一例地有着那种嫩白微红，像刚施过脂粉似的皮肤。大约日夕灌溉的温泉浴是一种关系，吃的闽江江水，总也是一种关系。

我们从前没有居住过福建，心目中总只以为福建人种，是一种蛮族。后来到了那里，和他们的文化一接触，才晓得他们虽则开化得较迟，但进步得却很快；又因为东南是海港的关系，中西文化的交流，也比中原僻地为频繁，所以闽南的有些都市，简直繁华摩登得可以同上海来争甲乙。及至观察稍深，一移目到了福州的女性，更觉得她们的美的水准，比苏杭的女子要高好几倍；而装饰的入时，身体的康健，比到苏州的小型女子，又得高强数倍都不止。

“天生丽质难自弃”，表露欲，装饰欲，原是女性的特嗜；而福州女子所有的这一种显示本能，似乎比什么地方的人还要强一点。因而天晴气爽，或岁时伏腊，有迎神赛会的关头，南大街，仓前山一带，完全是美妇人披露的画廊。眼睛个个是灵敏深黑的，鼻梁个个是细长高突的，皮肤个个是柔嫩雪白的；此外还要加上以最摩登的衣饰，与来自巴黎纽约的化装品的香雾与红霞，你说这幅福州晴天午后的全景，美丽不美丽？迷人不迷人？

亦惟因此之故，所以也影响到了社会，影响到了风俗。国民经济破产，是全国到处都一样的事实；而这些妇女子们，又大半是不生产的中流以下的阶级。衣食不足，礼义廉耻之凋伤，原是自然的结果，故而在福州住不上几月，就时时有暗娼流行的风说，传到耳边上来。都市集中人口以后，这实在也是一种不可避免而急待解决的社会大问题。

说及了娼妓，自然不得不说一说福州的官娼。从前邵武诗人张亨甫，曾著过一部《南浦秋波录》，是专记南台一带的烟花韵事的；现在世业凋零，景气全落，这些乐户人家，完全没有旧日的豪奢影子了。福州最上流的官娼，叫作白面处，是同上海的长三一样的款式。听几位久住福州的朋友说，白面处近来门可罗雀，早已掉在没落的深渊里了；其次还勉强在维持市面的，是以卖嘴不卖身为标榜的清唱堂，无论何人，只须化三元法币，就能进去听三出戏。就是这一时号称极盛的清唱堂，现在也一家一家的废了业，只剩了田墩的三五家人家。自此以下，则完全是惨无人道的下等娼妓，与野鸡款式的无名密贩了，数目之多，求售之切，到了骇人听闻的地步。至于城内的暗娼，包月妇，零售处之类，只听见公安维持者等谈起过几次，报纸上见到过许多回，内容虽则无从调查，但演绎起来，旁证以社会的萧条，产业的不振，国步的艰难，与夫人口的过剩，总也不难举一反三，晓得她们的大概。

总之，福州的饮食男女，虽比别处稍觉得奢侈，而福州的社会状态，比别处也并不见得十分的堕落。说到两性的纵弛，人欲的横流，则与风土气候有关，次热带的境内，自然要比温带寒带为剧烈。而食品的丰富，女子一般姣美与健康，却是我们不曾到过福建的人所意想不到的发见。

一九三六年六月二日

日本的文化生活

无论哪一个中国人，初到日本的几个月中间，最感觉到苦痛的，当是饮食起居的不便。

房子是那么矮小的，睡觉是在铺地的席子上睡的，摆在四脚高盘里的菜蔬，不是一块烧鱼，就是几块同木片似的牛蒡。这是二三十年前，我们初去日本念书时的大概情形；大地震以后，都市西洋化了，建筑物当然改了旧观，饮食起居，和从前自然也是两样，可是在饮食浪费过度的中国人的眼里，总觉得日本的一般国民生活，远没有中国那么的舒适。

但是住得再久长一点，把初步的那些困难克服了以后，感觉就马上会大变起来；在中国社会里无论到什么地方去也得不到的那一种安稳之感，会使你把现实的物质上的痛苦忘掉，精神抖擞，心气和平，拼命地只想去搜求些足使智识开展的食粮。

若再在日本久住下去，滞留年限，到了三五年以上，则这岛国的粗茶淡饭，变得件件都足怀恋；生活的刻苦，山水的秀丽，精神的饱满，秩序的整然，回想起来，真觉得在那儿过的，是一段蓬莱岛上的仙境里的生涯。中国的社会，简直是一种杂乱无章，盲目的土拨鼠式的社会。

记得有一年在上海生病，忽而想起了学生时代在日本吃过的早餐酱汤的风味，叫医院厨子去做来吃，做了几次，总做不像，后来终于上一位日本友人的家里去要了些来，从此胃口就日渐开了。这虽是我个人的生活的一端，但也可以看出日本的那一种简易生活的耐人寻味的地方。

而且正因为日本一般的国民生活是这么刻苦的结果，所以上下民众，都只向振作的一方面去精进。明治维新，到现在不过七八十年，而整个国家的进步，却尽可以和有千余年文化在后的英法德意比比；生于忧患，死于逸乐，这话确是中日两国一盛一衰的病源脉案。

刻苦精进，原是日本一般国民生活的倾向，但是另一面哩，大和民族，却也并不是不晓得享乐的野蛮原人。不过他们的享乐，他们的文化生活，不喜铺张，无伤大体；能在清淡中出奇趣，简易里寓深意，春花秋月，近水遥山，得天地自然之气独多，这，一半虽则也是奇山异水很多的日本地势使然，但一大半却也可以说是他们那些岛国民族的天性。

先以他们的文学来说吧，最精粹最特殊的古代文学，当然是三十一字母的和歌。写男女的恋情，写思妇怨男的哀慕，或写家国的兴亡，人生的流转，以及世事的无常，风花雪月的迷人等等，只有清清淡淡，疏疏落落的几句，就把乾坤今古的一切情感都包括得纤屑不遗了。至于后来兴起的俳句哩，又专以情韵取长，字句更少——只十七字母——而余韵余情，却似空中的柳浪，池上的微波，不知所自始，也不知其所终，飘飘忽忽，袅袅婷婷；短短的一句，你若细嚼反刍起来，会经年累月的使你如吃橄榄，越吃越有回味。最近有一位俳谐师高滨虚子[1]，曾去欧洲试了一次俳句的行脚，从他的记行文字看来，到处只以和服草履作横行的这一位俳人，在异国的大都会，如伦敦、柏林等处，却也遭见了不少的热心作俳句的欧洲男女。他回国之后，且更闻有西欧数处在计划着出俳句的杂志。

其次，且看看他们的舞乐看！乐器的简单，会使你回想到中国从前唱“南风之熏矣”的上古时代去。一棹七弦或三弦琴，拨起来声音也并不响亮；再配上一个小鼓——是专配三弦琴的，如能乐、歌舞伎、净琉璃等演出的时候——同凤阳花鼓似的一个小鼓，敲起来，也只是冬冬的一种单调的鸣声。但是当能乐演到半酣，或净琉璃唱到吃紧，歌舞伎舞至极顶的关头，你眼看着台上面那种舒徐缓慢的舞态——日本舞的动作并不复杂，并无急调——耳神经听到几声琤琤琤与冬冬笃拍的声音，却自然而然地会得精神振作，全身被乐剧场面的情节吸引过去。以单纯取长，以清淡制胜的原理，你只要到日本的上等能乐舞台或歌舞伎座去一看，就可以体会得到。将这些来和西班牙舞的铜琶铁板，或中国戏的响鼓十番一比，觉得同是精神的娱乐，又何苦嘈嘈杂杂，闹得人头脑昏沉才能得到醍醐灌顶的妙味呢？

还有秦楼楚馆的清歌，和着三味线太鼓的哀音，你若当灯影阑珊

1　高滨虚子（1847—1959），日本俳句诗人，对现代日本俳句文学的发展有重要影响。

的残夜，一个人独卧在“水晶帘卷近秋河”的楼上。远风吹过，听到它一声两声，真像是猿啼雁叫，会动荡你的心腑，不由你不扑簌簌地落下几点泪来；这一种悲凉的情调，也只有在日本，也只有从日本的简单乐器和歌曲里，才感味得到。

此外，还有一种合着琵琶来唱的歌，其源当然出于中国，但悲壮激昂，一经日本人的粗喉来一喝，却觉得中国的黑头二面，绝没有那么的威武，与“春雨楼头尺八箫”的尺八，正足以代表两种不同的心境；因为尺八音脆且纤，如怨如慕，如泣如诉，迹近女性的缘故。

日本人一般的好作野外嬉游，也是为我们中国人所不及的地方。春过彼岸，樱花开作红云；京都的岚山丸山，东京的飞鸟上野，以及吉野等处，全国的津津曲曲，道路上差不多全是游春的男女。“家家扶得醉人归”的《春社》之诗，仿佛是为日本人而咏的样子。而祇园的夜樱与都踊，更可以使人魂销魄荡，把一春的尘土，刷落得点滴无余。秋天的枫叶红时，景状也是一样。此外则岁时伏腊，即景言游，凡潮汐干时，蕨薇生日，草菌簇起，以及萤火虫出现的晚上，大家出狩，可以谑浪笑傲，脱去形骸；至于元日的门松，端阳的张鲤祭雏，七夕的拜星，中元的盆踊，以及重九的栗糕等等，所奉行的虽系中国的年中行事，但一到日本，却也变成了很有意义的国民节会，盛大无伦。

日本人的庭园建筑，佛舍浮屠，又是一种精微简洁，能在单纯里装点出趣味来的妙艺。甚至家家户户的厕所旁边，都能装置出一方池水，几树楠天，洗涤得窗明宇洁，使你闻觉不到秽浊的熏蒸。

在日本习俗里最有趣味的一种幽闲雅事，是叫作茶道的那一番礼节。各人长跪在一堂，制茶者用了精致的茶具，规定而熟练的动作，将末茶冲入碗内，顺次递下，各喝取三口又半，直到最后，恰好喝完。进退有节，出入如仪，融融泄泄，真令人会想起唐宋以前，太平盛世的民风。

还有“生花”的插置，在日本也是一种有派别师承的妙技；一只瓦盆，或一个净瓶之内，插上几枝红绿不等的花枝松干，更加以些泥沙岩石的点缀，小小的一穿围里，可以使你看出无穷尽的多样一致的配合来。所费不多，而能使满室生春，这又是何等经济而又美观的家庭装饰！

日本人的和服，穿在男人的身上，倒也并不十分雅观；可是女性的长袖，以及腋下袖口露出来的七色的虹纹，与束腰带的颜色来一辉映，却又似万花缭乱中的蝴蝶的化身了。《蝴蝶夫人》这一出歌剧，能够耸动欧洲人的视听，一直到现在，也还不衰的原因，就在这里。

日本国民的注重清洁，也是值得我们钦佩的一件美德。无论上下中等的男女老幼，大抵总要每天洗一次澡；住在温泉区域以内的人，浴水火热，自地底涌出，不必烧煮，洗澡自然更觉简便；就是没有温泉水脉的通都大邑的居民，因为设备简洁，浴价便宜之故，大家都以洗澡为一天工作完了后的乐事。国民一般轻而易举的享受，第一要算这种价廉物美的公共浴场了，这些地方，中国人真要学学他们才行。

凡上面所说的各点，都是日本固有的文化生活的一小部分。自从欧洲文化输入以后，各都会都摩登化了，跳舞场、酒吧间、西乐会、电影院等等文化设备，几乎欧化到了不能再欧，现在连男女的服装，旧剧的布景说白，都带上了牛酪奶油的气味；银座大街的商店，门面改换了洋楼，名称也唤作了欧语，譬如水果饮食店的叫作Fruits Parlour，旗亭的叫作Café Vienna或Barcelona之类，到处都是；这一种摩登文化生活，我想叫上海人说来，也约略可以说得，并不是日本独有的东西，所以此地从略。

末了，还有日本的学校生活、医院生活、图书馆生活，以及海滨的避暑、山间的避寒、公园古迹胜地等处的闲游漫步生活，或日本阿尔泊斯与富士山的攀登，两国大力士的相扑等等，要说着实还可以说说，但天热头昏，挥汗执笔，终于不能详尽，只能等到下次有机会的时候，再来写了。

一九三六年八月在福州

第三辑

挚友·风雨故人

送仿吾的行

夜深了，屋外的蛙声、蚯蚓声，及其他的杂虫的鸣声，也可以说是如雨，也可以说是如雷。几日来的日光骤雨，把庭前的树叶，催成作青葱的广幕，从这幕的破处，透过来的一盏两盏的远处大道上的灯光，煞是凄凉，煞是悲寂。你要晓得，这是首夏的后半夜，我们只有两个人，在高楼的回廊上默坐，又兼以一个是飘零在客，一个是门外天涯，明朝晨鸡一唱，仿吾就要过江到汉口去上轮船去的。

天上的星光缭乱，月亮早已下山去了。微风吹动帘衣，幽幽的一响，也大可竖人毛发。夜归的瞎子，在这一个时候，还在街上，拉着胡琴，向东慢慢走去。啊啊，瞎子！你所求的，究竟是什么东西，为的是什么呀？

瞎子过去了，胡琴声也听不出来了，蛙声蚯蚓声杂虫声，依旧在百音杂奏；我觉得这沉默太压人难受了，就鼓着勇气，叫了一声：

“仿吾！”

这一声叫出之后，自家也觉得自家的声气太大，底下又不敢继续下去。两人又默默地坐了几分钟。

顽固的仿吾，你想他讲出一句话来，来打破这静默的妖围，是办不到的。但是这半夜中间，我又讲话讲得太多了，若再讲下去，恐怕又要犯起感伤病来。人到了三十，还是长吁短叹，哭己怜人，是没出息的人干的事情；我也想做一个强者，这一回却要硬它一硬，怎么也不愿意再说话。

亭铜，亭铜，前边山脚下女尼庵的钟磬声响了，接着又是比丘尼诵《法华经》的声音，木鱼的声音：

“那是什么？”

仍复是仿吾一流的无文采的问语。

“那是尼姑庵，尼姑念经的声音。”

“倒有趣得很。”

“还有一个小尼姑哩！”

“有趣得很！”

“若在两三年前，怕又要做一篇极其浓艳的小说来做个纪念了。”

“为什么不做哩？”

“老了，不行了，感情没有了！”

“不行！不行！要是这样，月刊还能办么？”

“那又是一个问题。”

“看沫若，他才是真正的战斗员！”

“上得场去，当然还可以百步穿杨。”

“不行，这未老先衰的话！”

"还不老么？有了老婆，有了儿子。亲戚朋友，一天一天地少下去。走遍天涯，到头来还是一个无聊赖！"

仿吾兀的不响了，我不觉得讲得太过分了。以年纪而论，仿吾还比我大。可怜的赋性愚直的这仿吾，到如今还是一个童男。去年他哥哥客死在广东。千里长途，搬丧回籍，一直弄到现在，他才能出来。一家老的老，小的小，侄儿侄女，十多个人，责任全负在他的肩上。而现在，我们因为想重把"创造"兴起，叫他丢去了一切，来干这前途渺茫的创造社出版部的大事业。不怕你是一块石，不怕你是一个鱼，当这样的微温的晚上，在这样的高危的楼上，看看前后左右，想想过去未来，叫他怎么能够坦然无介于怀？怎么能够不黯然泪落呢？

朋友的中间，想起来，实在是我最利己。无论如何的吃苦，无论如何的受气，总之在创造社根基未定之先，是不该一个人独善其身地跑上北方去的。有不得已的事故，或者有可托生命的事业可干的时候，还不要去管它，实际上盲人瞎马，渡过黄河，渡过扬子江后，所得到的结果，还不过是一个无聊。京华旅食，叩了富儿的门，一双白眼，一列白牙，是我的酬报。现在想起来，若要受一点人家的嘲笑，轻侮，虐待，那么到处都可以找得到，断没有跑几千里路的必要。像田舍诗人彭思一流的粗骨，理应在乡下草舍里和黄脸婆娘蒋恩谈谈百年以后的空想，做两句乡人乐诵的歌诗，预备一块墓地，两块石碑，好好儿地等待老死才对。爱丁堡有什么？老爷的那些太太小姐，不过想玩玩乡下初出来的猴子而已，她们哪里晓得什么是诗？听说诗人的头盖骨，左边是突起的，她们想看看看。听说诗人的心有七个窟窿，她们想数数看。大都会！首善之区！我和乡下的许多盲目的青年一样，受了这几个好听的名字的骗，终于离开了情逾骨肉的朋友，离开了值得拼命的事业，骑驴走马，积了满身尘土，在北方污浊的人海里，游泳了两三年。往日的亲朋星散，创造社成绩空空，只今又天涯沦落，偶尔在屈贾英灵的近地，机缘凑巧，和老友忽漫相逢，在高楼上空谈了半夜雄天，座席未温，而明朝又早是江陵千里，不得不南浦送行，我为的是什么？我究在这里干什么呢？

我的确有点伤感起来了。栏外的杜鹃，又只是“不如归去，不如归去”地在那里乱叫。

“仿吾，你还不睡么？”

“再坐一会！”

我不能耐了，就不再说话，一个人进房里去睡了觉。仿吾一个人，在回廊上究竟坐到了什么时候才睡？他一个人坐在那深夜黑暗的回廊上，究竟想了些什么？这些事情，大约只有他一个人知道。第二天早晨，天还未亮的时候，他站在我的帐外，轻轻地叫我说：

“达夫！你不要起来，我走了。”

一九二五年五月二十三日招商公司的下水船，的确是午前六点钟起锚的。

一九二五年五月在武昌作

北国的微音

北国的寒宵，实在是沉闷得很，尤其是像我这样的不眠症者，更觉得春夜之长。似水的流年，过去真快，自从海船上别后，匆匆又换了年头。以岁月计算，虽则不过隔了五个足月，然而回想起来，我同你们在上海的历史，好像是隔世的生涯，去今已有几百年的样子。河畔冰开，江南草长，虫鱼鸟兽，各有阳春发动之心，而自称为动物中之灵长，自信为人类中的有思想者的我，依旧是奄奄待毙，没有方法消度今天，更没有雄心欢迎来日。几日前头，有一位日本的新闻记者，来访我的贫居。他问我“为什么要消沉到这个地步”？我问他“你何以不消沉，要从东城跑许多路特来访我”？他说“是为了职务”。我又问他“你的职务，是对谁的”？他说“我的职务，是对国家，对社会的”。我说：“那么你就应该知道我的消沉也是对国家，对社会的。现在世上的国家是什么？社会是什么？尤其是我们中国？”他的来访的目的，本来是为问我对于日本对华文化事业的意见如何，中国将来的教育方针如何的，——他之所以来访者，一则因为我在某校里教书，二则因为我在日本住过十多年，或者对于某种事项，略有心得的缘故——后来听了我这一段诡辩，他也把职务丢开，谈了许多无关紧要的闲话走了。他走之后，我一个人衔了纸烟想想，觉得人类社会，毕竟是庸人自扰。什么国富兵强，什么和平共乐，都是一班野兽，于饱食之余，在暖梦里织出来的回文锦字。像我这样的生性，在我这样的境遇下的闲人，更有什么可想，什么可做呢？

写到这里我又想起T君批评我的话来了，他说“某书的作者，嘲世骂俗，却落得一个牢骚派的美名”。实在我想T君的话，一点儿也不错。人若把我们的那些浅薄无聊的“徒然草”合在一处，加上一个牢骚派的名目，思欲抹杀而厌鄙之，倒反便宜了我们。因为我们的那些东西，本来是同身上的积垢，口中的吐气一样，不期然地发生表现出来的，哪里配称作牢骚，更哪里配称作派呢？我读到《歧路》，沫若，觉得你对于自家的艺术的虚视——这“虚视”两字，我也不知道妥当不妥当！或者用“怀疑”两字！比较的切的吧——也和我一样。不错不错，我这封信，是从友人宴会席上回来，读了《歧路》之后，拿起笔来写的。我写这一封信的动机，原是想和你们谈谈我对于《歧路》的感想的呀！

沫若！我觉得人生一切都是虚幻，真真实在的，只有你说的“凄切的孤单”，倒是我们人类从生到死味觉得到的唯一的一道实味。就是京沪报章上，为了金钱或者想建筑自家的名誉的缘故，在那里含了敌意，做文章攻击你的人，我仔细替他们一想，觉得他们也在感着这凄切的孤独。唯其感到孤独，所以他们只好做些文章来卖一点金钱，或者竟牺牲了你来博一点小小的名誉，毕竟他们还是人，还是我们的同类，这“孤单”的感觉，终究是逃不了的，所以他们的文章里最含恶意，攻击你最甚的处所，便是他们的孤独感表现得最切的地方。名利的争夺，欲牺牲他人而建立自己的恶心。简单点说，就说生存竞争吧——依我看来，都是由这“孤单”的感觉催发出来的。人生的实际，既不外乎这“孤单”的感觉，那么表现人生的艺术，当然也不外乎此，因此我近来对于艺术的意见和评价，都和从前不同了。

我觉得艺术并没有十分可以推崇的地方，她和人生的一切，也没有什么特异有区别的地方。努力于艺术，献身于艺术，也不须有特别的表现。牢牢捉住了这“孤单”的感觉，细细地玩味，由他写成诗歌小说也好，制成音乐美术品也好，或者竟不写在纸上，不画在布上壁上，不雕在白石上，不奏在乐器上，什么也不表现出来，只教他能够细细地玩味这“孤单”的感觉，便是绝好的“创造”。

仿吾！这一段无聊的废话，你看对不对？我在写这封信之先，刚从一位朋友处的宴会回来，席上遇见了许多在日本和你同科的自然科学家。他们都已经成了富者，现在是资本家了。我夹在这些衣狐裘者的老同学中间，当然觉得十分的孤独，然而看看他们挟了皮箧，奔走不宁的行动，好像他们也有些在觉得人生的孤寂的样子。我前边不是说过了么？唯其感到孤寂，所以要席不遑暖[1]地去追求名利。然而究竟我不是他们，所以我这主观的推测，也许是错了的。

我现在因为抱有这一种感想，所以什么东西也写不下来，什么东

1　现多用席不暇暖，指连座席还没有来得及坐热就起来了。形容很忙，多坐一会儿的时间都没有。

西也不愿意拿来看读。有时候要想玩味这“凄切的孤单”，在日斜的午后，老跑出城外去独步。这里城外多是黄沙的田野，有几处也有清溪断壁，绝似日本郊外未开辟之先的代代木新宿等处。不过这里一堆一堆的黄土小冢，和有钱的人家的白杨松树的坟茔很多，感视少微与日本不同一点。今晚在宴会的席上，在许多鸿儒谈笑的中间，我胸中的感觉，同在这样的白杨衰草的坟地里漫步时一样。不过有一点我觉得比从前进步了。从前我和境遇比我美满的朋友——实际上除你们几个人之外，哪一个境遇比我不美满？——相处，老要起一种感伤，有时竟会滴下泪来。现在非但眼泪不会滴下来，并且也能如他们一样地举起箸来取菜，提起杯来喝酒。不过从前的那一种喜欢谈话的冲动，现在没有了。他们入座，我也就坐；他们吃菜，我也吃菜。劝我喝酒，我就喝，干杯就干杯。席散了，我就回来。雇车雇不着，就慢慢地在黄昏的街道上走。同席者的汽车马车，从我身边过去的时候，他们从车中和我点头，我也回点一头。他们不点头，我也让他们的车子过去，横竖是在后头跟走几步，他们的车子就可以老远地上我前头去的，所以无避入岔路上去的必要。还有一点和从前不同的地方，就是我默默地坐在那里，他们来要求我猜拳的时候，我总笑笑，摇摇头，举起杯来喝一杯酒，叫他们去要求坐在我下面的一个人猜。近来喝酒也喝不大醉，醉了也不过默默地走回家来坐坐，吸吸烟，倒点茶喝喝。

今晚的宴会，散得很早，我回家来吸吸烟喝喝茶，觉得还睡不着，所以又拿出了周报的《歧路》来看。沫若！大卫生的诗，实在是做得不坏，不过你的几行诗，我也很喜欢念。你的小孩的那个两脚没有的洋囝，我说还是包包好，寄到日本去吧！回头他们去买一个新的时候，怕又要破费几角钱哩。

昨天一个朋友来说他读到《歧路》，真的眼泪出了。我劝他小心些，这句话不要说出来让人家听见，恐怕有人要说他的眼泪不值钱。他说近来他也感染了一种感伤病，不晓得怎么的感情好像回返小孩子时代去了。说到这里，他忽而眼圈又红了起来，叫了我一声："达夫！我……我可惜没有钱……"我也对他呆看了半晌，后来他一句话也不说，立起身来就走，我也默默地送他出门去了。（这样的朋友，上我这里来得很多。他们近来知道了我的脾气，来的时候，艺术也不谈了，我的几篇无聊的作品和周报季刊的事情也不提起了。有几次我们真有主客两人相对，默默而过半点钟的时候。像这样的Pause[1]的中间，我觉得我的精神上最感得满足。因为有客人在前头，我一时可以不被那一种独坐时常想出来的无聊的空虚思想所侵蚀，而一边这来客又不在言语，我的听取对话和预备回答的那些麻烦注意可以省去。）不过，沫若！我说你那一篇《歧路》写得很可惜，你若不写出来，你至少可以在那一种浓厚的孤独感里浸润好几天。现在写出了之后，我怕你的那一种"凄切的孤单"之感，要减少了吧？

仿吾！我说你还是保守着独身主义，不要想结婚的好！恐怕你若结了婚，一时要失掉你的这孤独之感。而这孤独之感，依我说来，便是艺术的酵素，或者竟可以说是艺术本身。所以你若结了婚，怕一时要与艺术违离。讲到这里我怕你要反问我"那么你们呢？你和沫若呢"？是的，我和沫若是一时与艺术离异过的，不过现在我们已经恢复了原来的

1　停顿。

孤独罢了……

嗳！嗳！不知不觉，已经写到午前三点钟了。

仿吾！沫若！要想写的话，是写不完的，我迟早还是弄几个车钱到上海来一次吧！大约我在北京打算只住到六月，暑假以后，我怎么也要设法回浙江去实行我的乡居的夙愿。若在最近的时期中弄不到车钱，不能够到上海来，那么我们等六月里再见吧！

一九二三年三月七日午前三时

回忆鲁迅

序　言

鲁迅作故的时候，我正飘流在福建。那一天晚上，刚在南台一家饭馆里吃晚饭，同席的有一位日本的新闻记者，一见面就问我，鲁迅逝世的电报，接到了没有？我听了，虽则大吃了一惊，但总以为是同盟社造的谣。因为不久之前，我曾在上海会过他，我们还约好于秋天同去日本看红叶的。后来虽也听到他的病，但平时晓得他老有因为落夜而致伤风的习惯，所以，总觉得这消息是不可靠的误传。因为得了这一个消息之故，那一天晚上，不待终席，我就走了。同时，在那一夜里，福建报上，有一篇演讲稿子，也有改止的必要，所以从南台走回城里的时候，我就直上了报馆。

晚上十点以后，正是报馆里最忙的时候，我一到报馆，与一位负责的编辑，只讲了几句话，就有位专编国内时事的记者，拿了中央社的电稿，来给我看了；电文却与那一位日本记者所说的一样，说是“著作家鲁迅，于昨晚在沪病故”了。

我于惊愕之余，就在那一张破稿纸上，写了几句电文：“上海申报转许景宋女士：骤闻鲁迅噩耗，未敢置信，万请节哀，余事面谈”。第二天的早晨，我就踏上了三北公司的靖安轮船，奔回到了上海。

鲁迅的葬事，实在是中国文学史上空前的一座纪念碑，他的葬仪，也可以说是民众对日人的一种示威运动。工人，学生，妇女团体，以前鲁迅生前的知友亲戚，和读他的著作，受他的感化的不相识的男男女女，参加行列的，总有一万人以上。

当时，中国各地的民众正在热叫着对日开战，上海的知识分子，尤其是孙夫人蔡先生等旧日自由大同盟的诸位先进，提倡得更加激烈，而鲁迅适当这一个时候去世了，他平时，也是主张对日抗战的，所以民众对于鲁迅的死，就拿来当作了一个非抗战不可的象征；换句话说，就是在把鲁迅的死，看作了日本侵略中国的具体事件之一。在这个时候，在这一种情绪下的全国民众，对鲁迅的哀悼之情，自然可以不言而喻了；所以当时全国所出的刊物，无论哪一种定期或不定期的印刷品上，都充满了哀吊鲁迅的文字。

但我却偏有一种爱冷不感热的特别脾气，以为鲁迅的崇拜者，友人，同事，既有了这许多追悼他的文字与著作，那我这一个渺乎其小的同时代者，正可以不必马上就去铺张些我与鲁迅的关系。在这一个热闹关头，我就是写十万百万字的哀悼鲁迅的文章，于鲁迅之大，原是不能再加上以毫末，而于我自己之小，反更足以多一个证明。因此，我只在

《文学》月刊上，写了几句哀悼的话，此外就一字也不提，一直沉默到了现在。

现在哩！鲁迅的全集，已经出版了；而全国民众，正在一个绝大的危难底下抖擞。在这伟大的民族受难期间，大家似乎对鲁迅个人的伤悼情绪，减少了些了，我却想来利用余闲，写一点关于鲁迅的回忆。若有人因看了这回忆之故，而去多读一次鲁迅的集子，那就是我对于故人的报答，也就是我所以要写这些断片的本望。

廿七[1]年八月十四日在汉寿

和鲁迅第一次的相见，不知是在哪一年哪一月哪一日，——我对于时日地点，以及人的姓名之类的记忆力，异常的薄弱，人非要遇见至五六次以上，才能将一个人的名氏和一个人的面貌连合起来，记在心里——但地方却记得是在北平西城的砖塔儿胡同一间坐南朝北的小四合房子里。因为记得那一天天气很阴沉，所以一定是在我去北平，入北京大学教书的那一年冬天，时间仿佛是在下午的三四点钟。若说起那一年的大事情来，却又有史可稽了，就是曹锟贿选成功，做大总统的那一个冬天。

去看鲁迅，也不知是为了什么事情。他住的那一间房子，我却记得很清楚，是在那两座砖塔的东北面，正当胡同正中的地方，一个三四丈宽的小院子，院子里长着三四株枣树。大门朝北，而住屋——三间上房——却朝正南，是杭州人所说的倒骑龙式的房子。

1　指民国。

那时候，鲁迅还在教育部里当佥事，同时也在北京大学里教小说史略。我们谈的话，已经记不起来了，但只记得谈了些北大的教员中间的闲话，和学生的习气之类。

他的脸色很青，胡子是那时候已经有了；衣服穿得很单薄，而身材又矮小，所以看起来像是一个和他的年龄不大相称的样子。

他的绍兴口音，比一般绍兴人所发的来得柔和，笑声非常之清脆，而笑时眼角上的几条小皱纹，却很是可爱。

房间里的陈设，简单得很；散置在桌上，书橱上的书籍，也并不多，但却十分的整洁。桌上没有洋墨水和钢笔，只有一方砚瓦，上面盖着一个红木的盖子。笔筒是没有的，水池却像一个小古董，大约是从头发胡同的小市上买来的无疑。

他送我出门的时候，天色已经晚了，北风吹得很大；门口临别的时候，他不晓说了一句什么笑话，我记得一个人在走回寓舍来的路上，因回忆着他的那一句，满面还带着了笑容。

同一个来访我的学生，谈起了鲁迅。他说："鲁迅虽在冬天，也不穿棉裤，是抑制性欲的意思。他和他的旧式的夫人是不要好的。"因此，我就想起了那天去访问他时，来开门的那一位清秀的中年妇人。她人亦矮小，缠足梳头，完全是一个典型的绍兴太太。

数年前，鲁迅在上海，我和映霞去北戴河避暑回到了北平的时候，映霞曾因好奇之故，硬逼我上鲁迅自己造的那一所西城像鼻胡同后面西三条的小房子里，去看过这中年的妇人。她现在还和鲁迅的老母住在那里，但不知她们在强暴的邻人管制下的生活也过得惯不？

那时候，我住在阜城门内巡捕厅胡同的老宅里。时常来往的，是住在东城禄米仓的张凤举，徐耀辰两位，以及沈尹默，沈兼士，沈士远的三昆仲；不时也常和周作人氏，钱玄同氏，胡适之氏，马幼渔氏等相遇，或在北大的休息室里，或在公共宴会的席上。这些同事们，都是鲁迅的崇拜者，而对于鲁迅的古怪脾气，都当作一件似乎是历史上的轶事在谈论。

在我与鲁迅相见不久之后，周氏兄弟反目的消息，从禄米仓的张、徐二位那里听到了。原因很复杂，而旁人终于也不明白是究竟为了什么。但终鲁迅的一生，他与周作人氏，竟没有和解的机会。

本来，鲁迅与周作人氏哥儿俩，是住在八道湾的那一所大房子里的。这一所大房子，系鲁迅在几年前，将他们绍兴的祖屋卖了，与周作人在八道湾买的；买了之后，加以修缮，他们弟兄和老太太就统在那里住了。俄国的那位盲诗人爱罗先珂寄住的，也就是这一所八道湾的房子。

后来鲁迅和周作人氏闹了，所以他就搬了出来，所住的，大约就是砖塔胡同的那一间小四合了。所以，我见到他的时候，正在他们的口角之后不久的期间。

据凤举他们判断，以为他们弟兄间的不睦，完全是两人的误解。周作人氏的那位日本夫人，甚至说鲁迅对她有失敬之处。但鲁迅有时候对我说："我对启明，总老规劝他的，教他用钱应该节省一点。我们不得不想想将来，但他对于经济，总是进一个花一个的，尤其是他那一位夫人。"从这些地方，会合起来，大约他们反目的真因，也可以猜度到一二成了。不过凡是认识鲁迅，认识启明及他的夫人的人，都晓得他们三个人，完全是好人；鲁迅虽则也痛骂过正人君子，但据我所知的他们三人来说，则只有他们才是真正的正人君子。现在颇有些人，说周作人已作了汉奸，但我却始终仍是怀疑。所以，全国文艺作者协会致周作人的那一封公开信，最后的决定，也是由我改削过的；我总以为周作人先生，与那些甘心卖国的人，是不能作一样的看法的。

这时候的教育部，薪水只发到二成三成，公事是大家不办的，所以，鲁迅很有功夫教书，编讲义，写文章。他的短文，大抵是由孙伏园氏拿去，在《晨报副刊》上发表；教书是除北大外，还兼任着师大。

有一次，在鲁迅那里闲坐，接到了一个来催开会的通知，我问他忙么？他说，忙倒也不忙，但是同唱戏的一样，每天总得到处去扮一扮。上讲台的时候，就得扮教授，到教育部去也非得扮官不可。

他说虽则这样的说，但做到无论什么事情时，却总肯负完全的责任。

至于说到唱戏呢，在北平虽则住了那么久，可是他终于没有爱听京戏的癖性。他对于唱戏听戏的经验，始终只限于绍兴的社戏，高腔，乱弹，目连戏等，最多也只听到了徽班。阿Q所唱的那句“手执钢鞭将你打”，就是乱弹班《龙虎斗》里的句子，是赵玄坛唱的。

对于目连戏，他却有特别的嗜好，他有好几次同我说，这戏里的穿插，实在有许许多多的幽默味。他曾经举出不少的实例，说到一个借了鞋袜靴子去赴宴会的人，到了人来向他索还，只剩一件大衫在身上的时候，这一位老兄就装作肚皮痛，以两手按着腹部，口叫着我肚皮痛杀哉，将身体伏矮了些，于是长衫就盖到了脚部以遮掩过去的一段，他还照样的做出来给我们看过。说这一段话时，我记得《月夜》的著者，川岛兄也在座上，我们曾经大笑过的。

后来在上海，我有一次谈到了予倩、田汉诸君想改良京剧，来作宣传的话，他根本就不赞成。并且很幽默的说，以京剧来宣传救国，那就是“我们救国啊啊啊啊了，这行么？”

孙伏园氏在晨报社，为了鲁迅的一篇挖苦人的恋爱的诗，与刘勉己氏闹反了脸。鲁迅的学生李小峰就与伏园联合起来，出了《语丝》。投稿者除上述的诸位之外，还有林语堂氏，在国外的刘半农氏，以及徐旭生氏等。但是周氏兄弟，却是《语丝》的中心。而每次语丝社中人叙会吃饭的时候，鲁迅总不出席，因为不愿与周作人氏遇到的缘故。因此，在这一两年中，鲁迅在社交界，始终没有露一露脸。无论什么人请客，他总不肯出席；他自己哩，除了和一二人去小吃之外，也绝对的不大规模（或正式）的请客。这脾气，直到他去厦门大学以后，才稍稍改变了些。

鲁迅的对于后进的提拔，可以说是无微不至。《语丝》发刊以后，有些新人的稿子，差不多都是鲁迅推荐的。他对于高长虹他们的一集团，对于沉钟社的几位，对于未名社的诸子，都一例地在为说项。就是对于沈从文氏，虽则已有人在孙伏园去后的《晨报副刊》上在替吹嘘了，他也时时提到，唯恐诸编辑的埋没了他。还有当时在北大念书的王品青氏，也是他所属望的青年之一。

鲁迅和景宋女士（许广平）的认识，是当他在北京（那时北平还叫作北京）女师大教书的中间，前后经过，《两地书》里已经记载得很详细，此地可以不必说。但他和许女士的进一步的接近，是在“三一八”惨案之前，章士钊做教育总长，使刘百昭去用了老妈子军以暴力解散女师大的时候。

鲁迅是向来喜欢打抱不平的，看了章士钊的横行不法，又兼自己还是这学校的讲师，所以，当教育部下令解散女师大的时候，他就和许季茀，沈兼士，马幼渔等一道起来反对。当时的鲁迅，还是教育部的佥事，故而总长的章士钊也就下令将他撤职。为此，他一面向行政院控告章士钊，提起行政诉讼，一面就在《语丝》上攻击《现代评论》的为虎作伥，尤以对陈源（通伯）教授为最烈。

《现代评论》的一批干部，都是英国留学生；而其中像周鲠生，皮宗石，王世杰等，却是两湖人。他们和章士钊，在同到过英国的一点上，在同是湖南人的一点上，都不得不帮教育部的忙。鲁迅因而攻击绅士态度，攻击《现代评论》的受贿赂，这一时候他的杂文，怕是他一生之中，最含热意的妙笔。在这一个压迫和反抗，正义和暴力的争斗之中，他与许广平便有了更进一步的认识机会。

在这前后，我和他见面的次数并不多，因为我已经离开了北平，上武昌师范大学文科去教书了，可是这一年（民十三？）暑假回北京，看见他的时候，他正在做控告章士钊的状子，而女师大为校长杨荫榆的问题，也正是闹得最厉害的期间。当他告诉我完了这事情的经过之后，他仍旧不改他的幽默态度说：

“人家说我在打落水狗，但我却以为在打枪伤老虎，在扮演周处或武松。”

这句话真说得我高笑了起来。可是他和景宋女士的认识，以及有什么来往，我却还一点儿也不曾晓得。

直到两年（？）之后，他因和林文庆博士闹意见，从厦门大学回上海的那一年暑假，我上旅馆去看他，谈到了中午，就约他及景宋女士与在座的许钦文去吃饭。在吃完饭后，茶房端上咖啡来时，鲁迅却很热情地向正在搅咖啡杯的许女士看了一眼，又用告诫亲属似地热情的口气，对许女士说：

“密斯许，你胃不行，咖啡还是不吃的好，吃些生果吧！”

在这一个极微细的告诫里，我才第一次看出了他和许女士中间的爱情。

从此以后，鲁迅就在上海住下了，是在闸北去窦乐安路不远的景云里内一所三楼朝南的洋式弄堂房子里。他住二层的前楼，许女士是住在三楼的。他们两人间的关系，外人还是一点儿也没有晓得。

有一次，林语堂——当时他住在愚园路，和我静安寺路的寓居很近——和我去看鲁迅，谈了半天出来，林语堂忽然问我：

“鲁迅和许女士，究竟是怎么回事，有没有什么关系的？”

我只笑着摇摇头，回问他说：

“你和他们在厦大同过这么久的事，难道还不晓得么？我可真看不出什么来。”

说起林语堂，实在是一位天性纯厚的真正英美式的绅士，他决不疑心人有意说出的不关紧要的谎。我只举一个例出来，就可以看出他的本性。当他在美国向他的夫人求爱的时候，他第一次捧呈了她一册克莱克夫人著的小说《模范绅士约翰哈里法克斯》；但第二次他忘记了，又捧呈了她以这册John Halifax Gentleman。这是林夫人亲口对我说的话，当然是不会错的。从这一点上看来，就可以看出语堂真是如何地忠厚老实的一位模范绅士。他的提倡幽默，挖苦绅士态度，我们都在说，这些都是从他的Inferiority Complex（不及错觉）心理出发的。

语堂自从那一回经我说过鲁迅和许女士中间大约并没有什么关系之后，一直到海婴（鲁迅的儿子）将要生下来的时候，才兹恍然大悟。我对他说破了，他满脸泛着好好先生的微笑说：

“你这个人真坏！”

鲁迅的烟瘾，一向是很大的；在北京的时候，他吸的，总是哈德门牌的拾枝装包。当他在人前吸烟的时候，他总探手进他那件灰布棉袍的袋里去摸出一枝来吸；他似乎不喜欢将烟包先拿出来，然后再从烟包里抽出一枝，而再将烟包塞回袋里去。他这脾气，一直到了上海，仍没有改过，不晓是为了怕麻烦的原因呢？抑或为了怕人家看见他所吸的烟，是什么牌。

他对于烟酒等刺激品，一向是不十分讲究的；对于酒，他是同烟一样。他的量虽则并不大，但却老爱喝一点。在北平的时候，我曾和他在东安市场的一家小羊肉铺里喝过白干；到了上海之后，所喝的，大抵是黄酒了。但五加皮，白玫瑰，他也喝，啤酒，白兰地他也喝，不过总喝得不多。

爱护他，关心他的健康无微不至的景宋女士，有一次问我：“周先生平常喜欢喝一点酒，还是给他喝什么酒好？”我当然答以黄酒第一。但景宋女士却说，他喝黄酒时，老要量喝得很多，所以近来她在给他喝五加皮。并且说，因为五加皮酒性太烈，她所以老把瓶塞在平时拔开，好教消散一点酒气，变得淡些。

在这些地方，本可看出景宋女士的一心为鲁迅牺牲的伟大精神来；仔细一想，真要教人感激得下眼泪的，但我当时却笑了，笑她的太没有对于酒的知识。当然她原也晓得酒精成份多少的科学常识，可是爱人爱得过分时，常识也往往会被热挚的真情，掩蔽下去。我于讲完了量与质的问题，讲完了酒精成份的比较问题之后，就劝她，以后，顶好是给周先生以好的陈黄酒喝，否则还是喝啤酒。

这一段谈话后不久，忽而有一天，鲁迅送了我两瓶十多年陈的绍兴黄酒，说是一位绍兴同乡，带出来送他的。我这才放了心，相信以后他总不再喝五加皮等烈酒了。

我的记忆力很差，尤其是对于时日及名姓等的记忆。有些朋友，当见面时却混得很熟，但竟有一年半载以上，不晓得他的名姓的，因为混熟了，又不好再请教尊姓大名的缘故。像这一种习惯，我想一般人也许都有，可是，在我觉得特别的厉害。而鲁迅呢，却很奇怪，他对于遇见过一次，或和他在文字上有点纠葛过的人，都记得很详细，很永固。

所以，我在前段说起过的，鲁迅到上海的时日，照理应该在十八年的春夏之交；因为他于离开厦门大学之后，是曾上广州中山大学去住过一年的；他的重回上海，是在因和顾颉刚起了冲突，脱离中山大学之后；并且因恐受当局的压迫拘捕，其后亦曾在广州闲住了半年以上的时间。

他对于辞去中山大学教职之后，在广州闲住的半年那一节事情，也解释得非常有趣。他说：

“在这半年中，我譬如是一只雄鸡，在和对方呆斗。这呆斗的方式，并不是两边就咬起来，却是振冠击羽，保持着一段相当距离的对视。因为对方的假君子，背后是有政治力量的，你若一经示弱，对方就会用无论哪一种卑鄙的手段，来加你以压迫。

“因而有一次，大学里来请我讲演，伪君子正在庆幸机会到了，可以罗织成罪我的证据。但我却不忙不迫的讲了些魏晋人的风度之类，而对于时局和政治，一个字也不曾提起。”

在广州闲住了半年之后，对方的注意力有点松懈了，就是对方的雄鸡，坚忍力有点不能支持了；他就迅速地整理行囊，乘其不备，而离开了广州。

人虽则离开了，但对于代表恶势力而和他反对的人，他却始终不会忘记。所以，他的文章里，无论在哪一篇，只教用得上去的话，他总不肯放松一着，老会把这代表恶势力的敌人押解出来示众。

对于这一点，我也曾再三的劝他过，劝他不要上当。因为有许多无理取闹，来攻击他的人，都想利用了他来成名。实际上，这一个文坛登龙术，是屡试屡验的法门；过去曾经有不少的青年，因攻击鲁迅而成了名的。但他的解释，却很彻底。他说：

“他们的目的，我当然明了。但我的反攻，却有两种意思。第一，是正可以因此而成全了他们；第二，是也因为了他们，而真理愈得阐发。他们的成名，是烟火似地一时的现象，但真理却是永久的。”

他在上海住下之后，这些攻击他的青年，愈来愈多了。最初，是高长虹等，其次是太阳社的钱杏邨等，后来则有创造社的叶灵凤等。他对于这些人的攻击，都三倍四倍地给予了反攻，他的杂文的光辉，也正因了这些不断的搏斗而增加了熟练与光辉。他的全集的十分之六七，是这种搏斗的火花，成绩俱在，在这里可以不必再说。

此外还有些并不对他攻击，而亦受了他的笔伐的人，如张若谷、曾今可等；他对于他们，在酒兴浓溢的时候，老笑着对我说：

“我对他们也并没有什么仇。但因为他们是代表恶势力的缘故，所以我就做了堂·克蓄德[1]，而他们却做了活的风车。”

关于堂·克蓄德这一名词，也是钱杏邨他们奉赠给他的。他对这名词并不嫌恶，反而是很喜欢的样子。同样在有一时候，叶灵凤引用了苏俄讥高尔基的画来骂他，说他是“阴阳面的老人”，他也时常笑着说：“他们比得我太大了，我只恐怕承当不起。”

创造社和鲁迅的纠葛，系开始在成仿吾的一篇批评，后来一直地继续到了创造社的被封时为止。

鲁迅对创造社，虽则也时常有讥讽的言语，散发在各杂文里；但根底却并没有恶感。他到广州去之先，就有意和我们结成一条战线，来和反动势力拮抗的；这一段经过，恐怕只有我和鲁迅及景宋女士三人知道。

至于我个人与鲁迅的交谊呢，一则因系同乡，二则因所处的时代，所看的书，和所与交游的友人，都是同一类属的缘故，始终没有和他发生过冲突。

后来，创造社因被王独清挑拨离间，分成了派别，我因一时感情作用，和创造社脱离了关系，在当时，一批幼稚病的创造社同志，都受了王独清等的煽动，与太阳社联合起来攻击鲁迅，但我却始终以为他们的行动是越出了常轨，所以才和他计划出了《奔流》这一个杂志。

---

1 堂吉诃德。

《奔流》的出版，并不是想和他们对抗，用意是在想介绍些真正的革命文艺的理论和作品，把那些犯幼稚病的左倾青年，稍稍纠正一点过来。

当编《奔流》的这一段时期，我以为是鲁迅的一生之中，对中国文艺影响最大的一个转变时期。

在这一年当中，鲁迅的介绍左翼文艺的正确理论的一步工作，才开始立下了系统。而他的后半生的工作的纲领，差不多全是在这一个时期里定下来的。

当时在上海负责在做秘密工作的几位同志，大抵都是在我静安寺路的寓居里进出的人；左翼作家联盟，和鲁迅的结合，实际上是我做的媒介。不过，左翼成立之后，我却并不愿意参加，原因是因为我的个性是不适合于这些工作的，我对于我自己，认识得很清，决不愿担负一个空名，而不去做实际的事务；所以，左联成立之后，我就在一月之内，对他们公然的宣布了辞职。

但是暗中站在超然的地位，为左联及各工作者的帮忙，也着实不少。除来不及营救，已被他们杀死的许多青年不计外，在龙华，在租界捕房被拘去的许多作家，或则减刑，或则拒绝引渡，或则当时释放等案件，我现在还记得起来的，当不只十件八件的少数。

鲁迅的热心于提拔青年的一件事情，是大家在说的。但他的因此而受痛苦之深刻，却外边很少有人知道。像有些先受他的提拔，而后来却用攻击的方法以成自己的名的事情，还是彰明显著的事实，而另外还有些“挑了一担同情来到鲁迅那里，强迫他出很高的代价”的故事，外边的人，却大抵都不晓得了。在这里，我只举一个例：

在广州的时候，有一位青年的学生，因平时被鲁迅所感化而跟他到了上海。到了上海之后，鲁迅当然也收留他一道住在景云里那一所三层楼的弄堂房子里。但这一位青年，误解了鲁迅的意思，以为他没有儿子——当时海婴还没有生——所以收留自己和他住下，大约总是想把自己当作他的儿子的意思。后来，他又去找了一位女朋友来同住，意思是为鲁迅当儿媳妇的。可是，两人坐食在鲁迅的家里，零用衣饰之类，鲁迅当然是供给不了的；于是这一位自定的鲁迅的子嗣，就发生了很大的不满，要求鲁迅，一定要为他谋一出路。

鲁迅没法子，就来找我，教我为这青年去谋一职业，如报馆校对，书局伙计之类；假使是真的找不到职业，那么亦必须请一家书店或报馆在名义上用他做事，而每月的薪水三四十元，当由鲁迅自己拿出，由我转交给这书局或报馆，作为月薪来发给。

这事我向当时的现代书局说了，已经说定是每月由书局和鲁迅各拿出一半的钱来，使用这一位青年。但正当说好的时候，这一位青年却和爱人脱离了鲁迅而走了。

这一件事情，我记得章锡琛曾在鲁迅去世的时候写过一段短短的文章；但事实却很复杂，使鲁迅为难了好几个月。从这一回事情之后，鲁迅就爱说“青年是挑了一担同情来的”趣话。不过这仅仅是一例，此外，因同情青年的遭遇，而使他受到痛苦的事实还正多着哩！

民国十八年以后，因国共分家的结果，有许多青年，以及正义的斗士，都无故而被牺牲了。此外，还有许多从事革命运动的青年，在南京，上海，以及长江流域的通都大邑里，被捕的，正不知有多少。在上海专为这些革命志士以及失业工人等救济而设的一个团体，是共济会。但这时候，这救济会已经遭了当局之忌，不能公开工作了；所以弄成请了律师，也不能公然出庭，有了店铺作保，也不能去向法庭请求保释的局面。在这时候，带有国际性的民权保障自由大同盟，才在孙夫人（宋庆龄女士）、蔡先生（孑民）等的领导之下，在上海成立了起来。鲁迅和我，都是这自由大同盟的发起人，后来也连做了几任的干部，一直到南京的通缉令下来，杨杏佛被暗杀的时候为止。

在这自由大同盟活动的期间，对于平常的集会，总不出席的鲁迅，却于每次开会时一定先期而到；并且对于事务是一向不善处置的鲁迅，将分派给他的事务，也总办得井井有条。从这里，我们又可以看出，鲁迅不仅是一个只会舞文弄墨的空头文学家，对于实务，他原是也具有实际干才的。说到了实务，我又不得不想起我们合编的那一个杂志《奔流》——名义上，虽则是我和他合编的刊物，但关于校对，集稿，算发稿费等琐碎的事务，完全是鲁迅一个人效的劳。

他的做事务的精神，也可以从他的整理书斋，和校阅原稿等小事情上看得出来。一般和我们在同时做文字工作的人，在我所认识的中间，大抵十个有九个都是把书斋弄得杂乱无章的。而鲁迅的书斋，却在无论什么时候，都整理得必清必楚。他的校对的稿子，以及他自己的文章，涂改当然是不免，但总缮写得非常的清楚。

直到海婴长大了，有时候老要跑到他的书斋里去翻弄他的书本杂志之类；当这样的时候，我总看见他含着苦笑，对海婴说：“你这小捣乱看好了没有？”海婴含笑走了的时候，他总是一边谈着笑话，一边先把那些搅得零乱的书本子堆叠得好好，然后再来谈天。

记得有一次，海婴已经会得说话的时候了，我到他的书斋去的前一刻，海婴正在那里捣乱，翻看书里的插画。我去的时候，书本子还没有理好。鲁迅一见着我，就大笑着说："海婴这小捣乱，他问我几时死；他的意思是我死了之后，这些书本都应该归他的。"

鲁迅的开怀大笑，我记得要以这一次为最兴高采烈。听这话的我，一边虽也在高笑，但暗地里一想到了"死"这一个定命，心里总不免有点难过。尤其是像鲁迅这样的人，我平时总不会把死和他联合起来想在一道。就是他自己，以及在旁边也在高笑的景宋女士，在当时当然也对于死这一个观念的极微细的实感都没有的。

这事情，大约是在他去世之前的两三年的时候；到了他死之后，在万国殡仪馆成殓出殡的上午，我一面看到了他的遗容，一面又看见海婴仍是若无其事地在人前穿了小小的丧服在那里快快乐乐地跑，我的心真有点儿绞得难耐。

鲁迅的著作的出版者，谁也知道是北新书局。北新书局的创始人李小峰是北大鲁迅的学生；因为孙伏园从《晨报副刊》出来之后，和鲁迅、启明及语堂等，开始经营《语丝》之发行，当时还没有毕业的李小峰，就做了《语丝》的发行兼管理印刷的出版业者。

北新书局从北平分到上海，大事扩张的时候，所靠的也是鲁迅的几本著作。

后来一年一年的过去，鲁迅的著作也一年一年地多起来了，北新和鲁迅之间的版税交涉，当然成了一个很大的问题。

北新对著作者，平时总只含混地说，每月致送几百元版税，到了三节，便开一清单来报账的。但一则他的每月致送的款项，老要拖欠，再则所报之账，往往不十分清爽。

后来，北新对鲁迅及其他的著作人，简直连月款也不提，结账也不算了。靠版税在上海维持生活的鲁迅，一时当然也破除了情面，请律师和北新提起了清算版税的诉讼。

照北新开给鲁迅的旧账单等来计算，在鲁迅去世的前六七年，早该积欠有两三万元了。这诉讼，当然是鲁迅的胜利，因为欠债还钱，是古今中外一定不易的自然法律。北新看到了这一点，就四出的托人向鲁迅讲情，要请他不必提起诉讼，大家来设法谈判。

当时我在杭州小住，打算把一部不曾写了的《蜃偻》写它完来。但住不上几天，北新就有电报来了，催我速回上海，为这事尽一点力。

后来经过几次的交涉，鲁迅答应把诉讼暂时不提，而北新亦愿意按月摊还积欠两万余元，分十个月还了；新欠则每月致送四百元，决不食言。

这一场事情，总算是这样的解决了；但在事情解决，北新请大家吃饭的那一天晚上，鲁迅和林语堂两人，却因误解而起了正面的冲突。

冲突的原因，是在一个不在场的第三者，也是鲁迅的学生，当时也在经营出版事业的某君。北新方面，满以为这一次鲁迅的提起诉讼，完全系出于这同行第三者的挑拨。而忠厚诚实的林语堂，于席间偶尔提起了这一个人的名字。

鲁迅那时，大约也有了一点酒意，一半也疑心语堂在责备这第三者的话，是对鲁迅的讽刺；所以脸色变青，从坐位里站了起来，大声的说：

“我要声明！我要声明！”

他的声明，大约是声明并非由这第三者的某君挑拨的。语堂当然也要声辩他所讲的话，并非是对鲁迅的讽刺；两人针锋相对，形势真弄得非常的险恶。

在这席间，当然只有我起来做和事老；一面按住鲁迅坐下，一面我就拉了语堂和他的夫人，走下了楼。

这事当然是两方的误解，后来鲁迅原也明白了；他和语堂之间，是有过一次和解的。可是到了他去世之前年，又因为劝语堂多翻译一点西洋古典文学到中国来，而语堂说这是老年人做的工作之故，而各起了反感。但这当然也是误解，当鲁迅去世的消息传到当时寄居在美国的语堂耳里的时候，语堂是曾有极悲痛的唁电发来的。

鲁迅住的景云里那一所房子，是在北四川路尽头的西面，去虹口花园很近的地方。因而去狄思威路北的内山书店亦只有几百步路。

书店主人内山完造，在中国先则卖药，后则经营贩卖书籍，前后总已有了二十几年的历史。他生活很简单，懂得生意经，并且也染上了中国人的习气，喜欢讲交情。因此，我们这一批在日本住久的人在上海，总老喜欢到他店里去坐坐淡谈；鲁迅于在上海住下之后，也就是这内山书店的常客之一。

“一二八”沪战发生，鲁迅住的那一个地方，去天通庵只有一箭之路，交战的第二日，我们就在担心着鲁迅一家的安危。到了第三日，并且谣言更多了，说和鲁迅同住的他三弟巢峰（周建人）被敌宪兵殴伤了；但就在这一个下午，我却在四川路桥南，内山书店的一家分店的楼上，会到了鲁迅。

他那时也听到了这谣传了，并且还在报上看见了我寻他和其他几位住在北四川路的友人的启事。他在这兵荒马乱之间，也依然不消失他那种幽默的微笑；讲到巢峰被殴伤的那一段谣言的时候，还加上了许多我们所不曾听见过的新鲜资料，证明一般空闲人的喜欢造谣生事，乐祸幸灾。

在这中间，我们就开始了向全世界文化人呼吁，出刊物公布暴敌犷恶侵略者面目的工作，鲁迅当然也是签名者之一；他的实际参加联合抗敌的行动，和一班左翼作家的接近，实际上是从这一个时期开始的。

“一二八”战事过后，他从景云里搬了出来，住在内山书店斜对面的一家大厦的三层楼上；租金比较得贵，生活方式也比较得奢侈，因而一般平时要想寻出一点弱点来攻击他的人，就又像是发掘得了至宝。

但他在那里住得也并不久，到了南京的秘密通缉令下来，上海的反动空气很浓厚的时候，他却搬上了内山书店的北面，新造好的大陆新村（四达里对面）的六十几号房屋去住了。在这里，一直住到了他去世的时候为止。

南京的秘密通缉令，列名者共有六十几个，多半与民权保障自由大同盟有关的文化人。而这通缉案的呈请者，却是在杭州的浙江省党部的诸先生。

说起杭州，鲁迅绝端的厌恶；这通缉案的呈请者们，原是使他厌恶的原因之一，而对于山水的爱好，别有见解，也是他厌恶杭州的一个原因。

有一年夏天，他曾同许钦文到杭州去玩过一次；但因湖上的闷热，蚊子的众多，饮水的不洁等关系，他在旅馆里一晚没有睡觉，第二天就逃回上海来了。自从这一回之后，他每听见人提起杭州，就要摇头。

后来，我搬到杭州去住的时候，也曾写过一首诗送我，头一句就是“钱王登遐仍如在”；这诗的意思，他曾同我说过，指的是杭州党政诸人的无理的高压。他从五代时的记录里，曾看到过钱武肃王的时候，浙江老百姓被压榨得连裤子都没有穿，不得不以砖瓦来遮盖下体。这事不知是出在哪一部书里，我到现在也还没有查到，但他的那句诗的原意，却就系此而言。我因不听他的忠告，终于搬到杭州去住了，结果竟不出他之所料，被一位党部的先生，弄得家破人亡；这一位吃党饭出身，积私财至数百万，曾经呈请南京中央党部通缉我们的先生，对我竟做出了比敌人对待我们老百姓还更凶恶的事情，而且还是在这一次的抗战军兴之后。我现在虽则已远离祖国，再也受不到他的奸淫残害的毒爪了；但现在仍还在执掌以礼义廉耻为信条的教育大权的这一位先生，听说近来因天高皇帝远，浑水好捞鱼之故，更加加重了他对老百姓的这一种远溢过钱武肃王的德政。

鲁迅不但对于杭州没有好感，就是对他出身地的绍兴，也似乎并没有什么依依不舍的怀恋。这可从有一次他的谈话里看得山来。是他在上海住下不久的时候，有一回我们谈起了前两天刚见过面的孙伏园。他问我伏园住在哪里，我说，他已经回绍兴去了，大约总不久就会出来的。鲁迅言下就笑着说：“伏园的回绍兴，实在也很可观！”他的意思，当然是绍兴又凭什么值得这样的频频回去。

所以从他到上海之后，一直到他去世的时候为止，他只匆匆地上杭州去住了一夜，而绝没有回去过绍兴一次。

预言者每不为其故国所容，我于鲁迅更觉得这一句格言的确凿。各地党部的对待鲁迅，自从浙江党部发动了那大弹劾案之后，似乎态度都是一致的。抗战前一年的冬天，我路过厦门，当时有许多厦大同学曾来看我，谈后就说到了厦大门前，经过南普陀的那一条大道，他们想呈请市政府改名“鲁迅路”以资纪念。并且说，这事已经由鲁迅纪念会（主其事的是厦门星光日报社长胡资周及记者们与厦大学生代表等人）呈请过好几次了，但都被搁置着不批下来。我因为和当时的厦门市长及工务局长等都是朋友，所以就答应他们说这事一定可以办到。但后来去市长那里一查问，才知道又是党部在那里反对，绝对不准人们纪念鲁迅。这事情，后来我又同陈主席说了，陈主席当然是表示赞同的。可是，这事还没有办理完成，而抗战军兴，现在并且连厦门这一块土地，也已经沦陷了一年多了。

自从我搬到杭州去住下之后，和他见面的机会，就少了下去，但每一次我上上海去的中间，无论如何忙，我总抽出一点时间来去和他谈谈，或和他吃一次饭。

而上海的各书店，杂志编辑者，报馆之类，要想拉鲁迅的稿子的时候，也总是要我到上海去和鲁迅交涉的回数多，譬如，黎烈文初编《自由谈》的时候，我就和鲁迅说，我们一定要维持它，因为在中国最老不过的《申报》，也晓得要用新文学了，就是新文学的胜利。所以，鲁迅当时也很起劲，《伪自由书》、《花边文学》集里许多短稿，就是这时候的作品。在起初，他的稿子就是由我转交的。

此外，像良友书店，天马书店，以及生活出的《文学》杂志之类，对鲁迅的稿件，开头大抵都是由我为他们拉拢的。尤其是当鲁迅对编辑者们发脾气的时候。做好做歹，仍复替他们调停和解这一角色，总是由我来担当。所以，在杭州住下的两三年中，光是为了鲁迅之故，而跑上海的事情，前后总也有了好多次。

在他去世的前一年春天，我到了福建，和他见面的机会更加少了。但记得就在他作故的前两个月，我回上海，他曾告诉了我以他的病状，说医生说他的肺不对，他想于秋天到日本去疗养，问我也能够同去不能。我在那时候，也正在想去久别了的日本一次，看看他们最近的社会状态，所以也轻轻谈到了同去岚山看红叶的事。可是从此一别，就再没有和他作长谈的幸运了。

关于鲁迅的回忆，枝枝节节，另外也正还多着；可是他给我的信件之类，有许多已在搬回杭州去之先烧了，有几封在上海北新书局里存着，现在又没有日记在手头，所以就在这里，先暂搁笔，以后若有机会，或许再写也说不定。

一九三八年三月至九月

志摩在回忆里

新诗传宇宙，竟尔乘风归去，同学同庚，老友如君先宿草。

华表托精灵，何当化鹤重来，一生一死，深闺有妇赋招魂。

这是我托杭州陈紫荷[1]先生代作代写的一副挽志摩的挽联。陈先生当时问我和志摩的关系，我只说他是我自小的同学，又是同年，此外便是他这一回的很适合他身份的死。

做挽联我是不会做的，尤其是文言的对句。而陈先生也想了许多成句，如“高处不胜寒”、“犹是深闺梦里人”之类，但似乎都寻不出适当的上下对，所以只成了上举的一联。这挽联的好坏如何，我也不晓得，不过我觉得文句做得太好，对仗对得太工，是不大适合于哀婉的本意的。悲哀的最大表示，是自然的目瞪口呆，僵若木鸡的那一种样子，

1 陈紫荷（生卒年不详），郁达夫好友，其妻王映霞外祖父王二南先生的弟子。

这我在小曼夫人当初接到志摩的凶耗的时候曾经亲眼见到过。其次是抚棺的一哭，这我在万国殡仪馆中，当日来吊的许多志摩的亲友之间曾经看到过。至于哀挽诗词的工与不工，那却是次而又次的问题了；我不想说志摩是如何如何的伟大，我不想说他是如何如何的可爱，我也不想说我因他之死而感到怎么怎么的悲哀，我只想把在记忆里的志摩来重描一遍，因而再可以想见一次他那副凡见过他一面的人谁都不容易忘去的面貌与音容。

大约是在宣统二年（一九一〇年）的春季，我离开故乡的小市，去转入当时的杭府中学读书，——上一期似乎是在嘉兴府中读的，终因路远之故而转入了杭府——那时候府中的监督，记得是邵伯炯[1]先生，寄宿舍是大方伯的图书馆对面。

当时的我，是初出茅庐的一个十四岁未满的乡下少年，突然间闯入了省府的中心，周围万事看起来都觉得新异怕人。所以在宿舍里，在课堂上，我只得诚惶诚恐，战战兢兢，同蜗牛似的蜷伏着，连头都不敢伸一伸出壳来。但是同我的这一种畏缩态度正相反的，在同一级同一宿舍里，却有两位奇人在跳跃活动。

一个是身体生得很小，而脸面却是很长，头也生得特别大的小孩子。我当时自己当然总也还是一个孩子，然而看见了他，心里却老是在想，“这顽皮小孩，样子真生得奇怪”，仿佛我自己已经是一个大孩似的。还有一个日夜和他在一块，最爱做种种淘气的把戏，为同学中间的爱戴集中点的，是一个身材长得相当的高大，面上也已经满示着成年的

1　邵伯炯（生卒年不详），清末书法家、清光绪甲辰科翰林，民国初年，北京城垣门额均出自其手笔。

男子的表情，由我那时候的心里猜来，仿佛是年纪总该在三十岁以上的大人，其实呢，他也不过和我们上下年纪而已。

他们俩，无论在课堂上或在宿舍里，总在交头接耳地密谈着，高笑着，跳来跳去，和这个那个闹闹，结果却终于会出其不意地做出一件很轻快很可笑很奇特的事情来吸引大家的注意的。

而尤其使我惊异的，是那个头大尾巴小，戴着金边近视眼镜的顽皮小孩，平时那样地不用功，那样地爱看小说——他平时拿在手里的总是一卷有光纸上印着石印细字的小本子——而考起来或作起文来却总是分数得的最多的一个。

像这样的和他们同住了半年宿舍，除了有一次两次也上了他们一点小当之外，我和他们终究没有发生什么密切一点的关系；后来似乎我的宿舍也换了，除了在课堂上相聚在一块之外，见面的机会更加少了。年假之后第二年的春天，我不晓为了什么，突然离去了府中，改入了一个现在似乎也还没有关门的教会学校。从此之后，一别十余年，我和这两位奇人——一个小孩，一个大人——终于没有遇到的机会。虽则在异乡漂泊的途中，也时常想起当日的旧事，但是终因为周围环境的迁移激变，对这微风似的少年时候的回忆，也没有多大的留恋。

民国十三四年——一九二三、四年[1]——之交，我混迹在北京的软红尘里；有一天风定日斜的午后，我忽而在石虎胡同的松坡图书馆里遇见了志摩。仔细一看，他的头，他的脸，还是同中学时候一样发育得分外的大，而那矮小的身材却不同了，非常之长大了，和他并立起来，简

1 原文有误，应为“一九二四、五年”。

直要比我高一两寸的样子。

他的那种轻快磊落的态度，还是和孩时一样，不过因为历尽了欧美的游程之故，无形中已经锻炼成了一个长于社交的人了。笑起来的时候，可还是同十几年前的那个顽皮小孩一色无二。

从这年后，和他就时时往来，差不多每礼拜要见好几次面。他的善于座谈，敏于交际，长于吟诗的种种美德，自然而然地使他成了一个社交的中心。当时的文人学者、达官丽姝，以及中学时候的倒霉同学，不论长幼，不分贵贱，都在他的客座上可以看得到。不管你是如何心神不快的时候，只要经他用了他那种浊中带清的洪亮的声音，“喂，老×，今天怎么样？什么什么怎么样了？”的一问，你就自然会把一切的心事丢开，被他的那种快乐的光耀同化了过去。

正在这前后，和他一次谈起了中学时候的事情，他却突然地呆了一呆，睁大了眼睛惊问我说：

“老李你还记得起记不起？他是死了哩！”

这所谓老李者，就是我在头上写过的那位顽皮大人，和他一道进中学的他的表哥哥。

其后他又去欧洲，去印度，交游之广，从中国的社交中心扩大而成为国际的。于是美丽宏博的诗句和清新绝俗的散文，也一年年地积多了起来。一九二七年的革命之后，北京变了北平，当时的许多中间阶级者就四散成了秋后的落叶。有些飞上了天去，成了要人，再也没有见到的机会了；有些也竟安然地在牖下到了黄泉；更有些，不死不生，仍复在歧路上徘徊着，苦闷着，而终于寻不到出路。是在这一种状态之下，有一天在上海的街头，我又忽而遇见了志摩。

“喂，这几年来你躲在什么地方？”

兜头地一喝，听起来仍旧是他那一种洪亮快活的声气。在路上略谈了片刻，一同到了他的寓里坐了一会，他就拉我一道到了大赉公司的轮船码头。因为午前他刚接到了无线电报，诗人泰戈儿[1]回印度的船系定在午后五时左右靠岸，他是要上船去看看这老诗人的病状的。

当船还没有靠岸，岸上的人和船上的人还不能够交谈的时候，他在码头上的寒风里立着——这时候似乎已经是秋季了——静静地呆呆地对我说：

“诗人老去，又遭了新时代的摈斥，他老人家的悲哀，正是孔子的悲哀。”

因为泰戈儿这一回是新从美国日本去讲演回来，在日本在美国都受了一部分新人的排斥，所以心里是不十分快活的，并且又因年老之故，在路上更染了一场重病。志摩对我说这几句话的时候，双眼呆看着远处，脸色变得青灰，声音也特别的低。我和志摩来往了这许多年，在他脸上看出悲哀的表情来的事情，这实在是最初也便是最后的一次。

从这一回之后，两人又同在北京的时候一样，时时来往了。可是一则因为我的疏懒无聊，二则因为他跑来跑去的教书忙，这一两年间，和他聚谈时候也并不多。今年的暑假后，他于去北平之先曾大宴了三日客。头一天喝酒的时候，我和董任坚[2]先生都在那里。董先生也是当时杭府中学的旧同学之一，席间我们也曾谈到了当日的杭州。在他遇难之

---

1 拉宾德拉纳特·泰戈尔（1861—1941），印度著名诗人、文学家、社会活动家、哲学家和印度民族主义者。著有《飞鸟集》等。

2 董任坚，教育家，曾任上海外国语学院英语系筹备委员会召集人。

前，从北平飞回来的第二天晚上，我也偶然地，真真是偶然地，闯到了他的寓里。

那一天晚上，因为有许多朋友会聚在那里的缘故，谈谈说说，竟说到了十二点过。临走的时候，还约好了第二天晚上的后会才兹分散。但第二天我没有去，于是就永久失去了见他的机会了，因为他的灵柩到上海的时候是已经殓好了来的。

文人之中，有两种人最可以羡慕：一种是像高尔基一样，活到了六七十岁，而能写许多有声有色的回忆文的老寿星；其他的一种是如叶赛宁一样的光芒还没有吐尽的天才夭折者。前者可以写许多文学史上所不载的文坛起伏的经历，他个人就是一部纵的文学史；后者则可以要求每个同时代的文人都写一篇吊他哀他或评他骂他的文字，而成一部横的放大的文苑传。

现在志摩是死了，但是他的诗文是不死的，他的音容状貌可也是不死的，除非要等到认识他的人老老少少一个个都死完的时候为止。

一九三一年十二月十一日

附：

上面的一篇回忆写完之后，我想想，想想，又在陈先生代做的挽联里加入了一点事实，缀成了下面的四十二字：

三卷新诗，廿年旧友，与君同是天涯，只为佳人难再得。

一声河满，九点齐烟，化鹤重归华表，应愁高处不胜寒。

一九三一年十二月十九日

扬州旧梦寄语堂

语堂兄：

乱掷黄金买阿娇，穷来吴市再吹箫。

箫声远渡江淮去，吹到扬州廿四桥。

这是我在六七年前——记得是一九二八年的秋天，写那篇《感伤的行旅》时瞎唱出来的歪诗；那时候的计划，本想从上海出发，先在苏州下车，然后去无锡，游太湖，过常州，达镇江，渡瓜步，再上扬州去的。但一则因为苏州在戒严，再则因在太湖边上受了一点虚惊，故而中途变计，当离无锡的那一天晚上，就直到了扬州城里。旅途不带诗韵，所以这一首打油诗的韵脚，是姜白石[1]的那一首“小红唱曲我吹箫”的

1　姜夔（1154—1221），号白石道人，南宋文学家、音乐家。

老调，系凭着了车窗，看看斜阳衰草、残柳芦苇，哼出来的莫名其妙的山歌。

我去扬州，这时候还是第一次；梦想着“扬州”的两字，在声调上，在历史的意义上，真是如何的艳丽，如何的够使人魂销而魄荡！

竹西歌吹，应是玉树后庭花的遗音；萤苑迷楼，当更是临春结绮等沉檀香阁的进一步的建筑。此外的锦帆十里，殿脚三千，后土祠琼花万朵，玉钩斜青冢双行，计算起来，扬州的古迹、名区，以及山水佳丽的地方，总要有三年零六个月才逛得遍。唐宋文人的倾倒于扬州，想来一定是有一种特别见解的；小杜的“青山隐隐水迢迢”，与“十年一觉扬州梦”，还不过是略带感伤的诗句而已，至如“君王忍把平陈业，只换雷塘数亩田”，“人生只合扬州死，禅智山光好墓田”，那简直是说扬州可以使你的国亡，可以使你的身死，而也决无后悔的样子了，这还了得！

在我梦想中的扬州，实在太不诗意，太富于六朝的金粉气了，所以那一次从无锡上车之后，就是到了我所最爱的北固山下，亦没有心思停留半刻，便匆匆地渡过了江去。

长江北岸，是有一条公共汽车路筑在那里的；一落渡船，就可以向北直驶，直达到扬州南门的福运门边。再过一条城河，便进扬州城了，就是一千四五百年以来，为我们历代的诗人骚客所赞叹不止的扬州城，也就是你家黛玉她爸爸，在此撇下了孤儿升天成佛去的扬州城！

但我在到扬州的一路上，所见的风景，都平坦萧杀，没有一点令人可以留恋的地方，因而想起了晁无咎[1]的《赴广陵道中》的诗句：

醉卧符离太守亭，别都弦管记曾称。
淮山杨柳春千里，尚有多情忆小胜[2]。
急鼓冬冬下泗州，却瞻金塔在中流。
幌开朝日初生处，船转春山欲尽头。
杨柳青青欲哺乌，一春风雨暗隋渠。
落帆未觉扬州远，已喜淮阴见白鱼。

才晓得他自安徽北部下泗州，经符离（现在的宿县）由水道而去的，所以得见到许多景致，至少至少，也可以看到两岸的垂杨和江中的浮屠鱼类。而我去的一路呢，却只见了些道路树的洋槐，和秋收已过的沙田万顷，别的风趣，简直没有。连绿杨城郭是扬州的本地风光，就是自隋朝以来的堤柳，也看见得很少。

到了福运门外，一见了那一座新修的城楼，以及写在那洋灰壁上的三个"福运门"的红字，更觉得兴趣索然了；在这一种城门之内的亭台园囿，或楚馆秦楼，哪里会有诗意呢？

进了城去，果然只见到些狭窄的街道，和低矮的市廛，在一家新开的绿杨大旅社里住定之后，我的扬州好梦，已经醒了一半了。入睡之前，我原也去逛了一下街市，但是灯烛辉煌，歌喉婉转的太平景象，竟一点儿也没有。"扬州的好处，或者是在风景，明天去逛瘦西湖、平山

1　晁补之（1053—1110），北宋时期著名文学家，"苏门四学士"之一。
2　原文注：小胜，劝酒女鬟也。

堂，大约总特别地会使我满足，今天且好好儿地睡它一晚，先养养我的脚力吧！”这是我自己替自己解闷的想头，一半也是真心诚意，想驱逐宿娼的邪念的一道符咒。

第二天一早起来，先坐了黄包车出天宁门去游平山堂。天宁门外的天宁寺，天宁寺后的重宁寺，建筑的确伟大，庙貌也十分的壮丽；可是不知为了什么，寺里不见一个和尚，极好的黄松材料，都断的断，拆的拆了，像许久不经修理的样子。时间正是暮秋，那一天的天气又是阴天，我身到了这大伽蓝里，四面不见人影，仰头向御碑佛以及屋顶一看，满身出了一身冷汗，毛发都倒竖起来了，这一种阴戚戚的冷气，叫我用什么文字来形容呢？

回想起二百年前，高宗南幸，自天宁门到蜀冈，七八里路，尽用白石铺成，上面雕栏曲槛，有一道像颐和园昆明湖上的似的长廊通道，直达至平山堂下，黄旗紫盖，翠辇金轮，妃嫔成队，侍从如云的盛况，和现在的这一条黄沙曲路，只见衰草牛羊的萧条野景来一比，实在是差得太远了。当然颓井废垣，也有一种令人发思古之幽情的美感，所以鲍明远会做出那篇《芜城赋》来；但我去的时候的扬州北郭，实在太荒凉了，荒凉得连感慨都叫人抒发不出。

到了平山堂东面的功得山观音寺里，吃了一碗清茶，和寺僧谈起这些景象，才晓得这几年来，兵去则匪至，匪去则兵来，住的都是城外的寺院。寺的坍败，原是应该，和尚的逃散，也是不得已的。就是蜀冈的一带，三峰十余个名刹，现在有人住的，只剩下了这一个观音寺了，连正中峰有平山堂在的法净寺里，此刻也没有了住持的人。

平山堂一带的建筑，点缀，园囿，都还留着有一个旧日的轮廓；

像平远楼的三层高阁，依然还在，可是门窗却没有了，西园的池水以及第五泉的泉路，都还看得出来，但水却干涸了，从前的树木、花草、假山、叠石，并其他的精舍亭园，现在只剩下许多痕迹，有的简直连遗址都无寻处。

我在平山堂上，瞻仰了一番欧阳公的石刻像后，只能屁也不放一个，悄悄地又回到了城里。午后想坐船了，去逛的是瘦西湖小金山五亭桥的一角。

在这一角清淡的小天地里，我却看到了扬州的好处。因为地近城区，所以荒废也并不十分厉害；小金山这面的临水之处，并且还有一位军阀的别墅（徐园）建筑在那里，结构尚新，大约总还是近年来的新筑。从这一块地方，看向五亭桥法海塔去的一面风景，真是典丽翻皇，完全像北平中南海的气象。至于近旁的寺院之类，却又因为年久失修，谈不上了。

瘦西湖的好处，全在水树的交映，与游程的曲折；秋柳影下，有红蓼青萍，散浮在水面，扁舟擦过，还听得见水草的鸣声，似在暗泣。而几个弯儿一绕，水面阔了，猛然间闯入眼来的，就是那一座有五个整齐金碧的亭子排立着的白石平桥，比金鳌玉东，虽则短些，可是东方建筑的古典趣味，却完全荟萃在这一座桥，这五个亭上。

还有船娘的姿势，也很优美；用以撑船的，是一根竹竿，使劲一撑，竹竿一弯，同时身体靠上去着力，臂部腰部的曲线，和竹竿的线条，配合得异常匀称，异常复杂。若当暮雨潇潇的春日，雇一个容颜姣好的船娘，携酒与茶，来瘦西湖上回游半日，倒也是一种赏心的乐事。

船回到了天宁门外的码头，我对那位船娘，却也有点儿依依难舍的神情，所以就出了一个题目，要她在岸上再陪我一程。我问她："这近边还有好玩的地方没有？"她说："还有史公祠。"于是说由她带路，抄过了天宁门，向东走到了梅花岭下。瓦屋数间，荒坟一座，有的人还说坟里面葬着的只是史阁部[1]的衣冠，看也原没有什么好看；但是一部《廿四史》掉尾的这一位大忠臣的战绩，是读过明史的人，无不为之泪下的；况且经过《桃花扇》作者的一描，更觉得史化的忠肝义胆，活跃在纸上了；我在祠墓的中间立着想着，穿来穿去地走着，竟耽搁了那一位船娘不可少的时间。本来是阴沉短促的晚秋天，到此竟垂欲暮了，更向东踏上了梅花岭的斜坡，我的唱山歌的老病又发作了，就顺口唱出了这么的二十八字：

三百年来土一丘，史公遗爱满扬州；
二分明月千行泪，并作梅花岭下秋。

写到这里，本来是可以搁笔了，以一首诗起，更以一首诗终，岂不很合鸳鸯蝴蝶的体裁么，但我还想加上一个总结，以醒醒你的骑鹤下扬州的迷梦。

总之，自大业初开邗沟入江渠以来，这扬州一郡，就成了中国南北交通的要道；自唐历宋，直到清朝，商业集中于此，冠盖也云屯在这里。既有了有产及有势的阶级，则依附这阶级而生存的奴隶阶级，自然也不得不产生。贫民的儿女，就被他们迫作婢妾，于是乎就有了杜牧之

1　即民族英雄、抗清名将史可法。

的青楼薄幸之名。所谓“春风十里扬州路”者，盖指此。有了有钱的老爷，和美貌的名娼，则饮食起居（园亭），衣饰犬马，名歌艳曲，才士雅人（帮闲食客），自然不得不随之而俱兴所以要腰缠十万贯，才能逛扬州者，以此。但是铁路开后，扬州就一落千丈，萧条到了极点。从前的运使、河督之类，现在也已经驻上了别处；殷实商户，巨富乡绅，自然也分迁到了上海或天津等洋大人的保护之区，故而目下的扬州只剩了一个历史上的剥制的虚壳，内容便什么也没有了。

扬州之美，美在各种的名字，如绿杨村、廿四桥、杏花村舍、邗上农桑、尺五楼、一粟庵等；可是你若辛辛苦苦，寻到了这些最风雅也没有的名称的地方，也许只有一条断石，或半间泥房，或者简直连一条断石、半间泥房都没有的。张陶庵[1]有一册书，叫作《西湖梦寻》，是说往日的西湖如何可爱，现在却不对了，可是你若到扬州去寻梦，那恐怕要比现在的西湖还更不如。

你既不敢游杭，我劝你也不必游扬，还是在上海梦里想象想象欧阳公的平山堂，王阮亭[2]的红桥，《桃花扇》里的史阁部，《红楼梦》里的林如海[3]，以及盐商的别墅，乡宦的妖姬，倒来得好些。枕上的卢生，若长不醒，岂非快事。一遇现实，那里还有Dichtung呢！

一九三五年五月

---

1 张岱（1597—1679），号陶庵。明末清初文学家、史学家、散文家，其最擅长散文。

2 王士祯（1634—1711），号阮亭，清初杰出诗人、文学家。

3 林如海，清代小说《红楼梦》中的人物，巡盐御史，娶妻贾敏，林黛玉之父。

刘海粟教授

刘海粟教授，这次自荷印应南侨筹赈总会之聘，来马来亚[1]作筹赈的画展，一切经过情形，以及关于海粟教授过去在国际，在祖国的声誉和功绩等，已在各报副刊及新闻栏登载过多次，想早为读者诸君所洞悉。此地可以不必赘说。但因我和刘教授订交二十余年，略知其生平，故特简述数言，以志景慕。

刘教授于一八九六（光绪丙申）年二月初三，生于江苏武进；父刘家凤，系著名乡绅，母洪氏，实亮吉洪稚存[2]先生之女孙。教授幼年，就喜欢书画，读书绳正书院，天才卓绝，与平常人不同。年十三，母洪氏去世，教授于悲痛之余，就只身走上海，誓与同志等献身艺术，好从艺术方面，来改革社会。

辛亥革命那年，教授才十六岁，于参加推翻清政府的革命工作之

1　即马来西亚。

2　洪亮吉（1746—1809），清代经学家、文学家，为近代人口学说之先驱。

后，便与同志等创设上海美术学校。国人之对西洋艺术，渐加以认识，对于我国固有艺术，有力地加以光大与发扬，实皆不得不归功于教授之此举。

教授二十岁时，开个展于上海。陈列人体速写多幅，当时我国风气未开，许多卫道之士，就斥为异端者，而比之于洪水猛兽。“艺术叛徒”之名，自此时起，而郭沫若氏之题此四字相赠，半亦在笑社会之无稽。

当时日本帝国美术院刚始创立，教授被邀，以所作画陈列，日本画家如藤岛武二[1]、桥本关雪[2]辈，交口称誉。

民国十年，教授年二十六岁，应蔡元培氏约，去北京大学讲近代艺术，为一般青年学子所热烈拥护。嗣后再度游北京（民十二），亡命去日本（民十五），更于民国十八年衔国民政府之命赴欧洲考察美术，数度被选入法国秋季沙龙，在欧洲各国首都或讲演，或举行画展，以及数次奉命去德荷英法等国，主办中国画展；教授之名，遂宣传于欧美妇孺之口，而艺术大师之尊称，亦由法国美术批评家中的权威者奉赠过来了。

这是关于刘教授半生生活的极粗略的介绍，虽则挂一漏万，决不能写出教授的伟大于毫末，然即此而断，也就可以看出教授为我国家民族所争得的光荣，尤其是国际的荣誉。

法国诗人有一句豪语，叫作“人生是要死去的，诗王才可以不朽”；艺术家的每一幅艺术作品，其价值自然是可以和不朽的诗歌并

1 藤岛武二（1867—1943），其作品表现出印象派的画风，有“画伯”之尊称。

2 桥本关雪（1883—1945），关西画坛的泰斗，日本关东画派领袖。

存；诗王若是不朽的话，艺术界之王，当然也是不会死的，我在这里谨以“永久的生命”五字，奉赠给刘教授，作为祝教授这次画展开幕的礼品。

（原载一九四一年二月二十二日新加坡的《星洲日报·晨星》）

第四辑

小说·春风沉醉的晚上

沉沦

一

他近来觉得孤冷得可怜。

他的早熟的性情，竟把他挤到与世人绝不相容的境地去，世人与他的中间介在的那一道屏障，愈筑愈高了。

天气一天一天地清凉起来，他的学校开学之后，已经快半个月了。那一天正是九月的二十二日。

晴天一碧，万里无云，终古常新的皎日，依旧在她的轨道上，一程一程地在那里行走。从南方吹来的微风，同醒酒的琼浆一般，带着一种香气，一阵阵地拂上面来。在黄苍未熟的稻田中间，在弯曲同白线似的乡间的官道上面，他一个人手里捧了一本六寸长的Wordsworth[1]的诗集，尽在那里缓缓地独步。在这大平原内，四面并无人影：不知从何处飞来的一声两声的远吠声，悠悠扬扬地传到他耳膜上来。他眼睛离开了书，同做梦似的向有犬吠声的地方看去，但看见了一丛杂树，几处人家，同鱼鳞似的屋瓦上，有一层薄薄的蜃气楼，同轻纱似的，在那里飘荡。

“Oh，you serene gossamer！ You beautiful gossamer！[2]”

这样地叫了一声，他的眼睛里就涌出了两行清泪来，他自己也不知道是什么缘故。

呆呆地看了好久，他忽然觉得背上有一阵紫色的气息吹来，“息索”的一响，道旁的一枝小草，竟把他的梦境打破了。他回转头来一看，那枝小草还是颤摇不已，一阵带着紫罗兰气息的和风，温微微地喷到他那苍白的脸上来。在这清和的早秋的世界里，在这澄清透明的以太（ether）中，他的身体觉得同陶醉似的酥软起来。他好像是睡在慈母怀里的样子。他好像是梦到了桃花源里的样子。他好像是在南欧的海岸，躺在情人膝上，在那里贪午睡的样子。

他看看四边，觉得周围的草木，都在那里对他微笑。看看苍空，觉得悠久无穷的大自然，微微地在那里点头。一动也不动地向天看了一会，他觉得天空中，有一群小天神，背上插着了翅膀，肩上挂着了弓箭，在那里跳舞。他觉得乐极了。便不知不觉开了口，自言自语地说：

1　即下文的渭迟渥斯，今译作华兹华斯（William Wordsworth，1770—1850），英国浪漫主义诗人。

2　啊，你这宁静的轻纱！你这美丽的轻纱！

“这里就是你的避难所。世间的一般庸人都在那里妒忌你，轻笑你，愚弄你；只有这大自然，这终古常新的苍空皎日，这晚夏的微风，这初秋的清气，还是你的朋友，还是你的慈母，还是你的情人，你也不必再到世上去与那些轻薄的男女共处去，你就在这大自然的怀里，这纯朴的乡间终老了罢。”

这样地说了一遍，他觉得自家可怜起来，好像有万千哀怨，横亘在胸中，一口说不出来的样子。含了一双清泪，他的眼睛又看到他手里的书上去。

Behold her，single in the field，

You solitary Highland lass！

Reaping and singing by herself；

Stop here，or gently pass！

Alone she cuts and binds the grain，

And sings a melancholy strain；

Oh，listen！for the vale profound

Is overflowing with the sound.

看了这一节之后，他又忽然翻过一张来，脱头脱脑地看到那第三节去。

Will no one tell me what she sings？——

Perhaps the plaintive numbers flow

For old，unhappy，far-off things，

And battle long ago：

Or is it some more humble lay，

Familiar matter of to-day?

Some natural sorrow, loss, or pain,

That has been and may be again?

这也是他近来的一种习惯，看书的时候，并没有次序的。几百页的大书，更可不必说了，就是几十页的小册子，如爱美生[1]的《自然论》（Emerson's *On Nature*），沙罗[2]的《逍遥游》（Thoreau's *Excursions*）之类，也没有完完全全从头至尾地读完一篇过。当他起初翻开一册书来看的时候，读了四行五行或一页二页，他每被那一本书感动，恨不得要一口气把那一本书吞下肚子里去的样子，到读了三页四页之后，他又生起一种怜惜的心来，他心里似乎说：

“像这样的奇书，不应该一口气就把它念完，要留着细细儿地咀嚼才好。一下子就念完了之后，我的热望也就不得不消灭，那时候我就没有好望，没有梦想了，怎么使得呢？”

他的脑里虽然有这样的想头，其实他的心里早有一些儿厌倦起来，到了这时候，他总把那本书收过一边，不再看下去。过几天或者过几个钟头之后，他又用了满腔的热忱，同初读那一本书的时候一样的，去读另外的书去，几日前或者几点钟前那样地感动他的那一本书，就不得不被他遗忘了。

放大了声音把渭迟渥斯的那两节诗读了一遍之后，他忽然想把这一首诗用中国文翻译出来。

---

1 Ralph Waldo Emerson（1803—1882），今译作爱默生，美国思想家、文学家、诗人。

2 Henry David Thoreau（1817—1862），今译作梭罗，美国作家、哲学家。

《孤寂的高原刈稻者》

他想想看，*The Solitary Reaper*诗题只有如此的译法。

你看那个女孩儿，她只一个人在田里，
你看那边的那个高原的女孩儿，她只一个人，冷清清地！
她一边刈稻，一边在那儿唱着不已；
她忽儿停了，忽而又过去了，轻盈体态，风光细腻！
她一个人，刈了，又重把稻儿捆起，
她唱的山歌，颇有些儿悲凉的情味；
听呀听呀！这幽谷深深，
全充满了她的歌唱的清音。
……
有人能说否，她唱的究竟是什么？——
或者她那万千的痴话
是唱的前代的哀歌，
或者是前朝的战事：千兵万马；
或者是些坊间的俗曲，
便是目前的家常闲说？
或者是些天然的哀怨，必然的丧苦，自然的悲楚，
这些事虽是过去的回思，将来想亦必有人指诉。

他一口气译了出来之后，忽又觉得无聊起来，便自嘲自骂地

说道：

“这算是什么东西呀，岂不同教会里的赞美歌一样的乏味么？英国诗是英国诗，中国诗是中国诗，又何必译来对去呢！”

这样地说了一句，他不知不觉便微微儿地笑起来。向四边一看，太阳已经打斜了；大平原的彼岸，西边的地平线上，有一座高山，浮在那里，饱受了一天残照，山的周围酝酿成一层朦朦胧胧的岚气，反射出一种紫不紫红不红的颜色来。

他正在那里出神呆看的时候，“哼”地喀嗽了一声，他的背后忽然来了一个农夫。回头一看，他就把他脸上的笑容装改了一副忧郁的面色，好像他的笑容是怕被人看见的样子。

二

他的忧郁症，愈闹愈甚了。

他觉得学校里的教科书，真同嚼蜡一般，毫无半点生趣。天气清朗的时候，他每捧了一本爱读的文学书，跑到人迹罕至的山腰水畔，去贪那孤寂的深味去。在万籁俱寂的瞬间，在天水相映的地方，他看看草木虫鱼，看看白云碧落，便觉得自家是一个孤高傲世的贤人，一个超然独立的隐者。有时在山中遇着一个农夫，他便把自己当作了Zarathustra[1]，把Zarathustra所说的话，也在心里对那农夫讲了。他的

1 查拉图斯特拉，古伊朗先知，拜火教创始人。

megalomania[1]也同他的hypochondria[2]成了正比例，一天一天地增加起来。在这样的时候，也难怪他不愿意上学校去，去做那同机械一样的工夫去。他竟有接连四五天不上学校去听讲的时候。

有时候到学校里去，他每觉得众人都在那里凝视他的样子。他避来避去想避他的同学，然而无论到了什么地方，他的同学的眼光，总好像怀了恶意，射在他背脊上的样子。

上课的时候，他虽然坐在全班学生的中间，然而总觉得孤独得很：在稠人广众之中，感得的这种孤独，倒比一个人在冷清的地方，感得的那种孤独，还更难受。看看他的同学看，一个个都是兴高采烈地在那里听先生的讲义，只有他一个人身体虽然坐在讲堂里头，心想却同飞云逝电一般，在那里作无边无际的空想。

好容易下课的钟声响了！先生退去之后，他的同学说笑的说笑，谈天的谈天，个个都同春来的燕雀似的，在那里作乐；只有他一个人锁了愁眉，舌根好像被千钧的巨石锤住的样子，兀的不作一声。他也很希望他的同学来对他讲些闲话，然而他的同学却都自家管自家地去寻欢乐去，一见了他那一副愁容，没有一个不抱头奔散的，因此他愈加怨他的同学了。

“他们都是日本人，他们都是我的仇敌，我总有一天来复仇，我总要复他们的仇。”

一到了悲愤的时候，他总这样地想的，然而到了安静之后，他又

1　狂妄自大。

2　忧郁症。

不得不嘲骂自家说：

“他们都是日本人，他们对你当然是没有同情的，因为你想得他们的同情，所以你怨他们，这岂不是你自家的错误么？”

他的同学中的好事者，有时候也有人来向他说笑的，他心里虽然非常感激，想同那一个人谈几句至心的话，然而口中总说不出什么话来；所以有几个解他的意的人，也不得不同他疏远了。

他的同学日本人在那里欢笑的时候，他总疑他们是在那里笑他，他就一霎时地红起脸来。他们在那里谈天的时候，若有偶然看他一眼的人，他又忽然红起脸来，以为他们是在那里讲他。他同他同学中间的距离，一天一天地远背起来，他的同学都以为他是爱孤独的人，所以谁也不敢来近他的身。

有一天放课之后，他挟了书包，回到他的旅馆里来，有三个日本学生同他同路的。将要到他寄寓的旅馆的时候，前面忽然来了两个穿红裙的女学生。在这一区市外的地方，从没有女学生看见的，所以他一见了这两个女子，呼吸就紧缩起来。他们四个人同那两个女子擦过的时候，他的三个日本人的同学都问她们说：

“你们上哪儿去？”

那两个女学生就作起娇声来回答说：

“不知道！”

“不知道！”

那三个日本学生都高笑起来，好像是很得意的样子；只有他一个人似乎是他自家同她们讲了话似的，匆匆跑回旅馆里来。进了他自家的房，把书包用力地向席上一丢，他就在席上躺下了。——日本室内都铺的席子，坐也席地而坐，睡也睡在席上的。——他的胸前还在那里乱跳，用了一只手枕着头，一只手按着胸口，他便自嘲自骂地说：

"You coward fellow, you are too coward! [1]

"你既然怕羞，何以又要后悔？

"既要后悔，何以当时你又没有那样的胆量，不同她们去讲一句话？

"Oh，coward，coward! [2]"

说到这里，他忽然想起刚才那两个女学生的眼波来了。

那两双活泼泼的眼睛！

那两双眼睛里，确有惊喜的意思含在里头。然而再仔细想了一想，他又忽然叫起来说：

"呆人呆人！她们虽有意思，与你有什么相干？她们所送的秋波，不是单送给那三个日本人的么？唉！唉！她们已经知道了，已经知道我是支那人了，否则她们何以不来看我一眼呢！复仇复仇，我总要复她们的仇。"

说到这里，他那火热的颊上忽然滚了几颗冰冷的眼泪下来。他是伤心到极点了。这一天晚上，他记的日记说：

我何苦要到日本来，我何苦要求学问。既然到了日本，那自然不

1 你这懦夫，你太懦弱！

2 啊，懦夫，懦夫！

得不被他们日本人轻侮的。中国呀中国！你怎么不富强起来，我不能再隐忍过去了。

故乡岂不有明媚的山河，故乡岂不有如花的美女？我何苦要到这东海的岛国里来！

到日本来倒也罢了，我何苦又要进这该死的高等学校。他们留了五个月学回去的人，岂不在那里享荣华安乐么？这五六年的岁月，教我怎么能挨得过去。受尽了千辛万苦，积了十数年的学识，我回国去，难道定能比他们来胡闹的留学生更强么？

人生百岁，年少的时候，只有七八年的光景，这最纯最美的七八年，我就不得不在这无情的岛国里虚度过去，可怜我今年已经是二十一了。

槁木的二十一岁！

死灰的二十一岁！

我真还不如变了矿物质的好，我大约没有开花的日子了。

知识我也不要，名誉我也不要，我只要一个安慰我体谅我的“心”。一副白热的心肠！从这一副心肠里生出来的同情！从同情而来的爱情！

我所要求的就是爱情！

若有一个美人，能理解我的苦楚，她要我死，我也肯的。

若有一个妇人，无论她是美是丑，能真心真意地爱我，我也愿意为她死的。

我所要求的就是异性的爱情！

苍天呀苍天，我并不要知识，我并不要名誉，我也不要那些无用的金钱，你若能赐我一个伊甸园内的“伊扶[1]”，使她的肉体与心灵，全归我有，我就心满意足了。

三

他的故乡，是富春江上的一个小市，去杭州水程不过八九十里。这一条江水，发源安徽，贯流全浙，江形曲折，风景常新，唐朝有一个诗人赞这条江水说“一川如画”。他十四岁的时候，请了一位先生写了这四个字，贴在他的书斋里，因为他的书斋的小窗，是朝着江面的。虽则这书斋结构不大，然而风雨晦明、春秋朝夕的风景，也还抵得过滕王高阁。在这小小的书斋里过了十几个春秋，他才跟了他的哥哥到日本来留学。

他三岁的时候就丧了父亲，那时候他家里困苦得不堪。好容易他长兄在日本W大学卒了业，回到北京，考了一个进士，分发在法部当差，不上两年，武昌的革命起来了。那时候他已在县立小学堂卒了业，正在那里换来换去地换中学堂。他家里的人都怪他无恒性，说他的心思太活；然而依他自己讲来，他以为他一个人同别的学生不同，不能按部就班地同他们同在一处求学的。所以他进了K府中学之后，不上半年又忽然转到H府中学来；在H府中学住了三个月，革命就起来了。H府中学停学之后，他依旧只能回到他那小小的书斋里来。第二年的春天，正是他十七岁的时候，他就进了H大学的预科。这大学是在杭州城外，本来是美国长老会捐钱创办的，所以学校里浸润了一种专制的弊风，学生

1 Eve，今译作夏娃。

的自由，几乎被缩服得同针眼儿一般的小。礼拜三的晚上有什么祈祷会，礼拜日非但不准出去游玩，并且在家里看别的书也不准的，除了唱赞美诗祈祷之外，只许看新旧约书。每天早晨从九点钟到九点二十分，定要去做礼拜，不去做礼拜，就要扣分数记过。他虽然非常爱那学校近傍的山水景物，然而他的心里，总有些反抗的意思，因为他是一个爱自由的人，对那些迷信的管束，怎么也不甘心服从。住不上半年，那大学里的厨子，托了校长的势，竟打起学生来。学生中间有几个不服的，便去告诉校长，校长反说学生不是。他看看这些情形，实在是太无道理了，就立刻去告了退，仍复回家，到那小小的书斋里去，那时候已经是六月初了。

在家里住了三个多月，秋风吹到富春江上，两岸的绿树，就快凋落的时候，他又坐了帆船，下富春江，上杭州去。却好那时候石牌楼的W中学正在那里招插班生，他进去见了校长M氏，把他的经历说给了M氏夫妻听，M氏就许他插入最高的班里去。这W中学原来也是一个教会学校，校长M氏，也是一个糊涂的美国宣教师；他看看这学校的内容倒比H大学不如了。与一位很卑鄙的教务长——原来这一位先生就是H大学的卒业生——闹了一场，第二年的春天，他就出来了。出了W中学，他看看杭州的学校，都不能如他的意，所以他就打算不再进别的学校去。

正是这个时候，他的长兄也在北京被人排斥了。原来他的长兄为人正直得很，在部里办事，铁面无私，并且比一般部内的人物又多了一些学识，所以部内上下，都忌惮他：有一天某次长的私人，来问他要一个位置，他执意不肯，因此次长就同他闹起意见来，过了几天他就辞了部里的职，改到司法界去做司法官去了。他的二兄那时候正在绍兴军队里做军官，这一位二兄军人习气颇深，挥金如土，专喜结交侠少。他们弟兄三人，到这时候都不能如意之所为，所以那一小市镇里的闲人都说他们的风水破了。

他回家之后，便镇日镇夜地蛰居在他那小小的书斋里。他父祖及他长兄所藏的书籍，就做了他的良师益友。他的日记上面，一天一天地记起诗来。有时候他也用了华丽的文章做起小说来，小说里就把他自己当作了一个多情的勇士，把他邻近的一家寡妇的两个女儿，当作了贵族的苗裔，把他故乡的风物，全编作了田园的清景；有兴的时候，他还把他自家的小说，用单纯的外国文翻译起来；他的幻想，愈演愈大了，他的忧郁病的根苗，大约也就在这时候培养成功的。

在家里住了半年，到了七月中旬，他接到他长兄的来信说：

“院内近有派予赴日本考察司法事务之意，予已许院长以东行，大约此事不日可见命令。渡日之先，拟返里小住。三弟居家，断非上策，此次当偕伊赴日本也。”

他接到了这一封信之后，心中日日盼他长兄南来，到了九月下旬，他的兄嫂才自北京到家。住了一月，他就同他的长兄长嫂同到日本去了。

到了日本之后，他的Dreams of the romantic age[1]尚未醒悟，模模糊糊地过了半载，他就考入了东京第一高等学校。这正是他十九岁的秋天。

第一高等学校将开学的时候，他的长兄接到了院长的命令，要他

1　浪漫期的迷梦。

回去。他的长兄便把他寄托在一家日本人的家里，几天之后，他的长兄长嫂和他的新生的侄女儿就回国去了。

东京的第一高等学校里有一班预备班，是为中国学生特设的。在这预科里预备一年，卒业之后，才能入各地高等学校的正科，与日本学生同学。他考入预科的时候，本来填的是文科，后来将在预科卒业的时候，他的长兄定要他改到医科去，他当时亦没有什么主见，就听了他长兄的话把文科改了。

预科卒业之后，他听说N市的高等学校是最新的，并且N市是日本产美人的地方，所以他就要求到N市的高等学校去。

四

他的二十岁的八月二十九日的晚上，他一个人从东京的中央车站乘了夜行车到N市去。

那一天大约刚是旧历的初三四的样子，同天鹅绒似的又蓝又紫的天空里，洒满了一天星斗。半痕新月，斜挂在西天角上，却似仙女的蛾眉，未加翠黛的样子。他一个人靠着了三等车的车窗，默默地在那里数窗外人家的灯火。火车在暗黑的夜气中间，一程一程地进去，那大都市的星星灯火，也一点一点地朦胧起来，他的胸中忽然生了万千哀感，他的眼睛里就忽然觉得热起来了。

“Sentimental，too sentimental！[1]”

这样地叫了一声，把眼睛揩了一下，他反而自家笑起自家来。

1　多愁善感，太多愁善感了！

“你也没有情人留存东京，你也没有弟兄知己住在东京，你的眼泪究竟是为谁洒的呀！或者是对于你过去的生活的伤感，或者是对你二年间的生活的余情，然而你平时不是说不爱东京的么？

“唉，一年人住岂无情。

“黄莺住久浑相识，欲别频啼四五声！”

胡思乱想地寻思了一会，他又忽然想到初次赴新大陆去的清教徒的身上去。

“那些十字架下的流人，离开他故乡海岸的时候，大约也是悲壮淋漓，同我一样的。”

火车过了横滨，他的感情方才渐渐儿地平静起来。呆呆地坐了一忽，他就取了一张明信片出来，垫在海涅（Heine）[1]的诗集上，用铅笔写了一首诗寄他东京的朋友。

娥媚月上柳梢初，又向天涯别故居。
四壁旗亭争赌酒，六街灯火远随车。
乱离年少无多泪，行李家贫只旧书。
夜后芦根秋水长，凭君南浦觅双鱼。

在朦胧的电灯光里，静悄悄地坐了一会，他又把海涅的诗集翻开来看了。

Lebet wohl，ihr glatten Säle！

---

1 海涅（1797—1856），德国著名抒情诗人。

Glatte Herren, glatte Frauen!

Auf die Berge will ich steigen,

Lachend auf euch niederschauen.

Aus Heines, Buch der Lieder[1]

浮薄的尘寰，无情的男女，

你看那隐隐的青山，我欲乘风飞去，

且住且住，

我将从那绝顶的高峰，笑看你终归何处。

单调的轮声，一声声连连续续地飞到他的耳膜上来，不上三十分钟，他竟被这催眠的车轮声引诱到梦幻的仙境里去了。

早晨五点钟的时候，天空渐渐儿地明亮起来。在车窗里向外一望，他只见一线青天还被夜色包住在那里。探头出去一望，一层薄雾，笼罩着一幅天然的画图，他心里想了一想：

“原来今天又是清秋的好天气，我的福分，真可算不薄了。”

过了一个钟头，火车就到了N市的停车场。

下了火车，在车站上遇见了一个日本学生。他看看那学生的制帽上也有两条白线，便知道他也是高等学校的学生。他走上前去，对那学生脱了一脱帽，问他说：

“第X高等学校是在什么地方的？”

1　海涅名作《哈尔茨山游记》。

那学生回答说；

“我们一路去罢。”

他就跟了那学生跑出火车站来，在火车站的前头，乘了电车。

时光还早得很，N市的店家都还未曾起来。他同那日本学生坐了电车，经过了几条冷清的街巷，就在鹤舞公园前面下了车。他问那日本学生说：

“学校还远得很么？”

“还有二里多路。”

穿过了公园，走到稻田中间的细路上的时候，他看看太阳已经起来了。稻上的露滴，还同明珠似的挂在那里。前面有一丛树林，树林荫里，疏疏落落地看得见几椽农舍。有两三条烟囱筒子，突出在农舍的上面，隐隐约约地浮在清晨的空气里。一缕两缕的青烟，同炉香似的在那里浮动，他知道农家已在那里炊早饭了。

到学校近边的一家旅馆去一问，他一礼拜前头寄出的几件行李，早已经到在那里。原来那一家人家是住过中国留学生的，所以主人待他也很殷勤。在那一家旅馆里住下了之后，他觉得前途好像有许多欢乐在那里等他的样子。

他的前途的希望，在第一天的晚上，就不得不被目前的实情嘲弄了。原来他的故里，也是一个小小的市镇。到了东京之后，在人山人海的中间，他虽然时常觉得孤独，然而东京的都市生活，同他幼时的习惯尚无十分龃龉的地方。如今到了这N市的乡下之后，他的旅馆，是一家孤立的人家，四面并无邻舍，左首门外便是一条如发的大道，前后都是稻田，西面是一方池水，并且因为学校还没有开课，别的学生还没有到来，这一间宽旷的旅馆里，只住了他一个客人。白天倒还可以支吾过去，一到了晚上，他开窗一望，四面都是沉沉的黑影，并且因N市的附近是一大平原，所以望眼连天，四面并无遮障之处，远远里有一点灯火，明灭无常，森然有些鬼气。天花板里，又有许多虫鼠，“息栗索落”地在那里争食。窗外有几株梧桐，微风动叶，“咄咄”地响得不已，因为他住在二层楼上，所以梧桐的叶战声，近在他的耳边。他觉得害怕起来，几乎要哭出来了。他对于都市的怀乡病（nostalgia）从未有比那一晚更甚的。

学校开了课，他朋友也渐渐儿地多起来。感受性非常强烈的他的性情，也同天空大地丛林野水融和了。不上半年，他竟变成了一个大自然的宠儿，一刻也离不了那天然的野趣了。

他的学校是在N市外，刚才说过N市的附近是一大平原，所以四边的地平线，界限广大得很。那时候日本的工业还没有十分发达，人口也还没有增加得同目下一样，所以他的学校的近边，还多是丛林空地，小阜低岗。除了几家与学生做买卖的文房具店及菜馆之外，附近并没有居民。荒野的中间，只有几家为学生设的旅馆，同晓天的星影似的，散缀在麦田瓜地的中央。晚饭毕后，披了黑呢的缦斗（1e manteau）[1]，拿了爱读的书，在迟迟不落的夕照中间，散步逍遥，是非常快乐的。他的田园趣味，大约也是在这idyllic wanderings[2]的中间养成的。

在生活竞争不十分猛烈，逍遥自在，同中古时代一样的时候；在风气纯良，不与市井小人同处，清闲雅淡的地方；过日子正如做梦一

1 斗篷。

2 悠游田园般的漫步。

样。他到了N市之后，转瞬之间，已经有半载多了。

熏风日夜地吹来，草色渐渐儿地绿起来。旅馆近旁麦田里的麦穗，也一寸一寸地长起来了。草木虫鱼都化育起来，他的从始祖传来的苦闷也一日一日地增长起来，他每天早晨，在被窝里犯的罪恶，也一次一次地加起来了。

他本来是一个非常爱高尚爱洁净的人，然而一到了这邪念发生的时候，他的智力也无用了，他的良心也麻痹了，他从小服膺的“身体发肤不敢毁伤”的圣训，也不能顾全了。他犯了罪之后，每深自痛悔，切齿地说，下次总不再犯了，然而到了第二天的那个时候，种种幻想，又活泼泼地到他的眼前来。他平时所看见的“伊扶”的遗类，都赤裸裸地来引诱他。中年以后的madam[1]的形体，在他的脑里，比处女更有挑发他情动的地方。他苦闷一场，恶斗一场，终究不得不做她们的俘虏。这样的一次成了两次，两次之后，就成了习惯了。他犯罪之后，每到图书馆里去翻出医书来看，医书上都千篇一律地说，于身体最有害的就是这一种犯罪。从此之后，他的恐惧心也一天一天地增加起来。有一天他不知道从什么地方得来的消息，好像是一本书上说，俄国近代文学的创设者Gogol[2]也犯这一宗病，他到死竟没有改过来，他想到了Gogol，心里就宽了一宽，因为这《死了的灵魂》[3]的著者，也是同他一样的。然而这不过自家对自家的宽慰而已，他的胸里，总有一种非常的忧虑存在那里。

1　妇人。

2　果戈里（1809—1952），俄国著名作家。

3　今译作《死魂灵》，果戈里代表作。

因为他是非常爱洁净的，所以他每天总要去洗澡一次，因为他是非常爱惜身体的，所以他每天总要去吃几个生鸡子和牛乳；然而他去洗澡或吃牛乳鸡子的时候，他总觉得惭愧得很，因为这都是他的犯罪的证据。

他觉得身体一天一天地衰弱起来，记忆力也一天一天地减退了。他又渐渐儿地生了一种怕见人面的心，见了妇人女子的时候，他觉得更加难受。学校的教科书，也渐渐地嫌恶起来，法国自然派的小说，和中国那几本有名的诲淫小说，他念了又念，几乎记熟了。

有时候他忽然做出一首好诗来，他自家便喜欢得非常，以为他的脑力还没有破坏。那时候他每对着自家起誓说：

“我的脑力还可以使得，还能做得出这样的诗，我以后决不再犯罪了。过去的事实是没法，我以后总不再犯罪了。若从此自新，我的脑力，还是很可以的。”

然而到了紧迫的时候，他的誓言又忘了。

每礼拜四五，或每月的二十六七的时候，他索性尽意地贪起欢来。他的心里想，自下礼拜一或下月初一起，我总不犯罪了。有时候正合到礼拜六或月底的晚上，去剃头洗澡去，以为这就是改过自新的记号，然而过几天，他又不得不吃鸡子和牛乳了。

他的自责心同恐惧心，竟一日也不使他安闲，他的忧郁症也从此厉害起来了。这样的状态继续了一二个月，他的学校里就放了暑假。暑假的两个月内，他受的苦闷，更甚于平时；到了学校开课的时候，他的两颊的颧骨更高起来，他的青灰色的眼窝更大起来，他的一双灵活的瞳人，变了同死鱼的眼睛一样了。

五

秋天又到了。浩浩的苍空，一天一天地高起来。他的旅馆傍边的稻田，都带起黄金色来。朝夕的凉风，同刀也似的刺到人的心骨里去，大约秋冬的佳日，来也不远了。

一礼拜前的有一天午后，他拿了一本Wordsworth的诗集，在田塍路上逍遥漫步了半天。从那一天以后，他的循环性的忧郁症，尚未离他的身过。前几天在路上遇着的那两个女学生，常在他的脑里，不使他安静，想起那一天的事情，他还是一个人要红起脸来。

他近来无论上什么地方去，总觉得有坐立难安的样子。他上学校去的时候，觉得他的日本同学都似在那里排斥他。他的几个中国同学，也许久不去寻访了，因为去寻访了回来，他心里反觉得空虚。他的几个中国同学，怎么也不能理解他的心理。他去寻访的时候，总想得些同情回来的，然而谈了几句以后，他又不得不自悔寻访错了。有时候讲得投机，他就任了一时的热意，把他的内外的生活都讲了出来，然而到了归途，他又自悔失言，心里的责备，倒反比不去访友的时候，更加厉害。他的几个中国朋友，因此都说他是染了神经病了。他听了这话之后，对了那几个中国同学，也同对日本学生一样，起了一种复仇的心。他同他的几个中国同学，一日一日地疏远起来。虽在路上，或在学校里遇见的时候，他同那几个中国同学，也不点头招呼。中国留学生开会的时候，他当然是不去出席的。因此他同他的几个同胞，竟宛然成了两家仇敌。

他的中国同学的里边，也有一个很奇怪的人，因为他自家的结婚有些道德上的罪恶，所以他专喜讲人家的丑事，以掩己之不善，说他是神经病，也是这一位同学说的。

他交游离绝之后，孤冷得几乎到将死的地步，幸而他住的旅馆里，还有一个主人的女儿，可以牵引他的心，否则他真只能自杀了。他旅馆的主人的女儿，今年正是十七岁，长方的脸儿，眼睛大得很，笑起来的时候，面上有两颗笑靥，嘴里有一颗金牙看得出来，因为她的笑容是非常可爱，所以她也时常在那里笑的。

他心里虽然非常爱她，然而她送饭来或来替他铺被的时候，他总装出一种兀不可犯的样子来。他心里虽想对她讲几句话，然而一见了她，他总不能开口。她进他房里来的时候，他的呼吸竟急促到吐气不出的地步。他在她的面前实在是受苦不起了，所以近来她进他的房里来的时候，他每不得不跑出房外去。然而他思慕她的心情，却一天一天地浓厚起来。有一天礼拜六的晚上，旅馆里的学生，都上N市去行乐去了。他因为经济困难，所以吃了晚饭，上西面池上去走了一回，就回到旅舍里来枯坐。

回家来坐了一会，他觉得那空旷的二层楼上，只有他一个人在家。静悄悄地坐了半晌，坐得不耐烦起来的时候，他又想跑出外面去。然而要跑出外面去，不得不由主人的房门口经过，因为主人和他女儿的房，就在大门的边上。他记得刚才进来的时候，主人和他的女儿正在那里吃饭。他一想到经过她面前的时候的苦楚，就把跑出外面去的心思丢了。

拿出了一本G.Gissing[1]的小说来读了三四页之后，静寂的空气里，

1 乔治·吉辛（George Gissing，1857—1903），英国小说家、散文家。

忽然传了几声沙沙的泼水声音过来。他静静儿地听了一听，呼吸又一霎时地急了起来，面色也涨红了。迟疑了一会，他就轻轻地开了房门，拖鞋也不拖，幽脚幽手地走下扶梯去。轻轻地开了便所的门，他尽兀兀地站在便所的玻璃窗口偷看。原来他旅馆里的浴室，就在便所的间壁，从便所的玻璃窗里看去，浴室里的动静了了可看。他起初以为看一看就可以走的，然而到了一看之后，他竟同被钉子钉住的一样，动也不能动了。

那一双雪样的乳峰！

那一双肥白的大腿！

这全身的曲线！

呼气也不呼，仔仔细细地看了一会，他面上的筋肉，都发起痉挛来了。愈看愈颤得厉害，他那发颤的前额部竟同玻璃窗冲击了一下。被蒸气包住的那赤裸裸的“伊扶”便发了娇声问说：

“是谁呀？……”

他一声也不响，急忙跳出了便所，就三脚两步地跑上楼上去了。

他跑到了房里，面上同火烧的一样，口也干渴了。一边他自家打自家的嘴巴，一边就把他的被窝拿出来睡了。他在被窝里翻来覆去，总睡不着，便立起了两耳，听起楼下的动静来。他听听泼水的声音也息了，浴室的门开了之后，他听见她的脚步声好像是走上楼来的样子。用被包着了头，他心里的耳朵明明告诉他说：

“她已经立在门外了。”

他觉得全身的血液，都在往上奔注的样子。心里怕得非常，羞得非常，也喜欢得非常。然而若有人问他，他无论如何，总不肯承认说，这时候他是喜欢的。

他屏住了气息，尖着了两耳听了一会，觉得门外并无动静，又故意咯嗽了一声，门外亦无声响。他正在那里疑惑的时候，忽听见她的声音，在楼下同她的父亲在那里说话。他手里捏了一把冷汗，拼命想听出她的话来，然而无论如何总听不清楚。停了一会，她的父亲高声地笑了起来，他把被蒙头地一罩，咬紧了牙齿说：

“她告诉了他了！她告诉了他了！”

这一天的晚上，他一睡也不曾睡着。第二天的早晨，天亮的时候，他就惊心吊胆地走下楼来。洗了手面，刷了牙，趁主人和他的女儿还没有起来之先，他就同逃也似的出了那个旅馆，跑到外面来。

官道上的沙尘，染了朝露，还未曾干着。太阳已经起来了。他不问皂白，便一直地往东走去。远远有一个农夫，拖了一车野菜慢慢地走来。那农夫同他擦过的时候，忽然对他说：

“你早啊！”

他倒惊了一跳，那清瘦的脸上，又起了一层红潮，胸前又乱跳起来，他心里想：

“难道这农夫也知道了么？”

无头无脑地跑了好久，他回转头来看看他的学校，已经远得很了。太阳也升高了。他摸摸表看，那银饼大的表，也不在身边。从太阳的角度看起来，大约已经是九点钟前后的样子。他虽然觉得饥饿得很，然而无论如何，总不愿意再回到那旅馆里去，同主人和他的女儿相见。想去买些零食充一充饥，然而他摸摸自家的袋看，袋里只剩了一角二分钱在那里。他到一家乡下的杂货店内，尽那一角二分钱，买了些零碎的食物，想去寻一处无人看见的地方去吃。走到了一处两路交叉的十字路口，他朝南地一望，只见与他的去路横交的那一条自北趋南的路上，行人稀少得很。那一条路是向南地斜低下去的，两面更有高壁在那里，他知道这路是从一条小山中开辟出来的。他刚才走来的那条大道，便是这山的岭脊，十字路当作了中心，与岭脊上的那条大道相交的横路，是两边低斜下去的。在十字路口迟疑了一会，他就取了那一条向南斜下的路走去。走尽了两面的高壁，他的去路就穿入大平原去，直通到彼岸的市内。平原的彼岸有一簇深林，划在碧空的心里，他心里想：

“这大约就是A神宫了。”

他走尽了两面的高壁，向左手斜面上一望，见沿高壁的那山面上有一道女墙，围住着几间茅舍，茅舍的门上悬着了“香雪海”三字的一方匾额。他离开了正路，走上几步，到那女墙的门前，顺手地向门一推，那两扇柴门竟自开了。他就随随便便地踏了进去。门内有一条曲径，自门口通过了斜面，直达到山上去的。曲径的两傍，有许多老苍的梅树种在那里，他知道这就是梅林了。顺了那一条曲径，往北地从斜面上走到山顶的时候，一片同图画似的平地，展开在他的眼前。这园自从山脚上起，跨有朝南的半山斜面，同顶上的一块平地，布置得非常幽雅。

山顶平地的西面是千仞的绝壁，与隔岸的绝壁相对峙，两壁的中间，便是他刚走过的那一条自北趋南的通路。背临着了那绝壁，有一间楼屋，几间平屋造在那里。因为这几间屋，门窗都闭在那里，他所以知道这定是为梅花开日，卖酒食用的。楼屋的前面，有一块草地，草地中间，有几方白石，围成了一个花园，圈子里，卧着一枝老梅，那草地的南尽头，山顶的平地正要向南斜下去的地方，有一块石碑立在那里，系记这梅林的历史的。他在碑前的草地上坐下之后，就把买来的零食拿出来吃了。

吃了之后，他兀兀地在草地上坐了一会。四面并无人声，远远的树枝上，时有一声两声的鸟鸣声飞来。他仰起头来看看澄清的碧空，同那皎洁的日轮，觉得四面的树枝房屋，小草飞禽，都一样地在和平的太阳光里，受大自然的化育。他那昨天晚上的犯罪的记忆，正同远海的帆影一般，不知消失到哪里去了。

这梅林的平地上和斜面上，叉来叉去的曲径很多。他站起来走来走去地走了一会，方晓得斜面上梅树的中间，更有一间平屋造在那里。从这一间房屋往东地走去几步，有眼古井，埋在松叶堆中。他摇摇井上的唧筒看，呷呷地响了几声，却抽不起水来。他心里想：

“这园大约只有梅花开的时候，开放一下，平时总没有人住的。”

想到这里，他又自言自语地说：

“既然空在这里，我何妨去问园主人去借住借住。”

想定了主意，他就跑下山来，打算去寻园主人去。他将走到门口的时候，却好遇见了一个五十来岁的农夫走进园来。他对那农夫道歉之后，就问他说：

“这园是谁的，你可知道？”

“这园是我经管的。”

“你住在什么地方的？”

“我住在路的那面的。”

一边这样地说，一边那农民指着通路西边的一间小屋给他看。他向西一看，果然在西边的高壁尽头的地方，有一间小屋在那里。他点了点头，又问说：

“你可以把园内的那间楼屋租给我住住么？”

“可是可以的，你只一个人么？”

“我只一个人。”

“那你可不必搬来的。”

“这是什么缘故呢？”

“你们学校里的学生，已经有几次搬来过了，大约都因为冷静不过，住不上十天，就搬走的。”

“我可同别人不同，你但能租给我，我是不怕冷静的。”

“这样岂有不租的道理，你想什么时候搬来？”

“就是今天午后罢。”

“可以的，可以的。”

“请你就替我扫一扫干净，免得搬来之后着忙。”

“可以可以。再会！”

“再会！”

六

搬进了山上梅园之后，他的忧郁症（hypochondria）又变起形状来了。

他同他的北京的长兄，为了一些儿细事，竟生起龃龉来。他发了一封长长的信，寄到北京，同他的长兄绝了交。

那一封信发出之后，他呆呆地在楼前草地上想了许多时候。他自家想想看，他便是世界上最不幸的人了。其实这一次的决裂，是发始于他的。同室操戈，事更甚于他姓之相争，自此之后，他恨他的长兄竟同蛇蝎一样，他被他人欺侮的时候，每把他长兄拿出来作比：

“自家的弟兄，尚且如此，何况他人呢！”

他每达到这一个结论的时候，必尽把他长兄待他苛刻的事情，细细回想出来。把各种过去的事迹，列举出来之后，就把他长兄判决是一个恶人，他自家是一个善人。他又把自家的好处列举出来，把他所受的苦处，夸大地细数起来。他证明得自家是一个世界上最苦的人的时候，他的眼泪就同瀑布似的流下来。他在那里哭的时候，空中好像有一种柔和的声音对他说：

“啊吓，哭的是你么？那真是冤屈了你了。像你这样的善人，受世人的那样的虐待，这可真是冤屈了你了。罢了罢了，这也是天命，你别再哭了，怕伤害了你的身体！”

他心里一听到这一种声音，就舒畅起来。他觉得悲苦的中间，也有无穷的甘味在那里。

他因为想复他长兄的仇，所以就把所学的医科丢弃了，改入文科里去。他的意思，以为医科是他长兄要他改的，仍旧改回文科，就是对他长兄宣战的一种明示。并且他由医科改入文科，在高等学校须迟卒业一年。他心里想，迟卒业一年，就是早死一岁，你若因此迟了一年，就到死可以对你长兄含一种敌意。因为他恐怕一二年之后，他们兄弟两人的感情，仍旧要和好起来；所以这一次的转科，便是帮他永久敌视他长兄的一个手段。

气候渐渐儿地寒冷起来，他搬上山来之后，已经有一个月了。几日来天气阴郁，灰色的层云，天天挂在空中。寒冷的北风吹来的时候，梅林的树叶，已将凋落起来。

初搬来的时候，他卖了些旧书，买了许多炊饭的器具，自家烧了一个月饭，因为天冷了，他也懒得烧了。他每天的伙食，就一切包给了山脚下的园丁家包办，他近来只同退院的闲僧一样，除了怨人骂己之外，更没有别的事了。

有一天早晨，他侵早地起来，把朝东的窗门开了之后，他看见前面的地平线上有几缕红云，在那里浮荡。东天半角，反照出一种银红的灰色。因为昨天下了一天微雨，所以他看了这清新的旭日，比平日更添了几分欢喜。他走到山的斜面上，从那古井里汲了水，洗了手面之后，觉得满身的气力，一霎时回复转来的样子。他便跑上楼去，拿了一本黄仲则的诗集下来，一边高声朗读，一边尽在那梅林的曲径里，跑来跑去地跑圈子。不多一会，太阳起来了。

从他住的山顶向南方看去，眼下看得出一大平原。平原里的稻田，都尚未收割起。金黄的谷色，以绀碧的天空作了背景，反映着一天太阳的晨光，那风景正同看密来（Millet）[1]的田园清画一般。他觉得自家好像已经变了几千年前的原始基督教徒的样子，对了这自然的默示，他不觉笑起自家的气量狭小起来。

"赦饶了！赦饶了！你们世人得罪于我的地方，我都饶赦了你们罢，来，你们来，都来同我讲和罢！"

手里拿着了那一本诗集，眼里浮着了两泓清泪，正对了那平原的

---

1 Jean-Francois Millet（1814—1875），今译作米勒，法国现实主义画家。

秋色，呆呆地立在那里想这些事情的时候，他忽听见他的近边，有两人在那里低声地说：

“今晚上你一定要来的哩！”

这分明是男子的声音。

“我是非常想来的，但是恐怕……”

他听了这娇滴滴的女子的声音之后，好像是被电气贯穿了的样子，觉得自家的血液循环都停止了。原来他的身边有一丛长大的苇草生在那里，他立在苇草的右面，那一对男女，大约是在苇草的左面，所以他们两个还不晓得隔着苇草，有人站在那里。那男人又说：

“你心真好，请你今晚上来罢，我们到如今还没在被窝里睡过觉。”

“……”

他忽然听见两人的嘴唇，灼灼的好像在那里吮吸的样子。他正同偷了食的野狗一样，就惊心吊胆地把身子屈倒去听了。

“你去死罢，你去死罢，你怎么会下流到这样的地步！”

他心里虽然如此地在那里痛骂自己，然而他那一双尖着的耳朵，却一言半语也不愿意遗漏，用了全副精神在那里听着。

地上的落叶“索息索息”地响了一下。

解衣带的声音。

男人嘶嘶地吐了几口气。

舌尖吮吸的声音。

女人半轻半重，断断续续地说：

“你！……你！……你快……快 × × 罢。……别……别……别被人……被人看见了。”

他的面色，一霎时地变了灰色了。他的眼睛同火也似的红了起来。他的上颚骨同下颚骨呷呷地发起颤来。他再也站不住了。他想跑开去，但是他的两只脚，总不听他的话。他苦闷了一场，听听两人出去了之后，就同落水的猫狗一样，回到楼上房里去，拿出被窝来睡了。

七

他饭也不吃，一直在被窝里睡到午后四点钟的时候才起来。那时候夕阳洒满了远近。平原的彼岸的树林里，有一带苍烟，悠悠扬扬地笼罩在那里。他踉踉跄跄地走下了山，上了那一条自北趋南的大道，穿过了那平原，无头无绪地尽是向南地走去。走尽了平原，他已经到了A神宫前的电车停留处了。那时候却好从南面有一乘电车到来，他不知不觉就乘了上去，既不知道他究竟为什么要乘电车，也不知道这电车是往什么地方去的。

走了十五六分钟，电车停了，运车的教他换车，他就换了一乘车。走了二三十分钟，电车又停了，他听见说是终点了，他就走了下来。他的面前就是筑港了。

前面一片汪洋的大海，横在午后的太阳光里，在那里微笑。超海而南有一发青山，隐隐地浮在透明的空气里。西边是一脉长堤，直驰到海湾的心里去。堤外有一处灯台，同巨人似的，立在那里。几艘空船和几只舢板，轻轻地在系着的地方浮荡。海中近岸的地方，有许多浮标，饱受了斜阳，红红地浮在那里。远处风来，带着几句单调的话声，既听不清楚是什么话，也不知道是从哪里来的。

他在岸边上走来走去走了一会，忽听见那一边传过了一阵击磬的声来。他跑过去一看，原来是为唤渡船而发的。他立了一会，看有一只小火轮从对岸过来了。跟着了一个四五十岁的工人，他也进了那只小火轮去坐下了。

渡到东岸之后，上前走了几步，他看见靠岸有一家大庄子在那里。大门开得很大，庭内的假山花草，布置得楚楚可爱。他不问是非，就踱了进去。走不上几步，他忽听得前面家中有女人的娇声叫他说：

"请进来吓！"

他不觉惊了一头，就呆呆地站住了。他心里想：

"这大约就是卖酒食的人家，但是我听见说，这样的地方，总有妓女在那里的。"

一想到这里，他的精神就抖擞起来，好像是一桶冷水浇上身来的样子。他的面色立时变了。要想进去又不能进去，要想出来又不得出来；可怜他那同兔儿似的小胆，同猿猴似的淫心，竟把他陷到一个大大的难境里去了。

"进来吓！请进来吓！"

里面又娇滴滴地叫了起来，带着笑声。

"可恶东西，你们竟敢欺我胆小么？"

这样地怒了一下，他的面色更同火也似的烧了起来。咬紧了牙齿，把脚在地上轻轻地蹬了一蹬，他就捏了两个拳头，向前进去，好像是对了那几个年轻的侍女宣战的样子。但是他那青一阵红一阵的面色，和他的面上，微微儿在那里震动的筋肉，他总隐藏不过。他走到那几个侍女的面前的时候，几乎要同小孩似的哭出来了。

"请上来！"

"请上来！"

他硬了头皮，跟了一个十七八岁的侍女走上楼去，那时候他的精神已经有些镇静下来了。走了几步，经过一条暗暗的夹道的时候，一阵恼人的花粉香气，同日本女人特有的一种肉的香味，和头发上的香油气息合作了一处，"哼"地扑上他的鼻孔里来。他立刻觉得头晕起来，眼睛里看见了几颗火星，向后边跌也似的退了一步。他再定睛一看，只见他的前面黑暗暗的中间，有一长圆形的女人的粉面，堆着了微笑，在那里问他说：

"你！你还是上靠海的地方呢？还是怎样？"

他觉得女人口里吐出来的气息，也热和和地喷上他的面来。他不知不觉把这气息深深地吸了一口。他的意识，感觉到他这行为的时候，他的面色，又立刻红了起来。他不得已只能含含糊糊地答应她说：

"上靠海的房间里去。"

进了一间靠海的小房间，那侍女便问他要什么菜。他就回答说：

"随便拿几样来罢。"

"酒要不要？"

"要的。"

那侍女出去之后，他就站起来推开了纸窗，从外边放了一阵空气进来。因为房里的空气，沉浊得很，他刚才在夹道中闻过的那一阵女人的香味，还剩在那里，他实在是被这一阵气味压迫不过了。

一湾大海，静静地浮在他的面前。外边好像是起了微风的样子.一片一片的海浪，受了阳光的反照，同金鱼的鱼鳞似的，在那里微动。他立在窗前看了一会，低声地吟了一句诗出来：

“夕阳红上海边楼。”

他向西地一望，见太阳离西南的地平线只有一丈多高了。呆呆地看了一会，他的心想怎么也离不开刚才的那个侍女。她的口里的头上的面上的和身体上的那一种香味，怎么也不容他的心思去想别的东西。他才知道他想吟诗的心是假的，想女人的肉体的心是真的了。

停了一会，那侍女把酒菜搬了进来，跪坐在他的面前，亲亲热热地替他上酒。他心里想仔仔细细地看她一看，把他的心里的苦闷都告诉了她，然而他的眼睛怎么也不敢平视她一眼，他的舌根怎么也不能摇动一摇动。他不过同哑子一样，偷看看她那搁在膝上的一双纤嫩的白手，同衣缝里露出来的一条粉红的围裙角。

原来日本的妇人都不穿裤子，身上贴肉只围着一条短短的围裙。外边就是一件长袖的衣服，衣服上也没有钮扣，腰里只缚着一条一尺多宽的带子，后面结着一个方结。她们走路的时候，前面的衣服每一步一步地掀开来，所以红色的围裙，同肥白的腿肉，每能偷看。这是日本女子特别的美处，他在路上遇见女子的时候，注意的就是这些地方。他切齿地痛骂自己，畜生！狗贼！卑怯的人！也便是这个时候。

他看了那侍女的围裙角，心头便乱跳起来。愈想同她说话，但愈觉得讲不出话来。大约那侍女是看得不耐烦起来了，便轻轻地问他说：

“你府上是什么地方？”

一听了这一句话，他那清瘦苍白的面上，又起了一层红色；含含糊糊地回答了一声，他讷讷地总说不出话来。可怜他又站在断头台上了。

原来日本人轻视中国人，同我们轻视猪狗一样。日本人都叫中国人作

"支那人"，这"支那人"三字，在日本，比我们骂人的"贱贼"还更难听，如今在一个如花的少女前头，他不得不自认说"我是支那人"了。

"中国呀中国，你怎么不强大起来！"

他全身发起抖来，他的眼泪又快滚下来了。

那侍女看他发颤发得厉害，就想让他一个人在那里喝酒，好教他把精神安镇安镇，所以对他说：

"酒就快没有了，我再去拿一瓶来罢。"

停了一会，他听得那侍女的脚步声又走上楼来。他以为她是上他这里来的，所以就把衣服整了一整，姿势改了一改。但是他被她欺了。她原来是领了两三个另外的客人，上间壁的那一间房间里去的。那两三个客人都在那里对那侍女取笑，那侍女也娇滴滴地说：

"别胡闹了，间壁还有客人在那里。"

他听了就立刻发起怒来。他心里骂他们说：

"狗才！俗物！你们都敢来欺侮我么？复仇复仇，我总要复你们的仇。世间哪里有真心的女子！那侍女的负心东西，你竟敢把我丢了么？罢了罢了，我再也不爱女人了，我再也不爱女人了。我就爱我的祖国，我就把我的祖国当作了情人罢。"

他马上就想跑回去发愤用功，但是他的心里，却很羡慕那间壁的几个俗物。他的心里，还有一处地方在那里盼望那个侍女再回到他这里来。

他按住了怒，默默地喝干了几杯酒，觉得身上热起来。打开了窗门，他看看太阳就快要下山去了。又连饮了几杯，他觉得他面前的海景都朦胧起来。西面堤外的那灯台的黑影，长大了许多。一层茫茫的薄雾，把海天融混作了一处。在这一层浑沌不明的薄纱影里，西方那将落不落的太阳，好像在那里惜别的样子。他看了一会，不知道是什么缘故，只觉得好笑。呵呵地笑了一回，他用手擦擦自家那火热的双颊，便自言自语地说：

“醉了醉了！”

那侍女果然进来了。见他红了脸，立在窗口在那里痴笑，便问他说：

“窗开了这样大，你不冷的么？”

“不冷不冷，这样好的落照，谁舍得不看呢？”

“你真是一个诗人呀！酒拿来了。”

“诗人！我本来是一个诗人。你去把纸笔拿了来，我马上写首诗给你看看。”

那侍女出去了之后，他自家觉得奇怪起来。他心里想：

“我怎么会变了这样大胆的？”

痛饮了几杯新拿来的热酒，他更觉得快活起来，又禁不得呵呵地笑了一阵。他听见间壁房间里的那几个俗物，高声地唱起日本歌来，他也放大了嗓子唱着说：

醉拍阑干酒意寒，江湖寥落又冬残。
剧怜鹦鹉中州骨，未拜长沙太傅宫。
一饭千金图报易，五噫几悲出关难。
茫茫烟水回头望，也为神州泪暗弹。

高声地念了几遍，他就在席上醉倒了。

八

一醉醒来，他看看自家睡在一条红绸的被里，被上有一种奇怪的香气。这一间房间也不很大，但已不是白天的那一间房间了。房中挂着一张十烛光的电灯，枕头边上摆着了一壶茶，两只杯子。他倒了二三杯茶，喝了之后，就踉踉跄跄地走到房外去。他开了门，却好白天的那侍女也跑过来了。她问他说：

“你！你醒了么？”

他点了一点头，笑微微地回答说：

“醒了。厕所是在什么地方的？”

“我领你去罢。”

他就跟了她去。他走过日间的那条夹道的时候，电灯点得明亮得很。远近有许多歌唱的声音，三弦的声音，大笑的声音，传到他的耳朵里来。白天的情节，他都想出来了。一想到酒醉之后，他对那侍女说的那些话的时候，他觉得面上又发起烧来。

从厕所回到房里之后，他问那侍女说：

“这被是你的么？”

侍女笑着说：

“是的。”

“现在是什么时候了？”

“大约是八点四五十分的样子。”

“你去开了账来罢！”

“是。”

他付清了账，又拿了一张纸币给那侍女，他的手不觉微颤起来。那侍女说：

“我是不要的。”

他知道她是嫌少了。他的面色又涨红了，袋里摸来摸去，只有一张纸币了，他就拿了出来给她说：

“你别嫌少了，请你收了罢。”

他的手震动得更加厉害，他的话声也颤动起来了。那侍女对他看了一眼，就低声地说：

“谢谢！”

他一直地跑下了楼，套上了皮鞋，就走到外面来。

外面冷得非常，这一天大约是旧历的初八九的样子。半轮寒月，高挂在天空的左半边。淡青的圆形天盖里，也有几点疏星，散在那里。

他在海边上走了一回，看看远岸的渔灯，同鬼火似的在那里招引他。细浪中间，映着了银色的月光，好像是山鬼的眼波，在那里开闭的样子。不知是什么道理，他忽想跳入海里去死了。

他摸摸身边看，乘电车的钱也没有了。想想白天的事情看，他又不得不痛骂自己。

“我怎么会走上那样的地方去的？我已经变了一个最下等的人了。悔也无及，悔也无及。我就在这里死了罢。我所求的爱情，大约是求不到的了。没有爱情的生涯，岂不同死灰一样么？唉，这干燥的生涯，这干燥的生涯，世上的人又都在那里仇视我，欺侮我，连我自家的亲弟兄，自家的手足，都在那里排挤我出去到这世界外去。我将何以为生，我又何必生存在这多苦的世界里呢！”

想到这里，他的眼泪就连连续续地滴下来。他那灰白的面色，竟同死人没有分别了。他也不举起手来揩揩眼泪，月光射到他的面上，两条泪线，倒变了叶上的朝露一样放起光来。他回转头来，看看他自家的那又瘦又长的影子，不觉心痛起来。

“可怜你这清影，跟了我二十一年，如今这大海就是你的葬身地了。我的身子，虽然被人家欺辱，我可不该累你也瘦弱到这地位的。影子呀影子，你饶了我罢！”

他向西面一看，那灯台的光，一霎变了红一霎变了绿的在那里尽它的本职。那绿的光射到海面上的时候，海面就现出一条淡青的路来。再向西天一看，他只见西方青苍苍的天底下，有一颗明星，在那里摇动。

“那一颗摇摇不定的明星的底下，就是我的故国。也就是我的生地。我在那一颗星的底下，也曾送过十八个秋冬，我的乡土吓，我如今再不能见你的面了。”

他一边走着，一边尽在那里自伤自悼地想这些伤心的哀话。

走了一会，再向那西方的明星看了一眼，他的眼泪便同骤雨似的落下来。他觉得四边的景物，都模糊起来。把眼泪揩了一下，立住了脚，长叹了一声，他便断断续续地说：

“祖国呀祖国！我的死是你害我的！

“你快富起来！强起来罢！

“你还有许多儿女在那里受苦呢！”

一九二一年五月九日改作

春风沉醉的晚上

一

在沪上闲居了半年，因为失业的结果，我的寓所迁移了三处。最初我住在静安寺路南的一间同鸟笼似的永也没有太阳晒着的自由的监房里。这些自由的监房的住民，除了几个同强盗小窃一样的凶恶裁缝之外，都是些可怜的无名文士，我当时所以送了那地方一个Yellow Grub Street[1]的称号。在这Grub Street里住了一个月，房租忽涨了价，我就不得不拖了几本破书，搬上跑马厅附近一家相识的栈房里去。后来在这栈房里又受了种种逼迫，不得不搬了，我便在外白渡桥北岸的邓脱路中间，日新里对面的贫民窟里，寻了一间小小的房间，迁移了过去。

1　黄种人寒士街。Grub Street是伦敦的一条旧街，为穷苦潦倒文人的聚集地。

邓脱路的这几排房子，从地上量到屋顶，只有一丈几尺高。我住的楼上的那间房间，更是矮小得不堪。若站在楼板上伸一伸懒腰，两只手就要把灰黑的屋顶穿通的。从前面的弄里踱进了那房子的门，便是房主的住房。在破布洋铁罐玻璃瓶旧铁器堆满的中间，侧着身子走进两步，就有一张中间有几根横档跌落的梯子靠墙摆在那里。用了这张梯子往上面的黑黝黝的一个二尺宽的洞里一接，即能走上楼去。黑沉沉的这层楼上，本来只有猫额那样大，房主人却把它隔成了两间小房，外面一间是一个N烟公司的女工住在那里，我所租的是梯子口头的那间小房，因为外间的住者要从我的房里出入，所以我的每月的房租要比外间的便宜几角小洋。

我的房主，是一个五十来岁的弯腰老人。他的脸上的青黄色里，映射着一层暗黑的油光。两只眼睛是一只大一只小，颧骨很高，额上颊上的几条皱纹里满砌着煤灰，好像每天早晨洗也洗不掉的样子。他每日于八九点钟的时候起来，咯嗽一阵，便挑了一双竹篮出去，到午后的三四点钟总仍旧是挑了一双空篮回来的；有时挑了满担回来的时候，他的竹篮里便是那些破布破铁器玻璃瓶之类。像这样的晚上，他必要去买些酒来喝喝，一个人坐在床沿上瞎骂出许多不可捉摸的话来。

我与间壁的同寓者的第一次相遇，是在搬来的那天午后。春天的急景已经快晚了的五点钟的时候，我点了一支蜡烛，在那里安放几本刚从栈房里搬过来的破书。先把它们叠成了两方堆，一堆小些，一堆大些，然后把两个二尺长的装画的画架覆在大一点的那堆书上。因为我的器具都卖完了，这一堆书和画架白天要当写字台，晚上可当床睡的。摆好了画架的板，我就朝着了这张由书叠成的桌子，坐在小一点的那堆书上吸烟，我的背系朝着梯子的接口的。我一边吸烟，一边在那里呆看放在桌上的蜡烛火，忽而听见梯子口上起了响动。回头一看，我只见了一个自家的扩大的投射影子，此外什么也辨不出来，但我的听觉分明告诉我说："有人上来了。"我向暗中凝视了几秒钟，一个圆形灰白的面貌，半截纤细的女人的身体，方才映到我的眼帘上来。一见了她的容貌，我就知道她是我的间壁的同居者了。因为我来找房子的时候，那房主的老人便告诉我说，这屋里除了他一个人外，楼上只住着一个女工。我一则喜欢房价的便宜，二则喜欢这屋里没有别的女人小孩，所以立刻就租定了的。等她走上了梯子，我才站起来对她点了点头说：

"对不起，我是今朝才搬来的，以后要请你照应。"

她听了我这话，也并不回答，放了一双漆黑的大眼，对我深深地看了一眼，就走上她的门口去开了锁，进房去了。我与她不过这样地见了一面，不晓是什么原因，我只觉得她是一个可怜的女子。她的高高的鼻梁，灰白长圆的面貌，清瘦不高的身体，好像都是表明她是可怜的特征，但是当时正为了生活问题在那里操心的我，也无暇去怜惜这还未曾失业的女工，过了几分钟我又动也不动地坐在那一小堆书上看蜡烛光了。

在这贫民窟里过了一个多礼拜，她每天早晨七点钟去上工和午后六点多钟下工回来，总只见我呆呆地对着了蜡烛或油灯坐在那堆书上。大约她的好奇心被我那痴不痴呆不呆的态度挑动了罢，有一天她下了工走上楼来的时候，我依旧和第一天一样地站起来让她过去。她走到了我的身边忽而停住了脚，看了我一眼，吞吞吐吐好像怕什么似的问我说：

"你天天在这里看的是什么书？"

（她操的是柔和的苏州音，听了这一种声音以后的感觉，是怎么也写不出来的，所以我只能把她的言语译成普通的白话。）

我听了她的话，反而脸上涨红了。因为我天天呆坐在那里，面前虽则有几本外国书摊着，其实我的脑筋昏乱得很，就是一行一句也看不进去。有时候我只用了想象在书的上一行与下一行中间的空白里，填些奇异的模型进去。有时候我只把书里边的插画翻开来看看，就了那些插画演绎些不近人情的幻想出来。我那时候的身体因为失眠与营养不良的结果，实际上已经成了病的状态了。况且又因为我的唯一的财产的一件棉袍子已经破得不堪，白天不能走出外面去散步，和房里全没有光线进来，不论白天晚上，都要点着油灯或蜡烛的缘故，非但我的全部健康不如常人，就是我的眼睛和脚力，也局部的非常萎缩了。在这样状态下的我，听了她这一问，如何能够不红起脸来呢？所以我只是含含糊糊地回答说：

“我并不在看书，不过什么也不做呆坐在这里，样子一定不好看，所以把这几本书摊放着的。”

她听了这话，又深深地看了我一眼，做了一种不解的形容，依旧地走到她的房里去了。

那几天里，若说我完全什么事情也不去找，什么事情也不曾干，却是假的。有时候，我的脑筋稍微清新一点下来，也曾译过几首英法的小诗，和几篇不满四千字的德国的短篇小说，于晚上大家睡熟的时候，不声不响地出去投邮，在寄投给各新开的书局。因为当时我的各方面就职的希望，早已经完全断绝了，只有这一方面，还能靠了我的枯燥的脑筋，想想法子看。万一中了他们编辑先生的意，把我译的东西登了出来，也不难得着几块钱的酬报。所以我自迁移到邓脱路以后，当她第一次同我讲话的时候，这样的译稿已经发出了三四次了。

二

在乱昏昏的上海租界里住着，四季的变迁和日子的过去是不容易觉得的。我搬到了邓脱路的贫民窟之后，只觉得身上穿在那里的那件破棉袍子一天一天地重了起来，热了起来，所以我心里想：

“大约春光也已经老透了罢！”

但是囊中很羞涩的我，也不能上什么地方去旅行一次，日夜只是在那暗室的灯光下呆坐。在一天大约是午后了，我也是这样地坐在那里，间壁的同住者忽而手里拿了两包用纸包好的物件走了上来，我站起来让她走的时候，她把手里的纸包放了一包在我的书桌上说：

“这一包是葡萄浆的面包，请你收藏着，明天好吃的。另外我还有一包香蕉买在这里，请你到我房里来一道吃罢！”

我替她拿住了纸包，她就开了门邀我进她的房里去。共住了这十几天，她好像已经信用我是一个忠厚的人的样子。我见她初见我的时候脸上流露出来的那一种疑惧的形容完全没有了。我进了她的房里，才知道天还未暗，因为她的房里有一扇朝南的窗，太阳反射的光线从这窗里投射进来，照见了小小的一间房，由二条板铺成的一张床，一张黑漆的半桌，一只板箱，和一条圆凳。床上虽则没有帐子，但堆着有二条洁净的青布被褥。半桌上有一只小洋铁箱摆在那里，大约是她的梳头器具，洋铁箱上已经有许多油污的点子了。她一边把堆在圆凳上的几件半旧的洋布棉袄，粗布裤等收在床上，一边就让我坐下。我看了她那殷勤待我的样子，心里倒不好意思起来，所以就对她说：

“我们本来住在一处，何必这样的客气。”

“我并不客气，但是你每天当我回来的时候，总站起来让我，我却觉得对不起得很。”

这样地说着，她就把一包香蕉打开来让我吃。她自家也拿了一只，在床上坐下，一边吃一边问我说：

“你何以只住在家里，不出去找点事情做做？”

“我原是这样的想，但是找来找去总找不着事情。”

“你有朋友么？”

“朋友是有的，但是到了这样的时候，他们都不和我来往了。”

“你进过学堂么？”

“我在外国的学堂里曾经念过几年书。”

“你家在什么地方？何以不回家去？”

她问到了这里，我忽而感觉到我自己的现状了。因为自去年以来，我只是一日一日地萎靡下去，差不多把“我是什么人？”“我现在所处的是怎么一种境遇？”“我的心里还是悲还是喜？”这些观念都忘掉了。经她这一问，我重新把半年来困苦的情形一层一层地想了出来。所以听她的问话以后，我只是呆呆地看她，半晌说不出话来，她看了我这个样子，以为我也是一个无家可归的流浪人，脸上就立时起了一种孤寂的表情，微微地叹着说：

“唉！你也是同我一样的么？”

微微地叹了一声之后，她就不说话了。我看她的眼圈上有些潮红起来，所以就想了一个另外的问题问她说：

“你在工厂里做的是什么工作？”

“是包纸烟的。”

“一天做几个钟头工？”

“早晨七点钟起，晚上六点钟止，中午休息一个钟头，每天一共要做十个钟头的工。少做一点钟就要扣钱的。”

“扣多少钱？”

“每月九块钱，所以是三块钱十天，三分大洋一个钟头。”

“饭钱多少？”

“四块钱一月。”

“这样算起来，每月一个钟点也不休息，除了饭钱，可省下五块钱来。够你付房钱买衣服的么？”

“哪里够呢！并且那管理人又……啊啊！我……我所以非常恨工厂的。你吃烟的么？”

“吃的。”

“我劝你顶好还是不吃，就吃也不要去吃我们工厂的烟。我真恨死它在这里。”

我看看她那一种切齿怨恨的样子，就不愿意再说下去。把手里捏着的半个吃剩的香蕉咬了几口，向四边一看，觉得她的房里也有些灰黑了，我站起来道了谢，就走回到了我自己的房里。她大约做工倦了的缘故，每天回来大概是马上就入睡的，只有这一晚上，她在房里好像是直到半夜还没有就寝。从这一回之后，她每天回来，总和我说几句话。我从她自家的口里听得，知道她姓陈，名叫二妹，是苏州东乡人，从小系在上海乡下长大的，她父亲也是纸烟工厂的工人，但是去年秋天死了。

她本来和她父亲同住在那间房里，每天同上工厂去的，现在却只剩了她一个人了。她父亲死后的一个多月，她早晨上工厂去也一路哭了去，晚上回来也一路哭了回来的。她今年十七岁，也无兄弟姊妹，也无近亲的亲戚。她父亲死后的葬殓等事，是他于未死之前把十五块钱交给楼下的老人，托这老人包办的。她说：

“楼下的老人倒是一个好人，对我从来没有起过坏心，所以我得同父亲在日一样地去做工，不过工厂的一个姓李的管理人却坏得很，知道我父亲死了，就天天的想戏弄我。”

她自家和她父亲的身世，我差不多全知道了，但她母亲是如何的一个人，死了呢还是活在哪里？假使还活着，住在什么地方？等等，她却从来还没有说及过。

三

天气好像变了。几日来我那独有的世界，黑暗的小房里的腐浊的空气，同蒸笼里的蒸气一样，蒸得人头昏欲晕。我每年在春夏之交要发的神经衰弱的重症，遇了这样的气候，就要使我变成半狂。所以我这几天来，到了晚上，等马路上人静之后，也常常想出去散步去。一个人在马路上从狭隘的深蓝天空里看看群星，慢慢地向前行走，一边做些漫无涯涘的空想，倒是于我的身体很有利益。当这样的无可奈何，春风沉醉的晚上，我每要在各处乱走，走到天将明的时候才回家里。我这样的走倦了回去就睡，一睡直可睡到第二天的日中，有几次竟要睡到二妹下工回来的前后方才起来。睡眠一足，我的健康状态也渐渐地回复起来了。

平时只能消化半磅面包的我的胃部，自从我的深夜游行的练习开始之后，进步得几乎能容纳面包一磅了。这事在经济上虽则是一大打击，但我的脑筋，受了这些滋养，似乎比从前稍能统一。我于游行回来之后，就睡之前，却做成了几篇A11an Poe[1]式的短篇小说，自家看看，也不很坏。我改了几次，抄了几次，一一投邮寄出之后，心里虽然起了些微细的希望，但是想想前几回的译稿的绝无消息，过了几天，也便把它们忘了。

邻住者的二妹，这几天来，当她早晨出去上工的时候，我总在那里酣睡，只有午后下工回来的时候，有几次有见面的机会，但是不晓是什么原因，我觉得她对我的态度，又回到从前初见面的时候的疑惧状态去了。有时候她深深地看我一眼，她的黑晶晶、水汪汪的眼睛里，似乎是满含着责备我规劝我的意思。

我搬到这贫民窟里住后，约摸已经有二十多天的样子，一天午后我正点上蜡烛，在那里看一本从旧书铺里买来的小说的时候，二妹却急急忙忙地走上楼来对我说：

“楼下有一个送信的在那里，要你拿了印子去拿信。”

她对我讲这话的时候，她的疑惧我的态度更表示得明显，她好像在那里说：“呵呵！你的事件是发觉了啊！”我对她这种态度，心里非常痛恨，所以就气急了一点，回答她说：

“我有什么信？不是我的！”

她听了我这气愤愤的回答，更好像是得了胜利似的，脸上忽涌出

1　爱伦·坡（1809—1849），美国诗人、小说家，以神秘故事和恐怖小说闻名于世。

了一种冷笑说：

“你自家去看罢！你的事情，只有你自家知道的！”

同时我听见楼底下门口果真有一个邮差似的人在催着说：

“挂号信！”

我把信取来一看，心里就突突地跳了几跳，原来我前回寄去的一篇德文短篇的译稿，已经在某杂志上发表了，信中寄来的是五圆钱的一张汇票。我囊里正是将空的时候，有了这五圆钱，非但月底要预付的来月的房金可以无忧，并且付过房金以后，还可以维持几天食料，当时这五圆钱对我的效用的广大，是谁也不能推想得出来的。

第二天午后，我上邮局去取了钱，在太阳晒着的大街上走了一会，忽而觉得身上就淋出了许多汗来。我向我前后左右的行人一看，复向我自家的身上一看，就不知不觉地把头低俯了下去。我颈上头上的汗珠，更同盛雨似的，一颗一颗地钻出来了。因为当我在深夜游行的时候，天上并没有太阳，并且料峭的春寒，于东方微白的残夜，老在静寂的街巷中留着，所以我穿的那件破棉袍子，还觉得不十分与节季违异。如今到了阳和的春日晒着的这日中，我还不能自觉，依旧穿了这件夜游的敝袍，在大街上阔步，与前后左右的和节季同时进行的我的同类一比，我哪得不自惭形秽呢？我一时竟忘了几日后不得不付的房金，忘了囊中本来将尽的些微的积聚，便慢慢地走上了闸路的估衣铺去。好久不在天日之下行走的我，看看街上来往的汽车人力车，车中坐着的华美的少年男女，和马路两边的绸缎铺金银铺窗里的丰丽的陈设，听听四面的同蜂衙似的嘈杂的人声、脚步声、车铃声，一时倒也觉得是身到了大罗天上的样子。我忘记了我自家的存在，也想和我的同胞一样地欢歌欣舞起来，我的嘴里便不知不觉地唱起几句久忘了的京调来了。这一时的涅槃幻境，当我想横越过马路，转入闸路去的时候，忽而被一阵铃声惊破了。我抬起头来一看，我的面前正冲来了一乘无轨电车，车头上站着的那肥胖的机器手，伏出了半身，怒目地大声骂我说：

“猪头三！侬（你）艾（眼）睛勿散（生）咯！跌杀时，叫旺（黄）够（狗）来抵侬（你）命噢！”

我呆呆地站住了脚，目送那无轨电车尾后卷起了一道灰尘，向北过去之后，不知是从何处发出来的感情，忽而竟禁不住哈哈哈哈地笑了几声。等得四面的人注视我的时候，我才红了脸慢慢地走向了闸路里去。

我在几家估衣铺里，问了些夹衫的价钱，还了他们一个我所能出的数目，几个估衣铺的店员，好像是一个师父教出的样子，都摆下了脸面，嘲弄着说：

“侬（你）寻萨咯（什么）凯（开）心！马（买）勿起好勿要马（买）咯！”

一直问到五马路边上的一家小铺子里，我看看夹衫是怎么也买不成了，才买定了一件竹布单衫，马上就把它换上。手里拿了一包换下的棉袍子，默默地走回家来。一边我心里却在打算：

“横竖是不够用了，我索性来痛快地用它一下罢。”同时我又想起了那天二妹送我的面包香蕉等物。不等第二次的回想，我就寻着了一家卖糖食的店，进去买了一块钱巧格力[1]香蕉糖鸡蛋糕等杂食。站在那

1 chocolate，今译作巧克力。

店里，等店员在那里替我包好来的时候，我忽而想起我有一月多不洗澡了，今天不如顺便也去洗一个澡罢。

洗好了澡，拿了一包棉袍子和一包糖食，回到邓脱路的时候，马路两旁的店家，已经上电灯了。街上来往的行人也很稀少，一阵从黄浦江上吹来的日暮的凉风，吹得我打了几个冷痉。我回到了我的房里，把蜡烛点上。向二妹的房门一照，知道她还没有回来。那时候我腹中虽则饥饿得很，但我刚买来的那包糖食怎么也不愿意打开来。因为我想等二妹回来同她一道吃。我一边拿出书来看，一边口里尽在咽唾液下去。等了许多时候，二妹终不回来，我的疲倦不知什么时候出来战胜了我，就靠在书堆上睡着了。

四

二妹回来的响动把我惊醒的时候，我见我面前的一支十二盎司一包的洋蜡烛已经点去了二寸的样子，我问她是什么时候了？她说：

“十点的汽管刚刚放过。”

“你何以今天回来得这样迟？”

“厂里因为销路大了，要我们作夜工。工钱是增加的，不过人太累了。”

“那你可以不去做的。”

“但是工人不够，不做是不行的。”

她讲到这里，忽而滚了两粒眼泪出来，我以为她是做工做得倦了，故而动了伤感，一边心里虽在可怜她，但一边看了她这同小孩似的脾气，却也感着了些儿快乐。把糖食包打开，请她吃了几颗之后，我就劝她说：

“初做夜工的时候不惯，所以觉得困倦，做惯了以后，也没有什么的。”

她默默地坐在我的半高的由书叠成的桌上，吃了几颗巧格力，对我看了几眼，好像是有话说不出来的样子。我就催她说：

“你有什么话说？”

她又沉默了一会，便断断续续地问我说：

“我……我……早想问你了，这几天晚上，你每晚在外边，可在与坏人做伙友么？”

我听了她这话，倒吃了一惊，她好像在疑我天天晚上在外面与小窃恶棍混在一块。她看我呆了不答，便以为我的行为真的被她看破了，所以就柔柔和和地连续着说：

“你何苦要吃这样好的东西，要穿这样好的衣服？你可知道这事情是靠不住的。万一被人家捉了去，你还有什么面目做人。过去的事情不必去说它，以后我请你改过了罢。……”

我尽是张大了眼睛张大了嘴呆呆地在看她，因为她的思想太奇突了，使我无从辩解起。她沉默了数秒钟，又接着说：

“就以你吸的烟而论，每天若戒绝了不吸，岂不可省几个铜子。我早就劝你不要吸烟，尤其是不要吸那我所痛恨的N工厂的烟，你总是不听。”

她讲到了这里，又忽而落了几滴眼泪。我知道这是她为怨恨N工厂而滴的眼泪，但我的心里，怎么也不许我这样的想，我总要把它们当作因规劝我而洒的。我静静儿地想了一回，等她的神经镇静下去之后，就把昨天的那封挂号信的来由说给她听，又把今天的取钱买物的事情说了一遍，最后更将我的神经衰弱症和每晚何以必要出去散步的原因说了。她听了我这一番辩解，就信用了我，等我说完之后，她颊上忽而起了两点红晕，把眼睛低下去看看桌上，好像是怕羞似的说：

“噢，我错怪你了，我错怪你了。请你不要多心，我本来是没有歹意的。因为你的行为太奇怪了，所以我想到了邪路里去。你若能好好儿的用功，岂不是很好么？你刚才说的那——叫什么的——东西，能够卖五块钱，要是每天能做一个，多么好呢？”我看了她这种单纯的态度，心里忽而起了一种不可思议的感情，我想把两只手伸出去拥抱她一回，但是我的理性却命令我说：

“你莫再作孽了！你可知道你现在处的是什么境遇，你想把这纯洁的处女毒杀了么？恶魔，恶魔，你现在是没有爱人的资格的呀！”

我当那种感情起来的时候，曾把眼睛闭上了几秒钟，等听了理性的命令以后，我的眼睛又开了开来，我觉得我的周围，忽而比前几秒钟更光明了。对她微微地笑了一笑，我就催她说：

“夜也深了，你该去睡了罢！明天你还要上工去的呢！我从今天起，就答应你把纸烟戒下来罢。”

她听了我这话，就站了起来，很喜欢地回到她的房里去睡了。

她去之后，我又换上了一支洋蜡烛，静静儿地想了许多事情：

“我的劳动的结果，第一次得来的这五块钱已经用去了三块了。连我原有的一块多钱合起来，付房钱之后，只能省下二三角小洋来，如何是好呢！

“就把这破棉袍子去当罢！但是当铺里恐怕不要。

“这女孩子真是可怜，但我现在的境遇，可是还赶她不上，她是不想做工而工作要强迫她做，我是想找一点工作，终于找不到。

“就去做筋肉的劳动罢！啊啊，但是我这一双弱腕，怕吃不下一部黄包车的重力。

“自杀！我有勇气，早就干了。现在还能想到这两个字，足证我的志气还没有完全消磨尽哩！

“哈哈哈哈！今天的那无轨电车的机器手！他骂我什么来？

“黄狗，黄狗倒是一个好名词……

“……”

我想了许多零乱断续的思想，终究没有一个好法子，可以救我出目下的穷状来。听见工厂的汽笛，好像在报十二点钟了，我就站了起来，换上了白天脱下的那件破棉袍子，仍复吹熄了蜡烛，走出外面去散步去。

贫民窟里的人已经睡眠静了。对面日新里的一排临邓脱路的洋楼里，还有几家点着了红绿的电灯，在那里弹罢拉拉衣加[1]。一声二声清脆的歌音，带着哀调，从静寂的深夜的冷空气里传到我的耳膜上来，这大约是俄国的飘泊的少女，存那里卖钱地歌唱。天上罩满了灰白的薄云，同腐烂的尸体似的沉沉地盖在那里。云层破处也能看得出一点两点星来，但星的近处，黝黝看得出来的天色，好像有无限的哀愁蕴藏着的样子。

一九二三年七月十五日

1　三弦琴，俄语балала́йка的音译。

茑萝行

同居的人全出外去后的这沉寂的午后的空气中独坐着的我，表面上虽则同春天的海面似的平静，然而我胸中的寂寥，我脑里的愁思，什么人能够推想得出来？现在是三点三十分了，外面的马路上大约有和暖的阳光夹着了春风，在那里助长青年男女的游春的兴致；但我这房里的透明的空气，何以会这样的沉重呢？龙华附近的桃林草地上，大约有许多穿着时式花样的轻绸绣缎的恋爱者在那里对着苍空发愉乐的清歌；但我的这从玻璃窗里透过来的半角青天，何以总带着一副嘲弄我的形容呢？啊啊，在这样薄寒轻暖的时候，当这样有作有为的年纪，我的生命力，我的活动力，何以会同冰雪下的草芽一样，一些儿也生长不出来呢？啊啊，我的女人！我的不能爱而又不得不爱的女人！我终觉得对你不起！

计算起来你的列车大约已经驶过松江驿了，但你一个人抱了小孩在车窗里呆看陌上行人的景状，我好像在你旁边看守着的样子。可怜你一个弱女子，从来没有单独出过门，你此刻呆坐在车里，大约在那里回忆我们两人同居的时候，我虐待你的一件件的事情了罢！啊啊，我的女人，我的不得不爱的女人，你不要在车中滴下眼泪来，我平时虽则常常虐待你，但我的心中却在哀怜你的，却在痛爱你的；不过我在社会上受来的种种苦楚、压迫、侮辱，若不向你发泄，教我更向谁去发泄呢！啊啊，我的最爱的女人，你若知道我这一层隐衷，你就该饶恕我了。

唉，今天是旧历的二月二十一日，今天正是清明节呀！大约各处的男女都出到郊外去踏青的，你在车窗里见了火车路线两旁郊野里在那里游行的夫妇，你能不怨我的么？你怨我也罢了，你倘能恨我怨我，怨得我望我速死，那就好了。但是办不到的，怎么也办不到的，你一边怨我，一边又必在原谅我的，啊啊，我一想到你这一种优美的灵心，教我如何能忍得过去呢！

细数从前，我同你结婚之后，共享的安乐日子，能有几日？我十七岁去国之后，一直地在无情的异国蛰住了八年。这八年中间就是暑假寒假也不回国来的原因，你知道么？我八年间不回国来的事实，就是我对旧式的、父母主张的婚约的反抗呀！这原不是你的错，也不是我的错，作孽者是你的父母和我的母亲。但我在这八年之中，不该默默地无所表示的。

后来看到了我们乡间的风习的牢不可破，离婚的事情的万不可能，又因你家父母的日日地催促，我的母亲的含泪的规劝，大前年的夏天，我才勉强应承了与你结婚。但当时我提出的种种苛刻的条件，想起来我在此刻还觉得心痛。我们也没有结婚的种种仪式，也没有证婚的媒人，也没有请亲朋来喝酒，也没有点一对蜡烛，放几声花炮。你在将夜的时候，坐了一乘小轿从去城六十里的你的家乡到了县城里的我的家里；我的母亲陪你吃了一碗晚饭，你就一个人摸上楼上我的房里去睡了。那时候听说你正患疟疾，我到夜半拿了一支蜡烛上床来睡的时候，只见你穿了一件白纺绸的单衫，在暗黑中朝里床睡在那里。你听见了我上床来的声音，却朝转来默默地对我看了一眼。啊！那时候的你的憔悴的形容，你的水汪汪的两眼神经常在那里颤动的你的小小的嘴唇，我就是到死也忘不了的。我现在想起来还要滴眼泪哩！

在穷乡僻壤生长的你，自幼也不曾进过学校，也不曾呼吸过通都大邑的空气，提了一双纤细缠小了的足，抱了一箱家塾里念过的《列女传》、《女四书》等旧籍，到了我的家里。既不知女人的娇媚是如何装作，又不知时样的衣裳是如何剪裁，你只奉了柔顺两字，作了你的行动的规范。

结婚之后，因为城中天气暑热的缘故，你就同我同上你家去住了几天，总算过了几天安乐的日子；但无端又遇了你侄儿的暴行，淘了许多说不出来的闲气，滴了许多拭不干净的眼泪，我与你在你侄儿闹事的第二天就匆匆地回到了城里的家中。过了两三天我又害起病来，你也疟疾复发了。我就决定挨着病离开了我那空气沉浊的故乡。将行的前夜，你也不说什么，我也没有什么话好对你说。我从朋友家里喝醉了酒回来，睡在床上，只见你呆呆地坐在灰黄的灯下。可怜你一直到第二天的早晨我将要上船的时候止，终没有横到我床边上来睡一忽儿，也没有讲一句话；第二天天刚亮的时候，母亲就来催我起身，说轮船已到鹿山脚下了。

从此一别，又同你远隔了两年。你常常写信来说家里的老祖母在那里想念我，暑假寒假若有空闲，教我回家来探望探望祖母母亲，但我因为异乡的花草，和年轻的朋友挽留我的缘故，终究没有回来。

唉唉！那两年中间的我的生活！红灯绿酒的沉湎，荒妄的邪游，不义的淫乐。在中宵酒醒的时候，在秋风凉冷的月下，我也曾想念及你，我也曾痛哭过几次。但灵魂丧失了的那一群妩媚的游女，和她们的娇艳动人的假笑佯啼，终究把我的天良迷住了。

前年秋天我虽回国了一次，但因为朋友邀我上A地去了，我又没有回到故乡来看你。在A地住了三个月，回到上海来过了旧历的除夕，我又回东京去了。直到了去年的暑假前，我提出了卒业论文，将我的放浪生活作了个结束，方才拖了许多饥不能食寒不能衣的破书旧籍回到了中国。一踏了上海的岸，生计问题就逼紧到我的眼前来，缚在我周围的运命的铁锁圈，就一天一天地扎紧起来了。

留学的时候，多谢我们孱弱无能的政府，和没有进步的同胞，像我这样的一个生则于世无补，死亦于人无损的零余者，也考得了一个官费生的资格。虽则每月所得不能敷用，是租了屋没有食，买了食没有衣的状态，但究竟每月还有几十块钱的出息，调度得好也能勉强免于死亡。并且又可进了病院向家里勒索几个医药费，拿了书店的发票向哥哥乞取几块买书钱。所以在繁华的新兴国的首都里，我却过了几年放纵的生活。如今一定的年限已经到了，学校里因为要收受后进的学生，再也不能容我在那绿树阴森的图书馆里，作白昼的痴梦了。并且我们国家的金库，也受了几个磁石心肠的将军和大官的吮吸，把供养我们一班不会作乱的割势者的能力丧失了。所以我在去年的六月就失了我的维持生命的根据，那时候我的每月的进款已经没有了。以年纪讲起来，像我这样二十六七的青年，正好到社会去奋斗，况且又在外国国立大学里卒业了的我，谁更有这样厚的面皮，再去向家中年老的母亲，或狷洁自爱的哥哥，乞求养生的资料。我去年暑假里一到上海流寓了一个多月没有回家来的原因，你知道了么？我现在索性对你讲明了罢，一则虽因为一天一天地挨过了几天，把回家的旅费用完了，其他我更有这一段不能回家的苦衷在的呀，你可能了解？

啊啊，去年六月在灯火繁华的上海市外，在车马喧嚷的黄浦江边，我一边念着Housman的*A Shropshire Lad*[1]里的

Come you home a hero,

Or come not home at a11,

The lads you levave will mind you

Till Ludlow tower shall fall.

几句清诗，一边呆呆地看着江中黝黑混浊的流水，曾经发了几多的叹声，滴了几多的眼泪。你若知道我那时候的绝望的情怀，我想你去年的那几封微有怨意的信也不至于发给我了。——啊，我想起了，你是不懂英文的，这几句诗我顺便替你译出罢。

汝当衣锦归，

否则永莫回，

令汝别后之儿童

1 豪斯曼的《什罗普郡少年》。豪斯曼（A.E.Housman，1859—1936），英国诗人。《什罗普郡少年》（A Shropshire Lad）为其诗作。

望到拉德罗塔毁。

平常责任心很重，并且在不必要的地方，反而非常隐忍持重的我，当留学的时候，也不曾著过一书，立过一说。天性胆怯，从小就害着自卑狂的我，在新闻杂志或稠人广众之中，从不敢自家吹一点小小的气焰。不在图书馆内，便在咖啡店里、山水怀中过活的我，当那些现代的青年当作科场看的群众运动起来的时候，绝不会去慷慨悲歌地演说一次，出点无意义的风头。赋性愚鲁，不善交游，不善钻营的我，平心讲起来，在生活竞争剧烈，到处有陷阱设伏的现在的中国社会里，当然是没有生存的资格的。去年六月间，寻了几处职业失败之后，我心里想我自家若想逃出这恶浊的空气，想解决这生计困难的问题，最好唯有一死。但我若要自杀，我必须先弄几个钱来，痛饮饱吃一场，大醉之后，用了我的无用的武器，至少也要击杀一二个世间的人类——若他是比我富裕的时候，我就算替社会除了一个恶。若他是和我一样或比我更苦的时候，我就算解决了他的困难，救了他的灵魂——然后从容就死。我因为有这一种想头，所以去年夏天在睡不着的晚上，拖了沉重的脚，上黄浦江边去了好几次，仍复没有自杀。到了现在我可以老实地对你说了，我在那时候，我并不曾想到我死后的你将如何地生活过去。我的八十五岁的祖母，和六十来岁的母亲，在我死后又当如何的种种问题，当然更不在我的脑里了。你读到这里，或者要骂我没有责任心，丢下了你，自家一个去走干净的路。但我想这责任不应该推给我负的，第一我们的国家社会，不能用我去做他们的工，使我有了气力不能卖钱来养活我自家和你，所以现代的社会，就应该负这责任。即使退一步讲，第二你的父母不能教育你，使你独立营生，便是你父母的坏处，所以你的父母也应该负这责任。第三我的母亲戚族，知道我没有养活你的能力，要苦苦地劝我结婚，他们也应该负这责任。这不过是现在我写到这里想出来的话，当时原是没有想到的。

上海的T书局和我有些关系，是你所知道的。你今天午后不是从这T书局编辑所出发的么？去年六月经理的T君看我可怜不过，却为我关说了几处，但那几处不是说我没有声望，就嫌我脾气太大，不善趋奉他们的旨意，不愿意用我。我当初把我身边的衣服金银器具一件一件地典当之后，在烈日蒸照，灰土很多的上海市街中，整日地空跑了半个多月，几个有职业的先辈，和在东京曾经受过我的照拂的朋友的地方，我都去访问了。他们有的时候，也约我上菜馆去吃一次饭；有的时候，知道我的意思便也陪我作了一副忧郁的形容，且为我筹了许多没有实效的计划。我于这样的晚上，不是往黄浦江边去徘徊，便是一个人跑上法国公园的草地上去呆坐。在那时候，我一个人看看天上悠久的星河，听听远远从那公园的跳舞室里飞过来的舞曲的琴音，老有放声痛哭的时候，幸亏在黄昏的时节，公园的四周没有人来往，所以我得尽情地哭泣；有时候哭得倦了，我也曾在那公园的草地上露宿过的。

阳历六月十八的晚上——是我忘不了的一晚——T君拿了一封A地的朋友寄来的信到我住的地方来。平常只有我去找他，没有他来找我的，T君一进我的门，我就知道一定有什么机会了。他在我用的一张破桌子前坐下之后，果然把信里的事情对我讲了。他说：

“A地仍复想请你去教书，你愿不愿意去？”

教书是有识无产阶级的最苦的职业，你和我已经住过半年，我的如何不愿意教书，教书的如何苦法，想是你所知道的，我在此处不必说了。况且A地的这学校里又有许多黑暗的地方，有几个想做校长的野心家，又是忌刻心很重的，像这样的地方的教席，我也不得不承认下去的当时的苦况，大约是你所意想不到的，因为我那时候同在伦敦的屋顶下挨饿的Chatterton[1]一样，一边虽在那里吃苦，一边我写回来的家信上还写得娓娓有致，说什么地方也在请我，什么地方也在聘我哩！

啊啊！同是血肉造成的我，我原是有虚荣心，有自尊心的呀！请你不要骂我作墦间乞食的齐人罢！唉，时运不济，你就是骂我，我也甘心受骂的。

我们结婚后，你给我的一个钻石戒指，我在东京的时候，替你押卖了，这是你当时已经知道的。我当T君将A地某校的聘书交给我的时候，身边值钱的衣服器具已经典当尽了。在东京学校的图书馆里，我记得读过一个德国薄命诗人Grabbe[2]的传记。一贫如洗的他想上京去求职业去，同我一样贫穷的他的老母将一副祖传的银的食器交给了他，做他的求职的资斧。他到了孤冷的首都里，今日吃一个银匙，明日吃一把银刀，不上几日，就把他那副祖传的食器吃完了。我记得Heine还嘲笑过他的。去年六月的我的穷状，可是比Grabbe更甚了；最后的一点值钱的物事，就是我在东京买来，预备送你的一个天赏堂制的银的装照相的架子，我在穷急的时候，早曾打算把它去换几个钱用，但一次一次的难关都被我打破，我决心把这一点微物，总要安安全全地送到你的手里。殊不知到了最后，我接到了A地某校的聘书之后，仍不得不把它去押在当

1　托马斯·查特顿（Thomas Chatterton，1752—1770），英国诗人。

2　格拉贝（Christian Dietrich Grabbe，1801—1836），德国戏剧家。

铺里，换成了几个旅费，走回家来探望年老的祖母母亲，探望怯弱可怜同绵羊一样的你。

去年六月，我于一天晴朗的午后，从杭州坐了小汽船，在风景如画的钱塘江中跑回家来。过了灵桥里山等绿树连天的山峡，将近故乡县城的时候，我心里同时感着了一种可喜可怕的感觉。立在船舷上，呆呆地凝望着春江第一楼前后的山景，我口里虽在微吟“近乡情更怯，不敢问来人”的二句唐诗，我的心里却在这样的默祷：

“……天帝有灵，当使埠头一个我的认识的人也不在！要不使他们知道才好，要不使他们知道我今天沦落了回来才好……”

船一靠岸，我左右手里提了两只皮箧，在晴日的底下从乱杂的人丛中伏倒了头，同逃也似的走向家来。我一进门看见母亲还在偏间的膳室里喝酒。我想张起喉音来亲亲热热地叫一声母亲的，但一见了亲人，我就把回国以来受的社会的侮辱想了出来，所以我的咽喉便梗住了；我只能把两只皮箧向凳上一抛，马上就匆匆地跑上楼上的你的房里来，好把我的没有丈夫气，到了伤心的时候就要流泪的坏习惯藏藏躲躲。谁知一进你的房，你却流了一脸的汗和眼泪，坐在床前呜咽地暗在啜泣。我动也不动地呆看了一忽，方提起了干燥的喉音，幽幽地问你为什么要哭。你听了我这句问话反哭得更加厉害，暗泣中间却带起几声压不下去的唏嘘声来了。我又问你究竟为什么，你只是摇头不说。本来是伤心的我，又被你这样的引诱了一番，我就不得不抱了你的头同你对哭起来。喝不上一碗热茶的工夫，楼下的母亲就大骂着说：

“……什么的公主娘娘，我说着这几句话，就要上楼去摆架子。……轮船埠头谁对你这小畜生讲了，在上海逛了一个多月，走将家来，一声也不叫，狠命地把皮箧在我面前一丢……这算是什么行为！……你便是封了王回来，也没有这样的行为的呀！……两夫妻暗地里通通信，商量商量，……你们好来谋杀我的……”

我听见了母亲的骂声，反而止住不哭了。听到“封了王回来”的这一句话，我觉得全身的血流都倒注了上来。在炎热的那盛暑的时候，我却同在寒冬的夜半似的手脚都发了抖。啊啊，那时候若没有你把我止住，我怕已经冒了大不孝的罪名，要永久地和我那年老的母亲诀别了。若那时候我和我母亲吵闹一场，那今年的祖母的死，我也是送不着的，我为了这事，也不得不重重地感谢你的呀！

那一天我的忽而从上海的回来，原是你也不知道，母亲也不知道的。后来母亲的气平了下去，你我的悲感也过去了的时候，我才知道我没有到家之先，母亲因为我久住上海不回家来的原因，在那里发脾气骂你。啊啊，你为了我的缘故，害骂害说的事情大约总也不止这一次了。也难怪你当我告诉你说我将于几日内动身到A地去的时候，哀哀地哭得不住的。你那柔顺的性质，是你一生吃苦的根源。同我的对于社会的虐待，丝毫没有反抗能力的性质，却是一样。啊啊！反抗反抗，我对于社会何尝不晓得反抗，你对于加到你身上来的虐待也何尝不晓得反抗，但是怯弱的我们，没有能力的我们，教我们从何处反抗起呢？

到了痛定之后，我看看你的形容，比前年患疟疾的时候更消瘦了。到了晚上，我捏到你的下腿，竟没有那一段肥突的脚肚，从脚后跟起，到脚弯膝止，完全是一条直线。啊啊！我知道了，我知道白天我对你说我要上A地去的时候你就流眼泪的原因了。

我已经决定带你同往A地，将催A地的学校里速汇二百元旅费来的快信寄出之后，你我还不敢将这计划告诉母亲，怕母亲不赞成我们。到了旅费汇到的那天晚上，你还是疑惑不决地说：

“万一外边去不能支持，仍要回家来的时候，如何是好呢！”

可怜你那被威权压服了的神经，竟好像是希腊的巫女，能预知今天的劫运似的。唉，我早知道有今天的一段悲剧，我当时就不该带你出来了。

我去年暑假郁郁地在家里和你住了几天，竟不料就会种下一个烦恼的种子的。等我们同到了A地将房屋什器安顿好的时候，你的身体已经不是平常的身体了，吃几口饭就要呕吐，每天只是懒懒地在床上躺着。头一个月我因为不知底细，曾经骂过你几次，到了三四个月上，你的身体一天一天地重起来，我的神经受了种种激刺，也一天一天地粗暴起来了。

第一因为学校里的课程干燥无味，我天天去上课就同上刑具被拷问一样，胸中只感着一种压迫。

第二因为我在杂志上发表了一篇旧作的文字，淘了许多无聊的闲气。更有些忌刻我的恶劣分子，就想以此来作我的葬歌，纷纷地攻击我起来。

第三我平时原是挥霍惯了的，一想到辞了教授的职后，就又不得不同六月间一样，尝那失业的苦味。况且现在又有了家室，又有了未来的儿女，万一再同那时候一样地失起业来，岂不要比曩时更苦？

我前面也已经提起过了，在社会上虽是一个懦弱的受难者的我，在家庭内却是一个凶恶的暴君。在社会上受的虐待、欺凌、侮辱，我都要一一回家来向你发泄的。可怜你自从去年十月以来，竟变了一只无罪的羔羊，日日在那里替社会赎罪，做了供我这无能的暴君的牺牲。我在外面受了气回来，不是说你做的菜不好吃，就骂你是害我吃苦的原因。我一想到了将来失业的时候的苦况，神经激动起来的时候每骂着说：

“你去死！你死了我方有出头的日子。我辛辛苦苦，是为什么人在这里做牛马的呀。要只有我一个人，我何处不可去，我何苦要在这死地方做苦工呢！只知道在家里坐食的你这行尸，你究竟是为了什么目的生存在这世上的呀？……”

你被我骂不过，就暗哭起来。我骂你一场之后，把胸中的悲愤发泄完了，大抵总立时痛责我自家，上前来爱抚你一番，并且每用了柔和的声气，细细地把我的发气的原因——社会对我的虐待——讲给你听。你听了反替我抱着不平，每又哀哀地为我痛哭，到后来，终究到了两人相持对泣而后已。像这样的情景，起初不过间几日一次的，到后来将放年假的时候，变了一日一次或一日数次了。

唉唉，这悲剧的出生，不知究竟是结婚的罪恶呢，还是社会的罪恶？若是为结婚错了的原因而起的，那这问题倒还容易解决；若因社会的组织不良，致使我不能得适当的职业，你不能过安乐的日子，因而生出这种家庭的悲剧的，那我们的社会就不得不根本地改革了。

在这样的忧患中间，我与你的悲哀的继承者，竟生了下来，没有足月的这小生命，看来也是一个神经质的薄命的相儿。你看他那哭时的额上的一条青筋，不是神经质的证据么？饥饿的时候，你喂乳若迟一点，他老要哭个不止，像这样的性格，便是将来吃苦的基础。唉唉，我既生到了世上，受这样的社会的煎熬，正在求生不可，求死不得的时候，又何苦多此一举，生这一块肉在人世呢？啊啊！矛盾，惭愧，我是解说不了的了。以后若有人动问，就请你答复罢。

悲剧的收场，是在一个月的前头。那时候你的神经已经昏乱了，大约已记不清楚，但我却牢牢记着的。那天晚上，正下弦的月亮刚从东边升起来的时候。

我自从辞去了教授职后，托哥哥在某银行里谋了一个位置。但不幸的时候，事运不巧，偏偏某银行为了政治上的问题，开不出来。我闲居A地，日日在家中喝酒，喝醉之后，便声声地骂你与刚出生的那小孩，说你与小孩是我的脚镣，我大约要为你们的缘故沉水而死的。我硬要你们回故乡去，你们却是不肯。那一晚我骂了一阵，已经是朦胧地想睡了。在半醒半睡中间，我从帐子里看出来，好像见你在与小孩讲话。

“……你要乖些……要乖些。……小宝睡了罢……不要讨爸爸的厌……不要讨……娘去之后……要……要……乖些……”

讲了一阵，我好像看见你坐在洋灯影里揩眼泪，这是你的常态，我看得不耐烦了，所以就翻了一转身，面朝着了里床。我在背后觉得你在灯下哭了一忽，又站起来把我的帐子掀开了对我看了一回。我那时候只觉得好睡，所以没有同你讲话。以后我就睡着了。

我们街前的车夫，在我们门外乱打的时候，我才从被里跳了起来。我跌来碰去地走出门来的时候，已经是昏乱得不堪了。我只见你的披散的头发，结成了一块，围在你的项上。正是下弦的月亮从东边升起来的时候，黄灰色的月光射在你的面上；你那本来是灰白的面色，反射出了一道冷光，你的眼睛好好地闭在那里，嘴唇还在微微地动着；你的湿透了的棉袄上，因为有几个扛你回来的车夫的黑影投射着，所以是一块黑一块青的。我把洋灯在地上一放，就抱着了你叫了几声，你的眼睛开了一开，马上就闭上了，眼角上却涌了两条眼泪出来。啊啊，我知道你那时候心里并不怨我的，我知道你并不怨我的，我看了你的眼泪，就能辨出你的心事来，但是我哪能不哭，我哪能不哭呢！我还怕什么？我还要维持什么体面？我就当了众人的面前哭出来了。那时候他们已经把你搬进了房。你床上睡着的小孩，听见了嘈杂的人声，也放大了喉咙啼泣了起来。大约是小孩的哭声传到了你的耳膜上了，你才张开眼来，含了许多眼泪对我看了一眼。我一边替你换湿衣裳，一边教你安睡，不要去管那小孩。却好间壁雇在那里的乳母，也听见了这杂噪声起了床，跑了过来；我知道你眷念小孩，所以就教乳母替我把小孩抱了过去。奶妈抱了小孩走过床上你的身边的时候，你又对她看了一眼。同时我却听见长江里的轮船放了一声开船的汽笛声。

在病院里看护你的十五天工夫，是我的心地最纯洁的日子。利己心很重的我，从来没有感觉到这样纯洁的爱情过。可怜你身体热到四十一度的时候，还要忽而从睡梦中坐起来问我：

“龙儿，怎么样了？”

“你要上银行去了么？”

我从A地动身的时候，本来打算同你同回家去住的，像这样的社会上，谅来总也没有我的位置了。即使寻着了职业，像我这样愚笨的人，也是没有希望的。我们家里，虽则不是豪富，然而也可算得中产，养养你，养养我，养养我们的龙儿的几颗米是有的。你今年二十七，我今年二十八了。即使你我各有五十岁好活，以后还有几年？我也不想富贵功名了。若为一点毫无价值的浮名，几个不义的金钱，要把良心拿出来去换，要牺牲了他人做我的踏脚板，那也何苦哩。这本来是我从A地同你和龙儿动身时候的决心。不是动身的前几晚，我同你拿出了许多建筑的图案来看了么？我们两人不是把我们回家之后，预备到北城近郊的地里，由我们自家的手去造的小茅屋的样子画得好好的么？我们将走的前几天不是到A地的可记念的地方，与你我有关的地方都去逛了么？我在长江轮船上的时候，这决心还是坚固得很的。

我这决心的动摇，在我到上海的第二天。那天白天我同你照了照相，吃了午膳，不是去访问了一位初从日本回来的朋友么？我把我的计划告诉了他，他也不说可，不说否，但只指着他的几位小孩说：

“你看看我看，我是怎么也不愿意逃避的。我的系累，岂不是比你更多么？”

啊啊！好胜的心思，比人一倍强盛的我，到了这兵残垓下的时候，同落水鸡似的逃回乡里去——这一出失意的还乡记，就是比我更怯弱的青年，也不愿意上台去演的呀！我回来之后，晚上一晚不曾睡着。你知道我胸中的愁郁，所以只是默默地不响，因为在这时候，你若说一句话，总难免不被我痛骂。这是我的老脾气，虽从你进病院之后直到那天还没有发过，但你那事件发生以前却是常发的。

像这样的状态，继续了三天。到了昨天晚上，你大约是看得我难受了，所以当我兀兀地坐在床上的时候，你就对我说：

“你不要急得这样，你就一个人住在上海罢。你但须送我上火车，我与龙儿是可以回去的，你可以不必同我们去。我想明天马上就搭午后的车回浙江去。”

本来今天晚上还有一处请我们夫妇吃饭的地方，但你因为怕我昨晚答应你将你和小孩先送回家的事情要变卦，所以你今天就急急地要走。我一边只觉得对你不起，一边心里不知怎么的又在恨你。所以我当你在那里捡东西的时候，眼睛里涌着两泓清泪，只是默默地讲不出话来。直到送你上车之后，在车座里坐了一忽，等车快开了，我才讲了一句：

“今天天气倒还好。”

你知道我的意思，所以把头朝向了那面的车窗，好像在那里探看天气的样子，许久不回过头来。唉唉，你那时若把你那水汪汪的眼睛朝我看一看，我也许会同你马上就痛哭起来的，也许仍复把你留在上海，不使你一个人回去的。也许我就硬地陪你回浙江去的，至少我也许要陪你到杭州。但你终不回转头来，我也不再说第二句话，就站起来走下车了。我在月台上立了一忽，故意不对你的玻璃窗看。等车开的时候，我赶上了几步，却对你看了一眼，我见你的眼下左颊上有一条痕迹在那里发光。我眼见得车去远了，月台上的人都跑了出去，我一个人落得最后，慢慢地走出车站来。我不晓得是什么原因，心里只觉得是以后不能与你再见的样子，我心酸极了。啊啊！我这不祥之语，是多讲的。我在外边只希望你和龙儿的身体壮健，你和母亲的感情融洽。我是无论如何，不至投水自沉的，请你安心。你到家之后千万要写信来给我的哩！我不接到你平安到家的信，什么决心也不能下，我是在这里等你的信的。

一九二三年四月六日清明节午后

血　泪

一

在异乡飘泊了十年，差不多我的性格都变了。或是暑假里，或是有病的时候，我虽则也常回中国来小住，但是复杂黑暗的中国社会，我的简单的脑子，怎么也不能了解。

有一年的秋天，暑气刚退，澄清的天空里时有薄薄的白云浮着，钱塘江上两岸的绿树林中的蝉声，在晴朗的日中，正一天一天减退下去的时候，我又害了病回到故乡来。那时候正有种种什么运动在流行着，新闻杂志上，每天议论得昏天黑地。我一回到家里，就有许多年轻的学生来问我的意见，他们好像也把我当作了新人物看了。我看了他们那一种热心的态度，胸中却是喜欢得很，但是一听到他们问我的言语，我就不得不呆了。他们问说：

“你主张什么主义的？”

我听了开头的这一句话，就觉得不能作答，所以当时我只吸了一口纸烟，把青烟吐了出来，用嘴指着那一圈一圈的青烟，含笑回答说：

“这就是我的主义。”

他们听了笑了一阵，又问说：

“共产主义你以为如何？”

我又觉得不能作答，便在三炮台[1]里拿了一支香烟请那问者吸，他点上了火，又向我追问起前问的答复来。我又笑着说：

“我已经回答你了，你还不理解么？”

“说什么话！我问你之后你还没有开过口。”

我就指着他手里的香烟说：

“这是谁给你的？”

“是你的。”

“这岂不是共产主义么？”

他们大家又笑了起来。我和他们讲讲闲话，看看他们的又嫩又白的面貌——因为他们都是高等小学的学生——觉得非常痛快，所以老留他们和我共饭。但是他们的面上好像都有些不满足的样子，因为我不能把那时候在日本的杂志上流行的主义介绍给他们听。

有一天晚上，南风吹来，有些微凉，但是因为还是七月的中旬，所以夜饭吃完，不能马上就去上床，我和祖母母亲坐在天井里看青天里的秋星和那淡淡的天河。我的母亲幽幽地责备我说：

1　一种香烟品牌。

“你在外国住了这样长久，究竟在那里学些什么？你看我们东邻的李志雄，他比你小五岁，他又不上外国去，只在杭州中学校里住了两年，就晓得许多现在有名的人的什么主义，时常来对我们讲的。今年夏天，他不是因能讲那些主义的缘故，被人家请去了么？昨天他的父亲还对我说，说他一个月要赚五十多块钱哩。”

我听了这一段话，也觉得心里难过得很。因为我只能向干枯的母亲要钱去花，那些有光彩的事情，却一点也做不出来。譬如一种主义的主张，和新闻杂志上的言论之类我从来还没有做过，所以我的同乡，没有一个人知道我，我的同学，没有一个人记着我。如今非常信用我的母亲，也疑惑我起来了。我眼看着了暗蓝的天色，尽在那里想我再赴日本的日期和路径，母亲好像疑我在伤心了，便又非常柔和地说：

“阿达！你要吃蛋糕么？我今天托店里做了半笼，还没对你说呢！”

我那时候实在是什么也吃不下，但是我若拒绝了，母亲必要哀怜我，并且要痛责她自己埋怨我太厉害了，所以我就对她说：

“我要吃的。”

她去拿蛋糕的时候，我还呆呆地在看那秋空。我看见一个星飞了。

二

第二年的秋天，我又回到北京长兄家里去住了三个月。那时候，我有一个同乡在大学念书。有一次我在尚志公寓的同乡那里遇着了二位我同乡的同学，他们问了我的姓名，就各人送了我一个名片。一位姓陈的是一个十八九岁的美少年，他的名片的姓名上刻着基而特社会主义[1]者，消费合作团副团长，大学雄辩会干事，经济科学生的四行小字。一位姓胡的是江西人，大约有三十岁内外的光景，面色黝黑，身体粗大得很，他的名片上只刻有人道主义者，大学文科学生的两个衔头。

他们开口就问我说：

“足下是什么主义？”

我因为见他们好像是很有主张的样子，所以不敢回答，只笑了一笑说：

“我还在念书，没有研究过各种主义的得失，所以现在不能说是赞成哪一种主义反对哪一种主义的。”

江西的胡君就认真地对我说：

“那怎么使得呢！你应该知道现在中国没有什么主义便是最可羞的事情，我们的同学，差不多都是有主义的。你若不以我为僭越，我就替你介绍一个主义罢。现在有一种世界主义出来了。这一种主义到中国未久，你若奉了它，将来必有好处。”

那美少年的陈君却笑着责备姓胡的说：

“主义要自家选择的，大凡我们选一种主义的时候，总要把我们的环境和将来的利益仔细研究一下才行。考察不周到的时候，有时你以为这种主义一定会流行的，才去用它，后来局面一变，你反不得不吃那主义的亏。所以到了那时候，那主义若是你自家选的呢，就同哑子吃黄连一样，自打自的嘴巴罢了，若是人家劝你选的呢，那你就不得不大抱

1　今译作基尔特社会主义，产生于二十世纪初的英国，改良主义的一种。否定阶级斗争，鼓吹在工会基础上成立专门的生产联合会。

怨于那劝你选的人。所以代人选择主义是很危险的。”

我听了陈君的话，心里感佩得很，以为像那样年轻的人，竟能讲出这样老成的话来。我呆了一会，心里又觉得喜欢，又觉得悲哀。喜欢的就是目下中国也有这样有学问有见识的青年了；一边我想到自家的身上，就不得不感着一种绝大的悲哀：

“我在外国的图书馆里同坐牢似的坐了六七年，到如今究竟有一点什么学问？”

我正呆呆地坐在那里看陈君的又红又白的面庞，门口忽又进来了一位驼背的青年。他的面色青得同菜叶一样，又瘦又矮的他的身材，使人看不出他的年龄来。青黄的脸上架着一双铁边的近视眼镜。大约是他的一种怪习惯，看人的时候，每不正视，不是斜了眼睛看时，便把他的眼光跳出在那又细又黑的眼镜圈外来偷看。我被他那么看了一眼，胸中觉得一跳，因为他那眼镜圈外的眼光好像在说：

“你这位青年是没有主义的么？那真可怜呀！”

我的同乡替我们介绍之后，他又对我斜视了一眼，才从他那青灰布的长衫里摸了一张名片出来。我接过来一看，上边写着“人生艺术主唱者江涛，江苏华亭人”的几个字，我见了“江苏”两字，就感觉着一种亲热的乡情，便问他说：

“江先生也是在大学文科里念书的么？”

他又斜视了我一眼，放着他那同猫叫似的喉音说：

“是的是的，我们中国的新文学太不行了。我今天《晨报》上的一篇论文你看见了么？现在我们非要讲为人生的艺术不可。非要和劳动者贫民表同情不可。他们西洋人在提倡第四阶级的文学，我们若不提倡第五第六阶级的文学，怎么能赶得他们上呢？况且现在中国的青年都在要求有血有泪的文学，我们若不提倡人生的艺术，怕一般青年就要骂我们了。”

江君讲到这里，胡君光着两眼，带了怒，放大了他那洪钟似的声音叱着说：

“江涛你那人生艺术，本来是隶属于我的人道主义的。为人生的艺术是人道主义流露在艺术方面的一端。你讲话的时候绝不提起你的主义的父祖，专在那些小问题上立论，我是非常反对的，并且你那名片上也不应该只刻人生艺术那几个字，因为人生艺术，还没有成一种主义，你知道么？你在名片上无论如何，非要刻人道主义者不可，你立刻去改正了罢！”

胡君江君争论了两个钟头，还没有解决，我看看太阳已经下山了，再迟留一忽，怕在路上要中了秋寒，所以就一个人走了。我走到门口的时候，听见屋里争执的声音更高了起来，本来是胆很小的并且非常爱和平的我，一边在灰土深很的日暮的街上走回家去，一边心里祝祷着说：

“可敬可爱的诸位主义的斗将呀，愿你们能保持和平，尊重人格，不至相打起来。”

三

我回到哥哥家里，看见哥哥在上房厅上与侄儿虎子和侄女定子玩耍。一把洋灯的柔和的光线，正与这中产家庭的空气相合，溶溶密密地照在哥哥和侄儿侄女的欢笑的面上。我因怕把他们欢乐的小世界打破，便走近坐在灯下按风琴的嫂嫂身边去。嫂嫂见了我，停住了手就问我说：

“你下半天上什么地方去了？”

“上尚志公寓去了一回。”

“你们何以谈了这么久？”

“因为有两个××学生在争论主义的范围，所以我一时就走不脱身了。”

嫂嫂叫厨子摆上饭来的时候，我还是呆呆地在那里想：

“我何以会笨到这步田地。读了十多年的死书，我却一个彻底的主义都还没有寻着。罢了罢了，像我这样的人，大约总不合于中国的社会的。”

这一年九月里，我因为在荒废的圆明园里看了一宵月亮，露宿了一晚，便冒了寒，害了一场大病。我病愈了，将返日本的时候，看见《晨报》上有一段记事说：

“今秋放洋的官费留学生中，当以××大学学生胡君陈君为最优良。胡君提倡人道主义，他的事业言论，早为我们所钦佩，这一次中了T校长的选，将他保荐官费留学美国，将来成就，定是不少的。陈君年少志高，研究经济素有心得，将来学成归国，想定能为我们经济社会施一番改革。”

这是三年前的事情，到了三年后的今日，我也不更听见胡陈二君究在何处，推想起来，他们两位，大约总在美国研究最新最好的主义。

人近了中年，年轻时候的梦想不得不一层一层地被现实的世界所打破，我的异乡飘泊的生涯，也于今年七月间结束了。我一个人手里捧了一张外国大学的文凭，回到上海的时候，第一次欢迎我的就是赶上轮船三等舱里来的旅馆的接客者。一一谢绝之后，拿了一个破皮包，走到了税关外的白热的马路上的时候，一群又脏又丑的人力车夫，又向我放了一阵欢迎的噪声。我穿了一套香港布的旧洋服，手里拿了一个皮包，为太阳光线一照，已经觉得头有些昏了，又被那些第四阶级的同胞拖来拖去地拉了一阵，我的脑贫血症，忽而发作起来。我只觉得眼睛前面飞来了两堆山也似的黑影，向我的头上拼死地压了一下，以后的事情，我就不晓得了。

我在睡梦中，幽幽地听见了一群噪聒的人从我的身边过去了。我忽而想起了年少时候的情节来。当时我睡在母亲怀里，到了夜半，母亲叫我醒来，把一块米粉糕塞在我的口里，我闭着眼睛，把那块糕咬嚼了几口，听母亲糊糊涂涂地讲了几句话，就又睡着了。

我睁开眼睛来一看，觉得身上的衣服湿得很。向四边一望，我才晓得我仍睡在税关外的马路边上。路上不见人影，太阳也将下山去了。黄浦江的彼岸的船上，还留着一道残阳的影子，映出许多景致。我看看身边上，那个破皮包还在那里。呆呆地在地上坐了一会，我才把从久住的日本回到故国来的事情，和午后二点钟饥饿得死去活来，方才从三等舱上了岸，在税关外受了那些人力车夫的竞争的事情，想了出来。

我那时候因为饥饿和衰弱的缘故竟晕倒了。站起了身，向四边看了一回，终不见一个人影。我正在没法的时候，忽听见背后有脚步跑响。回转头来一看，在三菱公司码头房那边，却闪出了一乘人力车来。

车上坐着一个洋服的日本人，他在码头房的后门口下车了。

我坐了这乘车，到四马路的一家小旅馆里住下，把我的破皮包打开来看的时候，就觉我的血管都冰结住了。我打算在上海使用的一包纸币，空剩了一个纸包，不知被谁拿去了。我把那破皮包倒底地寻了一遍，终寻不出一张纸币来。吃了晚饭，我就慢慢地走上十六铺的一位同乡的商人那里去。在灯火下走了半天，才走到了他的家里，讲了几句话之后，我问他借钱的时候，他把眉头一皱，默默地看了我一眼。那时候要是地底下有一个洞，怕我已经钻下去了。他把头弯了一弯，想了一想，就在袋里拿了两块大洋出来说：

“现在市面也不好，我们做生意的人苦得很哩！”

要在平时我必把那两块钱丢上他的脸去，问他个侮辱我的罪，但是连坐电车的钱也没有的我，就不得不恭恭敬敬地收了过来。

四

我想回到家里去，但是因为没有路费，所以就不得不在上海住下了。有一天晚上九点钟的时候，我卖了一件冬天的旧外套，得了六角小洋，在一家卖稀饭的店里吃得个饱满，慢慢地——因为这几天来，我衰弱得不堪，走不快了，——走出来的时候，在三马路的拐角上忽然遇着了那位××大学的同乡。他叫了我一声，我倒骇得一跳，因为我那香港布的洋服已经脏得不堪了，老在怕人疑我作扒手。我回转头来一看，认得是他，虽则一时涨红了脸，觉得羞耻得很，但心里却也喜欢得很。他说：

“啊，两年不见，你老得多了。你害病么？现在住在什么地方？”

我听了他这两句话，耳根又涨红了，因为我这几天住所是不定的。我那破皮包，里边也没有什么衣服了，我把它寄在静安寺路的一个庙里的佛柜下。白天我每到外白渡桥的公园里去看那些西洋的小孩儿玩耍，到了晚上，在四马路大马路的最热闹的地方走来走去地走一回，就择了清静简便的地方睡一忽。半夜醒来的时候，若不能再睡，我就再起来闲走一回，走得倦了，就随便更选一个地方睡下。像这样无定所的我，遇着了那位富有的同乡，被他那么一问，教我如何答复呢？我含含糊糊地讲了几句话，问他住在什么地方。他说：

“我现在在一品香，打算一礼拜后就上杭州去的。”

我和他一路走来，已经看得出跑马厅的空地了。他邀我上他的旅馆里去。我因为我的洋服太脏，到灯火辉煌的一品香去，怕要损失我同乡的名誉，所以只说：

“天气热得很，我们还是在外面走走好。”

我几次想开口问他借钱，但是因为受了高等教育的束缚，终觉得讲不出来。到后来我就鼓着勇气问他说：

“你下半年怎么样？”

“我已经在杭州就了一个二百块钱的差使，下半年大约仍在杭州的。你呢？”

“我啊，我，我是苦得不堪！非但下半年没有去的地方，就是目下吃饭的钱都没有。”

“你晓得江涛么？”

“我不晓得。”

“他是我的同学。现在在上海阔绰得很。他提倡的人生艺术现在大流行了。你若没有事情，我就替你介绍，去找找他看罢！”

他给了我一张名片，对我讲了一个地名，教我于第二天的午后六七点钟以前去见江涛。

第二天我一早起来，就跑上我同乡介绍给我的那地方去。找来找去找了半天，我才把那所房屋找着了。我细细地向左右看了一看，把附近的地理牢记了一回，便又跑上北四川路外的郊外去闲走去。无头无绪地跑了五六个钟头，在一家乡下的馆子里吃了六七个肉汤团，我就慢慢地走回到江某的住宅所在的那方面来。灼热的太阳，一刻也不假借，把它的同火也似的光线洒到我的身上来，我的洋服已经有一滴一滴的汗水滴下来了。慢慢地走上了江家的住宅，却好是四点半钟的光景，我敲门进去一看，一个十八九岁的丫头命我在厅上坐着等候。等了半点多钟，我今天一天的疲倦忽而把我征服了，我就在一张长椅上昏昏地睡着。不知睡了多久，我觉得有人在那里推我醒来。我睁开眼睛一看，只见一个脸色青黄，又瘦又矮的驼背青年立在我的面前。他那一种在眼镜圈外视人的习惯，忽而使我想起旧时的记忆来。我便恭恭敬敬地站起来问说：

“是江先生么？我们好像曾经见过面的。”

“我是江涛，你也许是已经见过我的，因为我常上各处去演讲，或者你在讲演的时候见过我也未可知。”

他那同猫叫似的喉音，愈使我想到三年前在我同乡那里遇着他的时候的景象上去。我含糊地恭维了一阵，便把来意告诉了。江涛又对我斜视了一眼说：

"现在沪上人多事少，非但你东洋留学生，找不到事情，就是西洋留学生闲着的也很多呢！况且就是我们同主义的人，也还有许多没有位置。因为我也是一个人道主义者，所以对你们无产阶级是在主义上不得不抱同情，但是照目下的状态看来，是没有法子的。你的那位同乡，他境遇也还不错，你何不去找他呢！"

我把目下困苦的情形诉说了一遍，他又散着了猫叫似的喉音说：

"你若没有零用钱，倒也不难赚几个用用。你能做小说么？"

我急得没有法子，就也夸了一个大口，回答说：

"小说我是会做的。"

"那么你去做一篇小说来卖给我就对了。你下笔的时候，总要抱一个救济世人的心情才好。"

"这事恐怕办不到，因为我现在自家还不能救济，如何能想到救济世人上去。"

"事实是事实，主义是主义，你要卖小说，非要趋附着现代的思潮不可。最好你去描写一个劳动者，说他如何如何地受苦，如何如何地被资本家虐待。文字里要有血有泪，才能感动人家。"

我连接答应了几个是，就告了辞出来。在夕阳晼晚的街上，我慢慢地走了一会，胸中忽觉得有一块隐痛，只是吐不出来的样子。走到沪宁火车站的边上，我的眼泪就忍不住地滴下来了。昨晚上当的那件外套的钱，只有二角银角子和六七个铜板了，我若去买了纸笔呢，今晚上就不得不饿着去做小说，若去吃了饭呢，我又没有方法去买纸笔。想了半天，我就乘了电车，上一品香的那同乡那里去。因为我的衣服太褴褛了，怕被茶房喝退，所以我故意挺了胸膈，用了气力，走上账房那里去问我同乡住房的号数。因为中国人是崇拜外国文的，所以我就用了英文问那账房。问明了号数，跑上去一看，我的同乡正不在家。我又用了英文，叫那茶房开了门，就进去坐定了。桌子上看来看去看了一会，我终寻不出纸来，我便又命茶房，把笔墨纸取了过来，摆在我的面前。等茶房出去之后，我就一口气写成了三四千字的一篇小说。内容是叙着一个人力车夫，因为他住的同猪圈似的一间房屋，又要加租了，他便与房东闹了一场。警察来的时候，反而说他不是，要押他到西牢里去。他气得没法，便一个人跑上酒铺子去喝得一个昏醉。已经是半夜了，他醉倒在静安寺路的马路中间，睡着了。一乘汽车从东面飞跑过来，将他的一只叉出的右足横截成两段。他醒转来的时候，就在月亮底下，抱着了一只鲜血淋漓折断了的右足痛哭了一场。因为在这小说里又有血又有泪，并且是同情第四阶级的文字，所以我就取了“血泪”两字作了题目。我写好之后，我的同乡还没有回来，看看桌上的钟，已经快九点了。我忽觉得肚子里饥饿得很，就拿了那篇《血泪》一个人挺了胸隔，大踏步地走了出来。在四马路的摊上买了几个馒头，我就一边吃一边走上电车停留处去。

到了江涛的地方，敲开了他的门，把原稿交给了他，我一定要他马上为我看一遍。他默默地在电灯底下读了一遍，斜视了我一眼，便对我说：

“你这篇小说与主义还合，但是描写得不很好，给你一块钱罢。”我听了这话，便喜欢得了不得，拿了一块钱，谢了几声，我就出来了。在街上走了一会，我觉得我已经成了一个小说家的样子。看看手里捏着的一块银饼，我就心里跳跃起来。走到沪宁火车站的前头，我的脚便不知不觉地进了一家酒馆。我从那家酒馆出来的时候，杭州开来的夜车已经到了。我只觉得我的周围的大地高天，房屋车马都有些在那里旋转的样子，我慢慢地冲来冲去地走着，一边却在心里打算：

“今晚上上什么地方去过夜呢？”

一九二二年八月四日于上海

过　去

空中起了凉风，树叶“刹刹”地同雹片似的飞掉下来，虽然是南方的一个小港市里，然而也很能够使人感到冬晚的悲哀的一天晚上，我和她，在临海的一间高楼上吃晚饭。

这一天的早晨，天气很好，中午的时候，只穿得住一件夹衫，但到了午后三四点钟，忽而由北面飞来了几片灰色的层云，把太阳遮住，接着就刮起风来了。

这时候我为疗养呼吸器病的缘故，只在南方的各港市里流寓。十月中旬，由北方南下，十一月初到了C省城，恰巧遇着了C省的政变，东路在打仗，省城也不稳，所以就迁到H港去住了几天。后来又因为H港的生活费太昂贵，便又坐了汽船，一直地到了这M港市。

说起这M港市，大约是大家所知道的，是中国人应许外国人来互市的最初的地方的一个，所以这港市的建筑，还带着些当时的时代性，很有一点中古的遗意。前面左右是碧油油的海湾，港市中，也有一座小山，三面滨海的通衢里，建筑着许多颜色很沉郁的洋房。商务已经不如从前的盛了，然而富室和赌场很多，所以处处有庭园，处处有别墅。沿港的街上，有两列很大的榕树排列在那里。在榕树下的长椅上休息着的，无论中国人外国人，都带有些舒服的态度。正因为商务不盛的原因，这些南欧的流人，寄寓在此地的，也没有那一种殖民地的商人的紧张横暴的样子。一种衰颓的美感，一种使人可以安居下去，于不知不觉的中间消沉下去的美感，在这港市的无论哪一角地方，都感觉得出来。我到此港不久，心里头就暗暗地决定“以后不再迁徙了，以后就在此地住下去罢”。谁知住不上几天，却又偏偏遇见了她。

实在是出乎意想以外的奇遇，一天细雨濛濛的日暮，我从西面小山上的一家小旅馆内走下山来，想到市上去吃晚饭去。经过行人很少的那条P街的时候，临街的一间小洋房的栅门口，忽而从里面慢慢地走出了一个女人来。她身上穿着灰色的雨衣，上面张着洋伞，所以她的脸我看不见。大约是在栅门内，她已经看见了我了——因为这一天我并不带伞——所以我在她前头走了几步，她忽而问我：

“前面走的是不是李先生？李白时先生！”

我一听了她叫我的声音，仿佛是很熟，但记不起是哪一个了，同触了电气似的急忙回转头来一看，只看见了衬映在黑洋伞下的一张灰白的小脸。已经是夜色朦胧的时候了，我看不清她的颜面全部的组织，不过她的两只大眼睛，却闪烁得厉害，并且不知从何处来的，和一阵冷风似的一种电力，把我的精神摇动了一下。

“你……”我半吞半吐地问她。

“大约认不清了罢！上海民德里的那一年新年，李先生可还记得？”

“噢！唉！你是老三么？你何以会到这里来的？这真奇怪！这真奇怪极了！”

说话的中间，我不知不觉地转过身来逼进了一步，并且伸出手来把她那只戴轻皮手套的左手握住了。

“你上什么地方去？几时来此地的？”她问。

“我打算到市上去吃晚饭去，来了好几天了，你呢？你上什么地方去？”

她经我一问，一时间回答不出来，只把嘴颚往前面一指，我想起了在上海的时候的她的那种怪脾气，所以就也不再追问，和她一路地向前边慢慢地走去。两人并着默走了几分钟，她才幽幽地告诉我说：

“我是上一位朋友家去打牌去的，真想不到此地会和你相见。李先生，这两三年的分离，把你的容貌变得极老了，你看我怎么样？也完全变过了罢？”

“你倒没有什么，唉，老三，我吓，我真可怜，这两三年来……”

“这两三年来的你的消息，我也知道一点。有的时候，在报纸上也看见过一二回你的行踪。不过李先生，你怎么会到此地来的呢？这真太奇怪了。”

“那么你呢？你何以会到此地来的呢？”

“前生注定是吃苦的人，譬如一条水草，浮来浮去，总生不着根，我的到此地来，说奇怪也是奇怪，说应该也是应该的。李先生，住在民德里楼上的那一位胖子，你可还记得？”

“嗯，……是那一位南洋商人不是？”

“哈，你的记性真好！”

“他现在怎么样了？”

“是他和我一道来此地呀！”

“噢！这也是奇怪。”

“还有更奇怪的事情哩！”

“什么？”

“他已经死了！”

“这……这么说起来，你现在只剩了一个人了啦？”

“可不是么！”

“唉！”

两人又默默地走了一段，走到去大市街不远的三岔路口了。她问我住在什么地方，打算明天午后来看我。我说还是我去访她，她却很急促地警告我说：

“那可不成，那可不成，你不能上我那里去。”

出了P街以后，街上的灯火已经很多，并且行人也繁杂起来了，所以两个人没有握一握手、笑一笑的机会。到了分别的时候，她只约略点了一点头，就向南面的一条长街上跑了进去。

经了这一回奇遇的挑拨，我的平稳得同山中的静水湖似的心里，又起了些波纹。回想起来，已经是三年前的旧事了，那时候她的年纪还没有二十岁，住在上海民德里我在寄寓着的对门的一间洋房里。这一间洋房里，除了她一家的三四个年轻女子之外，还有二楼上的一家华侨的家族在住。当时我也不晓得谁是房东，谁是房客，更不晓得她们几个姊妹的生计是如何维持的。只有一次，是我和她们的老二认识以后，约有两个月的时候，我在她们的厢房里打牌，忽而来了一位穿着很阔绰的中老绅士，她们为我介绍，说这一位是她们的大姊夫。老大见他来了，果然就抛弃了我们，到对面的厢房里去和他攀谈去了，于是老四就坐下来替了她的缺。听她们说，她们都是江西人，而大姊夫的故乡却是湖北。他和她们大姊的结合，是当他在九江当行长的时候。

我当时刚从乡下出来，在一家报馆里当编辑。民德里的房子，是报馆总经理友人陈君的住宅。当时因为我上海情形不熟，不能另外去租房子住，所以就寄住在陈君的家里。陈家和她们对门而居，时常往来，因此我也于无意之中，和她们中间最活泼的老二认识了。

听陈家的底下人说："她们的老大，仿佛是那一位银行经理的小。她们一家四口的生活费，和她们一位弟弟的学费，都由这位银行经理负担的。"

她们姊妹四个，都生得很美，尤其活泼可爱的，是她们的老二。大约因为生得太美的原因，自老二以下，她们姊妹三个，全已到了结婚的年龄，而仍找不到一个适当的配偶者。

我一边在回想这些过去的事情，一边已经走到了长街的中心，最热闹的那一家百货商店的门口了。在这一个黄昏细雨里，只有这一段街上的行人，还没有减少。两旁店家的灯火，照耀得很明亮，反照出了些离人的孤独的情怀。向东走尽了这条街，朝南一转，右手矗立着一家名叫望海的大酒楼。这一家的三四层楼上，一间一间的小室很多，开窗看去，看得见海里的帆樯，是我到M港后去得次数最多的一家酒馆。

我慢慢地走到楼上坐下，叫好了酒菜，点着烟卷，朝电灯光呆看的时候，民德里的事情，又重新开展在我的眼前。

她们姊妹中间，当时我最爱的是老二。老大已经有了主顾，对她当然更不能生出什么邪念来，老三有点阴郁，不像一个年轻的少女，老四年纪和我相差太远——她当时只有十六岁——自然不能发生相互的情感，所以当时我所热心崇拜的，只有老二。

她们的脸形，都是长方，眼睛都是很大，鼻梁都是很高，皮色都是很细白，以外貌来看，本来都是一样的可爱的。可是各人的性格，却相差得很远。老大和蔼，老二活泼，老三阴郁，老四——说不出什么，因为当时我并没有对老四注过意。

老二的活泼，在她的行动，言语，嬉笑上，处处都在表现。凡当时在民德里住的年纪在二十七八上下的男子，和老二见过一面的人，总没一个不受她的播弄的。

她的身材虽则不高，然而也够得上我们一般男子的肩头，若穿着高底鞋的时候，走路简直比西洋女子要快一倍。说话不顾什么忌讳，比我们男子的同学中间的日常言语还要直率。若有可笑的事情，被她看见，或在谈话的时候，听到一句笑话，不管在她面前的是生人不是生人，她总是露出她的两列可爱的白细牙齿，弯腰捧肚，笑个不了，有时候竟会把身体侧倒，扑倚上你的身来。陈家有几次请客，我因为受她的这一种态度的压迫受不了，每有中途逃席，逃上报馆去的事情；因此我在民德里住不上半年，陈家的大小上下，却为我取了一个别号，叫我作老二的鸡娘。因为老二像一只雄鸡，有什么可笑的事情发生的时候，总要我做她的倚柱，扑上身来笑个痛快。并且平时她总拿我来开玩笑，在众人的面前，老喜欢把我的不灵敏的动作和说错的言语重述出来作哄笑的资料。不过说也奇怪，她像这样的玩弄我，轻视我，我当时不但没有恨她的心思，并且还时以为荣耀，快乐。我当一个人在默想的时候，每把这些琐事回想出来，心里倒反非常感激她，爱慕她。后来甚至于打牌的时候，她要什么牌，我就非打什么牌给她不可。万一我有违反她命令的时候，她竟毫不客气地举起她那只肥嫩的手，“拍拍”地打上我的脸来。而我呢，受了她的痛责之后，心里反感到一种不可名状的满足，有时候因为想受她这一种施与的原因，故意地违反她的命令，要她来打。或用了她那一只尖长的皮鞋脚来踢我的腰部。若打得不够踢得不够，我就故意地说：“不痛！不够！再踢一下！再打一下！”她也就毫不客气地，再举起手或脚来踢打。我被打得两颊绯红，或腰部感到酸痛的时候，才柔柔顺顺地服从她的命令，再来做她想我做的事情。像这样的时候，倒是老大或老三每在旁边喝止她，教她不要太过分了，而我这被打责的，反而要很诚恳地央告她们，不要出来干涉。

记得有一次，她要出门去和一位朋友吃午饭，我正在她们家里坐着闲谈，她要我去上她姐姐房里把一双新买的皮鞋拿来替她穿上。这一双皮鞋，似乎太小了一点，我捏了她的脚替她穿了半天，才穿上了一只。她气得急了，就举起手来，向我的伏在她小腹前的脸上、头上、脖子上乱打起来。我替她穿好第二只的时候，脖子上已经有几处被她打得青肿了。到我站起来，对她微笑着，问她“穿得怎么样”的时候，她说：“右脚尖有点痛！”我就挺了身子，很正经地对她说：“踢两脚罢！踢得宽一点，或者可以好些！”

说到她那双脚，实在不由人不爱。她已经有二十多岁了，而那双肥小的脚，还同十二三岁的小女孩的脚一样。我也曾为她穿过丝袜，所以她那双肥嫩皙白，脚尖很细，后跟很厚的肉脚，时常要作我的幻想的中心。从这一双脚，我能够想出许多离奇的梦境来。譬如在吃饭的时候，我一见了粉白油润的香稻米饭，就会联想到她那双脚上去。“万一这碗里”我想，“万一这碗里盛着的，是她那双嫩脚，那么我这样的在这里咀吮，她必要感到一种奇怪的痒痛。假如她横躺着身体，把这一双肉脚伸出来任我咀吮的时候，从她那两条很曲的口唇线里，必要发出许多真不真假不假的喊声来。或者转起身来，也许狠命地在头上打我一下的……”我一想到此地饭就要多吃一碗。

像这样活泼放达的老二，像这样柔顺蠢笨的我，这两人中间的关系，在半年里发生出来的这两人中间的关系，当然可以想见得到了。况我当时，还未满二十七岁，还没有娶亲，对于将来的希望，也还很有自负心哩！

当在陈家起坐室里说笑话的时候，我的那位友人的太太，也曾向我们说起过：“老二，李先生若做了你的男人，那他就天天可以替你穿鞋着袜，并且还可以做你的出气洞，白天晚上，都可以受你的踢打，岂不很好么？”老二听到这些话，总老是笑着，对我斜视一眼说：“李先生不行，太笨，他不会伺候人。我倒很愿意受人家的踢打，只教有一位能够命令我，教我心服的男子就好了。”在这样的笑谈之后，我心里总满感着忧郁，要一个人跑上马路去走半天，才能把胸中的郁闷遣散。

有一天礼拜六的晚上，我和她在大马路市政厅听音乐出来。老大老三都跟了一位她们大姊夫的朋友看电影去了。我们走到一家酒馆的门口，忽而吹来了两阵冷风，这时候正是九十月之交的晚秋的时候，我就拉住了她的手，颤抖着说：“老二，我们上去吃一点热的东西再回去罢！”她也笑了一笑说：“去吃点热酒罢！”我在酒楼上吃了两杯热酒之后，把平时的那一种木讷怕羞的态度除掉了，向前后左右看了一看，看见空洞的楼上，一个人也没有，就挨近了她的身边，对她媚视着，一边发着颤声，一句一逗地对她说："老二！我……我的心，你可能了解？我，我，我很想……很想和你长在一块儿！"她举起眼睛来看了我一眼，又曲了嘴唇的两条线在口角上含着播弄人的微笑，回问我说："长在一块便怎么啦？"我大了胆，便摆过嘴去和她亲了一个嘴，她竟劈面地打了我一个嘴巴。楼下的伙计，听了"拍"的这一声大响声，就急忙地跑了上来，问我们："还要什么酒菜？"我忍着眼泪，还是微微地笑着对伙计说："不要了，打手巾来！"等到伙计下去的时候，她仍旧是不改常态地对我说："李先生，不要这样！下回你若再干这些事情，我还要打得凶哩！"我也只好把这事当作了一场笑话，很不自然地把我的感情压住了。

凡我对她的这些感情，和这些感情所催发出来的行为动作，旁人大约是看得很清楚的。所以老三虽则是一个很沉郁，脾气很特别，平时说话老是阴阳怪气的女子，对我与老二中间的事情，有时却很出力地在为我们拉拢。有时见了老二那一种打得我太狠，或者嘲弄得我太难堪的动作，也着实为我打过几次抱不平，极婉曲周到地说出话来非难过老二。而我这不识好丑的笨伯，当这些时候心里头非但不感谢老三，还要以为她是多事，出来干涉人家的自由行动。

在这一种情形之下，我和她们四姊妹，对门而住，来往交际了半年多。那一年的冬天，老二忽然与一个新自北京来的大学生订婚了。

这一年旧历新年前后的我的心境，当然是惑乱得不堪，悲痛得非常。当沉闷的时候，邀我去吃饭，邀我去打牌，有时候也和我两人去看电影的，倒是平时我所不大喜欢，常和老二两人叫她做阴私鬼的老三。而这一个老三，今天却突然地在这个南方的港市里，在这一个细雨濛濛的秋天的晚上，偶然遇见了。

想到了这里，我手里拿着的那支纸烟，已经烧剩了半寸的灰烬，面前杯中倒上的酒，也已经冷了。糊里糊涂地喝了几口酒，吃了两三筷菜，伙计又把一盘生翅汤送了上来。我吃完了晚饭，慢慢地冒雨走回旅馆来，洗了手脸，换了衣服，躺在床上，翻来覆去，终于一夜没有合眼。我想起了那一年的正月初二，老三和我两人上苏州去的一夜旅行。我想起了那一天晚上，两人默默地在电灯下相对的情形。我想起了第二天早晨起来，她在她的帐子里叫我过去，为她把掉在地下的衣服捡起来的声气。然而我当时终于忘不了老二，对于她的这种种好意的表示，非但没有回报她一二，并且简直没有接受她的余裕。两个人终于白旅行了一次，感情终于没有接近起来，那一天午后，就匆匆的依旧同兄妹似的回到上海来了。过了元宵节，我因为胸中苦闷不过，便在报馆里辞了职，和她们姊妹四人，也没有告别，一个人连行李也不带一件，跑上北京的冰天雪地里去，想去把我的过去的一切忘了，把我的全部的烦闷葬了。嗣后两三年来，东飘西泊，却还没有在一处住过半年以上。无聊之极。也学学时髦，把我的苦闷写出来，做点小说卖卖。

然而于不知不觉的中间，终于得了呼吸器的病症。现在飘流到了这极南的一角，谁想得到再会和这老三相见于黄昏的路上的呢！啊，这世界虽说很大，实在也是很小，两个浪人，在这样的天涯海角，也居然再能重见，你说奇也不奇。我想前想后，想了一夜，到天色有点微明，窗下有早起的工人经过的时候，方才昏昏地睡着。也不知睡了几久，在梦里忽而听到几声咯咯的叩门声。急忙夹着被条，坐起来一看，夜来的细雨，已经晴了，南窗里有两条太阳光线，灰黄黄的晒在那里。我含糊地叫了一声："进来！"而那扇房门却老是不往里开。再等了几分钟，房门还是不向里开，我才觉得奇怪了，就披上衣服，走下床来。等我两脚刚立定的时候，房门却慢慢地开了。跟着门进来的，一点儿也不错，依旧是阴阳怪气，含着半脸神秘的微笑的老三。

"啊，老三！你怎么来得这样早？"我惊喜地问她。

"还早么？你看太阳都斜了啊！"

说着，她就慢慢地走进了房来，向我的上下看了一眼，笑了一脸，就仿佛害羞似的去窗面前站住，望向窗外去了。窗外头夹一重走廊，遥遥望去，底下就是一家富室的庭园，太阳很柔和地晒在那些未凋落的槐花树和杂树的枝头上。

她的装束和从前不同了。一件芝麻呢的女外套里，露出了一条白花丝的围巾来，上面穿的是半西式的八分短袄，裙子系黑印度缎的长套裙。一顶淡黄绸的女帽，深盖在额上，帽子的卷边下，就是那一双迷人的大眼，瞳人很黑，老在凝视着什么似的大眼。本来是长方的脸，因为有那顶帽子深覆在眼上，所以看去仿佛是带点圆味的样子。

两三年的岁月，又把她那两条从鼻角斜拖向口角去的纹路刻深了。苍白的脸色，想是昨夜来打牌辛苦了的原因。本来是中等身材不肥不瘦的躯体，大约是我自家的身体缩矮了罢，看起来仿佛比从前高了一点。她背着我呆立在窗前。

我看看她的肩背，觉得是比从前瘦了。

"老三，你站在那里干什么？"我扣好了衣裳，向前挨近了一步，一边把右手拍上她的肩去，劝她脱外套，一边就这样问她。她也前进了半尺，把我的右手轻轻地避脱，朝过来笑着说：

“我在这里算账。”

“一清早起来就算账？什么账？”

“昨晚上的赢账。”

“你赢了么？”

“我哪一回不赢？只有和你来的那回却输了。”

“噢，你还记得那么清？输了多少给我？哪一回？”

“险些儿输了我的性命！”

“老三！”

“……”

“你这脾气还没有改过，还爱讲这些死话。”

以后她只是笑着不说话，我拿了一把椅子，请她坐了，就上西角上的水盆里去漱口洗脸。

一忽儿她又叫我说：

“李先生！你的脾气，也还没有改过，老爱吸这些纸烟。”

“老三！”

“……”

“幸亏你还没有改过，还能上这里来。要是昨天遇见的是老二哩，怕她是不肯来了。”

“李先生，你还没有忘记老二么？”

“仿佛还有一点记得。”

“你的情义真好！”

“谁说不好来着！”

“老二真有福分！”

“她现在在什么地方？”

“我也不知道，好久不通信了，前二三个月，听说还在上海。”

“老大老四哩？”

“也还是那一个样子，仍复在民德里。变化最多的，就是我吓！”

“不错，不错，你昨天说不要我上你那里去，这又为什么来着？”

“我不是不要你去，怕人家要说闲话。你应该知道，阿陆的家里，人是很多的。”

“是的，是的，那一位华侨姓陆罢。老三，你何以又会看中了这一位胖先生的呢？”

“像我这样的人，哪里有看中看不中的好说，总算是做了一个怪梦。”

“这梦好么？”

“又有什么好不好，连我自己都莫名其妙。”

“你莫名其妙，怎么又会和他结婚的呢？”

“什么叫结婚呀。我不过当了一个礼物，当了一个老大和大姊夫的礼物。”

“老三！”

“……”

“他怎么会这样的早死的呢？”

“谁知道他，害人的。”

因为她说话的声气消沉下去了，我也不敢再问。等衣服换好，手脸洗毕的时候，我从衣袋里拿出表来一看，已经是二点过了三个字了。我点上一支烟卷，在她的对面坐下，偷眼向她一看，她那脸神秘的笑容，已经看不见一点踪影。下沉的双眼，口角的深纹，和两颊的苍白，完全把她画成了一个新寡的妇人。我知道她在追怀往事，所以不敢打断她的思路。默默地呼吸了半刻钟烟。她忽而站起来说：“我要去了！”她说话的时候，身体已经走到了门口。我追上去留她，她脸也不回转来看我一眼，竟匆匆地出门去了。我又追上扶梯跟前叫她等一等，她到了楼梯底下，才把那双黑漆漆的眼睛向我看了一眼，并且轻轻地说：“明天再来罢！”

自从这一回之后，她每天差不多总抽空上我那里来。两人的感情，也渐渐地融洽起来了。可是无论如何，到了我想再逼进一步的时候，她总马上设法逃避，或筑起城堡来防我。到我遇见她之后，约莫将十几天的时候，我的头脑心思，完全被她搅乱了。听说有呼吸器病的人，欲情最容易兴奋，这大约是真的。那时候我实在再也不能忍耐了，所以那一天的午后，我怎么也不放她回去，一定要她和我同去吃晚饭。

那一天早晨，天气很好。午后她来的时候，却热得厉害。到了三四点钟，天上起了云障，太阳下山之后，空中刮起风来了。她仿佛也受了这天气变化的影响，看她只是在一阵阵地消沉下去，她说了几次要去，我拼命地强留着她，末了她似乎也觉得无可奈何，就俯伏了头，尽坐在那里默想。

太阳下山了，房角落里，阴影爬了出来。南窗外看见的暮天半角，还带着些微紫色。同旧棉花似的一块灰黑的浮云，静静地压到了窗前。风声呜呜地从玻璃窗里传透过来，两人默坐在这将黑未黑的世界里，觉得我们以外的人类万有，都已经死灭尽了。在这个沉默的，向晚的，暗暗的悲哀海里，不知沉浸了几久，忽而电灯像雷击似的放光亮了。我站起了身，拿了一件我的黑呢旧斗篷，从后边替她披上，再伏下身去，用了两手，向她的胛下一抱，想乘势从她的右侧，把头靠向她的颊上去的，她却同梦中醒来似的蓦地站了起来，用力把我一推。我生怕她要再跑出门，跑回家去，所以马上就跑上房门口去拦住。她看了我这一种混乱的态度，却笑起来了。虽则兀立在灯下的姿势还是严不可犯的样子，然而她的眼睛在笑了，脸上的筋肉的紧张也松懈了，口角上也有笑容了。因此我就大了胆，再走近她的身边，用一只手夹斗篷地围抱住她，轻轻地在她耳边说：

“老三！你怕么？你怕我么？我以后不敢了，不再敢了，我们一道上外面去吃晚饭去罢！”

她虽是不响，一面身体却很柔顺地由我围抱着。我挽她出了房门，就放开了手。由她走在前头，走下扶梯，走出到街上去。

我们两人，在日暮的街道上走，绕远了道，避开那条P街，一直到那条M港最热闹的长街的中心止，不敢并着步讲一句话。街上的灯火，全都灿烂地在放寒冷的光，天风还是呜呜地吹着，街路树的叶子，“息索息索”很零乱地散落下来。我们两人走了半天，才走到望海酒楼的三楼上一间滨海的小室里坐下。

坐下来一看，她的头发已经为凉风吹乱。瘦削的双颊，尤显得苍白。她要把斗篷脱下来，我劝她不必，并且教伙计马上倒了一杯白兰地来给她喝。她把热茶和白兰地喝了，又用手巾在头上脸上擦了一擦，静坐了几分钟，才把常态恢复。那一脸神秘的笑和炯炯的两道眼光，又在寒冷的空气里散放起电力来了。

“今天真有点冷啊！”我开口对她说。

“你也觉得冷的么？”

“怎么我会不觉得冷的呢？”

“我以为你是比天气还要冷些。”

“老三！”

“……”

“那一年在苏州的晚上，比今天怎么样？”

“我想问你来着！”

“老三！那是我的不好，是我，我的不好。”

“……”

她尽是沉默着不响，所以我也不能多说。在吃饭的中间，我只是献着媚，低着声，诉说当时在民德里的时候的情形。她到吃完饭的时候止，总共不过说了十几句话，我想把她的记忆唤起，把当时她对我的旧情复燃起来，然而看看她脸上的表情，却终于是不曾为我所动。到末了我被她弄得没法了，就半用暴力，半用含泪的央告，一定要求她不要回去，接着就同拖也似的把她挟上了望海酒楼间壁的一家外国旅馆的楼上。

夜深了，外面的风还在萧骚地吹着。五十支的电光，到了后半夜加起亮来，反照得我心里异常的寂寞。室内的空气，也增加了寒冷，她还是穿了衣服，隔着一条被，朝里床躺在那里。我扑过去了几次，总被她推翻了下来，到最后的一次她却哭起来了，一边哭，一边又断断续续地说：

“李先生！我们的……我们的事情，早已……早已经结束了。那一年，要是那一年……你能……你能够像现在一样的爱我，那我……我也……不会……不会吃这一种苦的。我……我……你晓得……我……我……这两三年来……！”

说到这里，她抽咽得更加厉害，把被窝蒙上头去，索性任情哭了一个痛快。我想想她的身世，想想她目下的状态，想想过去她对我的情节，更想想我自家的沦落的半生，也被她的哀泣所感动，虽则滴不下眼泪来，但心里也尽在酸一阵痛一阵的难过。她哭了半点多钟，我在床上默坐了半点多钟，觉得她的眼泪，已经把我的邪念洗清，心里头什么也不想了。又静坐了几分钟，我听听她的哭声，也已经停止，就又伏过身去，诚诚恳恳地对她说：

“老三！今天晚上，又是我不好，我对你不起，我把你的真意误会了。我们的时期，的确已经过去了。我今晚上对你的要求，的确是卑劣得很。请你饶了我，噢，请你饶了我，我以后永也不再干这一种卑劣的事情了，噢，请你饶了我！请你把你的头伸出来，朝转来，对我说一声，说一声饶了我罢！让我们把过去的一切忘了，请你把今晚上的我的这一种卑劣的事情忘了。噢，老三！”

我斜伏在她的枕头边上，含泪地把这些话说完之后，她的头还是尽朝着里床，身子一动也不肯动。我静候了好久，她才把头朝转来，举起一双泪眼，好像是在怜惜我又好像是在怨恨我地看了我一眼。得到了她这泪眼的一瞥，我心里也不晓怎么的起了一种比死刑囚遇赦的时候还要感激的心思。她仍复把头朝了转去，我也在她的被外头躺下了。躺下之后，两人虽然都没有睡着，然而我的心里却很舒畅的，默默地直躺到了天明。

早晨起来，约略梳洗了一番，她又同平时一样的和我微笑了。而我哩，脸上虽在笑着，心里头却尽是一滴苦泪一滴苦泪的在往喉头鼻里咽送。

两人从旅馆出来，东方只有几点红云罩着，夜来的风势，把一碧的长天扫尽了。太阳已出了海，淡薄的阳光晒着的几条冷静的街上，除了些被风吹堕的树叶和几堆灰土之外，也比平时洁净得多。转过了长街送她到了上她自家的门口，将要分别的时候，我只紧握了她一双冰冷的手，轻轻地对她说：

“老三！请你自家珍重一点，我们以后见面的机会，恐怕很少了。”我说了这句话之后，心里不晓怎么的忽儿绞割了起来，两只眼睛里同雾天似的起了一层蒙障。她仿佛也深深地朝我看了一眼，就很急促地抽了她的两手，飞跑地奔向屋后去了。

这一天的晚上，海上有一弯眉毛似的新月照着，我和许多言语不通的南省人杂处在一舱里吸烟。舱外的风声浪声很大，大家只在电灯下计算着这海船航行的速度，和到H港的时刻。

一九二七年一月十日在上海